主编 凌翔

望南坡

吉方君 著

民主与建设出版社
·北京·

© 民主与建设出版社，2020

图书在版编目（CIP）数据

望南坡 / 吉方君著. —北京：民主与建设出版社，2020.2

ISBN 978-7-5139-2951-6

Ⅰ.①望… Ⅱ.①吉… Ⅲ.①散文集—中国—当代 Ⅳ.①I267

中国版本图书馆CIP数据核字（2020）第033987号

望南坡
WANGNANPO

著　者	吉方君
责任编辑	周佩芳
封面设计	陈姝
出版发行	民主与建设出版社有限责任公司
电　话	（010）59417747　59419778
社　址	北京市海淀区西三环中路10号望海楼E座7层
邮　编	100142
印　刷	唐山楠萍印务有限公司
版　次	2020年7月第1版
印　次	2020年7月第1次印刷
开　本	710毫米×1000毫米　1/16
印　张	17.5
字　数	230千字
书　号	ISBN 978-7-5139-2951-6
定　价	49.80元

注：如有印、装质量问题，请与出版社联系。

序

　　《望南坡》原是怀念祖母的一篇散文，最初发表在《中国教育报》"佳作欣赏"栏目里，其后《黄冈日报》文学副刊转载，并获"胡风文学奖"。走上教坛以后，我写过一些散文随笔，调入县教委机关从事文字工作以后，发表的文章就更多了。但是能给朋友们留下记忆的，或者说是能够得到朋友们首肯的，恐怕还是像《望南坡》这样一些文字。父母逝前住在乡下老屋，前去探望的友人，但凡读过《望南坡》的，必要去老屋后山的望南坡看看。继母逝世那天，一位县领导赶去祭奠，还记得他十年前看过的《望南坡》。

　　教育局机关事务繁杂，尤其是在办公室，一天到晚忙上忙下，不知时间去哪儿了。1998年，我又开始了隔三岔五的"借用"生活，从县委组织部"借"到省委组织部，又从省委组织部"借"到市委组织部，时间更被切得支离破碎。好在"借用"的日子结束后，我真正有了属于自己的业余时间和节假日，才有了一些值得铭记的收获。正是有了这种机遇，才有了这部作品的问世。

几年前有朋友建议我出本集子。其实我也想借结集文稿的机会，好好总结一下自己的人生。现在总算如愿以偿，可以告慰祖母、祖父、生母、父亲和继母于九泉了。

《望南坡》收录了笔者从18岁参军至现在四十多年间的部分散文和随笔。透过这些文字，可以看到中华人民共和国70年来的起伏跌宕和发展变化，也能看到一个农民儿子从高中生到海军战士、从退伍兵到民办教师、再到机关干部的心路历程。她记录的，是一个时代的缩影。

出版之前谨述数语，权以为序。

2019年6月18日

目 录

望南坡　001
祖父是侠　004
父亲的鼓点　009
王娘　016
水中娘　032
故乡的河　054
邀来明月化新妆　059
恩者如灯　063
天涯海角圆军梦　070
祖国，今天是你的生日　074
父亲　076
神农山水　080
劈雷闪电　088
军旅天涯　096

为弱者呐喊　137
走进红安　142
我的故乡风情　148
有爱的天空才有太阳　150
阅读的天堂　157

01

对尴尬母性的悲情呈现　168
对"新闻小说"的成功突破　174
从一篇小说的发表说开去　180
寄语老汪　183
永远的"师魂"　194
蕲艾的恩泽　198
且说"大别山师魂"的"医道育人"　204
极纯至爱的一曲挽歌　209
古田圆梦　214
一抹受伤的乡愁　218
淘尽泥沙始得金　221

逆光反照的悲剧英雄　227
神奇的金沟　235
连部门前的那排椰树　240
与梦想同行　252
厚土之上的那片森林　255
父亲说书的一段往事　260
"鄂东怪杰"熊常青　264
最美的遇见　271

望南坡

望南坡是村后山的一片古老的坟地。上小学从山下的一条羊肠小道上经过,我总是结伴而行。有一回,因贪玩误了课,放学后被老师单独留下来补课,迟回家时独自走过这里,被一座连一座的坟吓得毛发竖立,跑回家心还在"咚咚"地跳呢。祖母见我被吓成这样,就跺着脚说:"天灵灵,地灵灵,快为我儿定了魂!"又安慰我说,"莫怕莫怕,那里有先人在护着你哩!"

这之后,我放学回家经过这里,祖母常在坟地周围的松林里拾柴火。那时,我并没有意识到这是祖母对我的一种庇护。现在想来,这种庇护多么不易。祖母当时患有严重的支气管哮喘,加之年迈体弱,每走一段路或是做完一件事,要坐下来大口喘气。从家里到望南坡坟地虽隔不远,但是上坡,且乱石遍山,荆棘丛生,祖母上山的艰难可想而知。

1976年元月,家乡征兵。当时,我在公社党委办公室当办事员。亲戚劝我不要应征,说我受不了当兵的那份苦;祖父和父亲也有些犹豫,认为还是在公社听差的好。而一心想穿军装的我,最担心的是祖母不会同意。我是三代独子，没有兄弟姐妹，且自幼失去了母亲。在我一岁的时候，父亲在劳动中不幸被砸成重伤差点死去，是祖母一手把我带大的。儿时，我与祖母形影不离。读高中时，每个星期天下午，我背着米袋到十几里外的县城读书，一直到下周六亦回。这种短暂的分别，就使祖母异常的牵挂。每到星期五，祖母就忙着为我回家张罗伙食。从瓦坛子里抓咸菜，炒好装瓶；从米桶里弄些米，筛了又筛。星期六中午，她把饭菜热好之后，就坐在大门槛上，望着我回家的路，默默等待。若是我回来晚了，她就会着急起来，拄着棍子移着小脚往屋后山走，再累也要登到顶上，眺望我回家的小道。出远门当兵，一别可能就是几年呀！其时，六十八岁的祖母重病缠身，自知不久于人世，她会同意相依为命十几年的独孙儿长别吗？

在部队首长登门送入伍喜报的那天，我一直悬着的心才终于落了地。"首长啊，娃儿我只一个，就交你啦！"祖母一反连日来的沉默寡言，显得十分高兴。但当她听说我将去的地方是海南岛，是她想象中最遥远最偏僻的天涯海角时，我分明看到祖母的眼里闪烁着隐隐的泪光，她晓得这将是与我的生离死别……

在我离家入伍的这一天，祖母一早起床，坐在灶堂前默默地替掌勺的父亲烧火。我从吃完早饭到打点行装准备出发，一直没有与祖母照面。在踏出家门的那一刻，我犹豫地停住了脚步。因为，我想与祖母告别。父亲看出了我的心思，摆摆手悄声地说："走吧。"于是，我就走了。后来我知道，在我出发后，祖母独自一人拄着拐杖，一步一喘地爬上望南坡，坐在一块石头上，默默地望着我从家乡的小道上消失。那一刻，老人经受了怎样一种生离死别的煎熬。

我参军后，祖母病情日重，不久就卧床不起了。思念至极时，曾几次从病床上爬下来，拄着棍子几步一歇地来到屋后的望南坡上，坐在一处较为开阔的坟地上向南天凝视。有一回，父亲收工回来等了许久，仍不见祖母，就找到望南坡，发现祖母泪流满面。父亲见祖母这样思念，就说发个电报招我回来。祖母摇头不依，只让父亲写封信，要我当好兵站好岗……

在我参军的第三个年头，即1978年7月17日，祖母带着对远方孙儿的深切思念，与世长辞。前一日，多时不能下床的祖母突然从床上下来了，双手扶墙，来到大门前，眼望南方，说要上望南坡去。父亲连忙把她扶在门槛上坐着。见祖母病危，父亲就要去县城给我发电报。但深明大义的祖母还是不依，说只要我穿着水兵服站在海边的照片。父亲把照片找来了，祖母接过贴在脸上，泪水把照片全湿了……

祖母逝后葬于望南坡。这是她临终的遗愿。与世永别时，祖母神智清醒，态度安详。她对祖父说，她要永远住在望南坡，看着我带着喜报回来……

在南国接到祖母病逝的噩耗，我方知生死两别，才为离家时没有与祖母见到此生的最后一面而后悔，才突然想起在人世间熬过七十多个春秋的祖母没有留下一张照片，才突然想起对我恩深如海的祖母没有得到一点回报……

在我退伍还乡来到祖母坟前时，祖母逝世已经两年多了。坟草凄凄，北风呼啸。在这之后的二十多个春秋里，每当工作和生活遇到困难时，我的心里就会浮现望南坡那座无碑的坟，就会想起祖母对我至死不渝的期待，就会有种神奇的力量走进我疲惫的身心……

祖父是侠

浓眉大眼，虎背熊腰，威严而又慈祥，这是祖父留在我心灵深处的形象。

老家八斗丘乡的习俗，称祖父为"爹"，称父亲为"伯"。我"爹"——祖父熊长青，已成为激励着我奋斗的一种精神。

"爹"是在我父亲十一岁时来高家的。那时，父亲与早年丧夫的祖母相依为命，住在富户蔡姓人油坊旁边的草棚子里。白天，祖母上山砍柴，年幼的父亲则挑着柴禾到很远的高新铺街上变卖，换些盐和米度日。但这远不够糊口，家里常常揭不开锅盖。这个家，多么需要一根顶梁柱啊！

祖父是因一件偶发的事才决意留在高家的。那年腊月，11岁的父亲在雪天里挑着一担干柴沿街叫卖，被一个在县保安队当差的地痞将柴禾强要了去。街上人见了，都敢怒不敢言。谁都知道那地痞凶狠，谁犯着他就没个安宁日子。这件事，恰被在街上做豆腐的祖父撞见了。

"是什么人脸皮这厚，连小伢的东西也抢！"年轻气盛的祖父将扎腰的围裙一抛，往街道一站，挡住了地痞的去路。

那地痞被祖父雷一般的吼声和高大身躯镇住了。他知道祖父难斗。

祖父确是当地有名的硬汉子。他一米八几的块头，身强力健。三百斤的担子挑在肩上，行十几里山道也不歇肩。他虽未上过学堂，但阅历丰富，见多识广。他当过车夫，做过盐米生意，走汉口下河南闯过大世面。他好打抱不平，见不得恃强凌弱、欺行霸市的恶行，路见不平，拔刀相助，救过许多弱者，年纪轻轻就留下了扶危济困的好名声，当地许多穷哥儿都尊他为"大哥"。只要祖父出面，就能聚起一帮好汉与恶人作对。在蕲春伪县城蕲州就曾有一个势力很大的恶棍，尝过祖父的拳头。

作者1976年2月参军前与祖父熊长青、父亲高应云合影。此为祖父一生中仅存的一张照片。

大凡恶人，总是欺软怕硬。那地痞见祖父动了怒，早软了脊梁骨，陪着笑脸连说好话，还厚着脸皮要与祖父拜把子。

祖父身手好，也挺机智。他用江湖话教训了地痞几句，将地痞打发走了。但他并没有把父亲打发一走了之。他担心年幼的父亲还会受到伤害。从此以后，他常常抽空来帮助父亲打柴卖柴，料理家务。次年，他辞去了铺里的差事，扛一卷行李住进四面透风的草棚，来支撑这个家。

祖父来后，垒了两间土房子，种了两亩佃田，家中日子渐安。祖父又教给父亲的健身之法和拳脚功夫，使父亲瘦弱的身子结实起来。父亲长到 15 岁时，已是眉清目秀，身矫步健，使起拳脚来颇有一点祖父的威风。

我出世不久，家里遇上了一场大难，父亲在劳动中被倒下的一堵火砖墙埋住，砸成重伤，几天几夜昏迷不醒。接着母亲改嫁，远走他乡。祖母悲伤成疾，一病不起。那段日子，祖父搂着命若游丝的我，东奔西走找吃的东西……在祖父的怀抱中，我活了下来。我知道，如果没有祖父的呵护，我是难以创造生命的奇迹的。

我从小与祖父形影不离，夜里在他的怀中入睡。直到十四岁我到县城漕河上高中时，才离开祖父的怀抱。

在与祖父生活的日子里，我接受最多的是祖父的教诲。祖父说，人活着要讲义气，多帮助别人。祖父还说，一个人活在世上，应该结交一些很好的朋友。对那些见利忘义、趋炎附势的小人，祖父深恶痛绝。高中毕业后，我被抽到公社党委办公室听差。祖父告诫我："你只管用心做好你的事。有权有势的，你莫凑热闹；受人冷落的，你不要跟着瞎哄哄。这是做人的道理！"那时我年轻，虽不全明白祖父的话，但却从祖父那严肃的眼神中知道了"做人"的分量。

有一次，祖父到公社来找我。他是替一位过去曾关照过我们一家的一位退休了的老领导说情的，那位老领导病了。想让在水利劳动的儿子回去料理。那时候，在外挑水利不好请假，得托个干部说说才行。祖父以为我在公社领导身边有话好说，就翻山越岭汗流满面的来了。看到祖父那十分劳累的样子，我责怪他自找苦吃。祖父听了有些生气地说："你怎么说出这种话来，人家现在老了没权了就不管，那公家的事还有谁做？"

祖父出身贫苦，却有一颗侠义心肠。他同情贫苦人，热爱共产党，对党的干部期望值很高。那时，我不是共产党员，更不是干部，但祖父却硬把我当作党的人。"你在公社里头当差，就要替社员着想，莫忘了你是党的人！"他常常这样嘱咐我。

祖父深明大义。1976年春，家乡征兵。我是独子，按当时公社的规定，可以不服义务兵役。但从小受祖父的影响，我极想参军—逞男儿之勇。年过六旬的祖父舍不得我离开，却没有阻拦我。在我体检合格至入伍前的一段日子里，祖父默默的，很少说话。我知道他正经受着爱孙将要长时间离别的内心煎熬。出发的前夜，他突然把我叫到跟前说："当兵就不要想家，只管用心做好你的事，完成好你的任务！"又说："打仗要机灵，要在势头上把敌人压下去！"说毕，还拉了几个格斗招式，我看了忍不住笑起来。"莫笑莫笑，军中无戏言！"祖父字字千钧。

上图：作者退伍证扉页（1980年元月）

入伍后，我成了海军战士，连队驻扎在海南岛崖县。八十年代末，我随部队挥师北上，去了新疆，参加了一次重大军事演习行动。在风风火火的军旅生涯中，我钻过天涯海角的排天巨浪，踏过天山戈壁的滚滚狂沙，却没有机会参与现代战争的生死拼杀。这使我退伍还乡时，祖父高兴之余少了那么一丝豪迈的感觉。

"祥儿，立功了没有？"祖父很迫切地问。

"没有。"

"没有打仗？"

"没有。"

祖父有些愕然，有些遗憾。但听说我在部队两次受到司令部嘉奖并光荣入党，老人又笑了。

75岁的祖父是在1983年阴历腊月17日晚上与世长辞的。17日早晨，天下大雪。当时在村小学任民办教师的我，见老人病危，就想留下来看护，但祖父却吃力地说："去吧，学生快要考试了，莫误了人家的儿女啊！"于是我就去了。至晚归来，祖父却已昏迷，不省人事。"莫误了人家的儿女啊！"这成了祖父的临终嘱托。

岁月悠悠，思念无涯。弹指一挥间，祖父故去已有十九个春秋了。有什么可以告慰故人在天之灵呢？我唯有像祖父那样，朴实做人，辛勤劳动，才对得起祖父的养育和教诲之恩。

父亲的鼓点

年逾七旬的父亲在经历了一场生死劫难以后,又搬出了他多年未曾用过的鼓板。

上个星期天回去,穿过老屋,走过月亮塘,绕过菜园子,就听到一阵久违的鼓点,伴随着阵阵山风悠悠传来。

那是一种叫人心动的鼓点。

解放初年,父亲是名扬乡里的民办教师。那时,村小学里集着一群特调皮的孩子。他们最小的十岁,最大的十五六岁,都是一些误了上学年龄的农家少年。从外乡调到村里的一位老教师,只上了三天课,架在鼻梁上的老花眼镜,就被这群孩子抢了去,脑门还被石头砸了个包。于是,老师卷起铺盖走人。

父亲接任村小学后,很快就把这个单人单校教学点,办成了全乡乃至全县一流的村办小学。这之后,县文教局领导来校听课。不久,父亲被请到县教师培训班讲"公开课"和"示范课"……1958年春,乡辅导员来报喜——县文教局决定调父亲到县城"漕小"（即现在的蕲春县实验中学）任教。

听说父亲要调走，村里人慌了。先是村支书秀伯驮着一袋子米上门看望，言辞恳切地要父亲别走；接着村小学的孩子们，在家长的带领下，闹哄哄地涌到家里挽留。父亲自幼生长在农村，对农家孩子怀有很深的感情。看到乡亲们期待的目光，看到朝夕相处的学生抱着他的双腿哭叫，他心软了，咬紧牙关做出了最艰难的抉择：放弃进城，留在山里。乡辅导员听说后，急忙赶到村小学，埋怨父亲太傻，说文教局这样调动，就是把父亲当成了公办教师。但父亲并没有意识到公办与民办有什么不同，还是没有动心。不久，村教学点被撤销，全村学生都到十几里外的本部——牛皮地小学读书。这样，父亲再留在村里，就没有道理了。

这年五月的一天，正当父亲打点行李，作好了去"漕小"教书的准备，村支书秀伯气喘吁吁地赶来了。"你不能走，不能走啊！"秀伯双手拦住大门，指着我躺在病床上的奶奶，对我父亲说，"你到县里教书，路那么远，你娘谁来料理？你就忍心让娘一个人在家里受苦？"

父亲愣住了。我的奶奶方氏早年丧夫，大半生过着逃荒要饭的日子，受过太多的苦难，而致百病缠身，一年中有大半时间穿着肥大的粗布棉袄，冬春两季大半时间卧床。平日里，父亲在教学之余，总要抽空儿帮家里洗衣做饭。如果没有父亲的孝顺和勤快，多病的奶奶也许早就不在人世了。

面对进城教书的难得机会和白发老母的呻吟，父亲心里十分矛盾。他热爱教书这一行。学生的欢声笑语，常常走进他的梦乡。但他又实在不忍心扔下我百病缠身的奶奶。

"留下来吧！"秀伯是个认准理儿九头黄牛也拉不回的犟汉，不达目的不罢休。他说，村里的集体食堂，就因为缺个会计，一直拖到现在没办。为这，他还挨了乡长的一顿臭骂。他用几乎是哀求的声音对父亲说：

"你就看在大伙儿的份上，留下来当食堂的会计吧！大家吃上了饱饭，过上了共产主义日子，谁也忘不了你啊！"村支书比我父亲年长十几岁，算是长辈，父亲一向很尊敬他。听秀伯如此这般的一番诉说，父亲再次心软，就答应了支书的请求，留下来当食堂会计。

乡辅导员见父亲迟迟没有上班，就又赶到家里来找。他劝父亲不能再傻了，赶快到县城学校任教，并说如果不赶紧去报到，这一生就再也没有机会执教鞭了。奶奶听说后，也劝父亲去县城教书。于是，父亲又犹豫起来。

消息很快传到了秀伯那里。他火急火燎地赶到我家，将正在家里做说客的乡辅导员大骂一顿，并挽起袖子要打架。秀才遇了兵，有理说不清。辅导员本是个斯文人，哪见过这般架式，吓得连忙夹起皮包一溜烟地走了。

为了留住父亲的心，秀伯绞尽脑汁，煞费苦心。他不知从哪里弄来一本《说岳全传》，郑重其事地送到我家里，双手交给父亲。他说父亲是个文化人，不能荒了书，抽空儿看看，兴许还能学到一些东西。他还特意翻开其中的一页给父亲看。那是"岳母刺字，精忠报国"的一回。他要父亲学岳飞，听母亲的话。支书的用意，父亲当然明白。从此，父亲再也没有动过离开家乡的念头。

但令秀伯和父亲都没有想到的是，一部《说岳全传》，竟打开了父亲的另一种生活。

父亲有着超乎寻常的阅读能力、记忆能力和口头表达能力。几寸厚的《说岳全传》，他只几天就看完了。看过之后，他竟能从头至尾将书中的故事，一段不落地娓娓道来。

那时，大跃进的号角在山村响起，全乡数万人在家乡四山八岭展开"劈山造田"大会战。劳动空隙，人们围坐在一起，听我父亲"谈传"——讲岳飞的故事。许多人听得如痴如醉。老支书秀伯更是每场必到。听到动人处，他常会作惊人之举，或突然跳起来，就地抓起一把铲镐，挥舞着、叫骂着，发誓要"劈死秦桧这个奸臣"；或抱头饮泣，说他这辈子没有血战疆场建功立业，真是白活了……

当地有位名叫"五代通"的鼓书艺人得知此事，专程赶到劳动工地暗访。听了父亲"谈传"后，当即与父亲结为忘年之交。他把自己的《全唐传》《封神榜》《水浒传》《西游记》等家藏线装书，郑重地传给父亲，要父亲接过鼓板，继承他的说书事业。

从此，父亲就开始了民间鼓书艺人的说书生活。

父亲说书，有着与当地"说书匠"完全不同的艺术风格。他能根据季节、农事和时事的变化，说正文前来一段精彩的"书帽"。那"书帽"信手拈来，却形象生动，妙趣横生。有的像七言五绝，前后押韵，极富诗意；有的如山东快书，或长或短，朗朗上口。那唱腔，时而像湖北大鼓，深长粗犷；时而似黄梅戏曲，明快清新；时而又如京剧唱段，荡气回肠。再就是那错落有致的鼓点，忽高忽低，忽紧忽慢，扣人心弦。夏夜里，劳累了一天的人们，听上一段父亲的鼓书，顿觉心旷神怡，筋舒气爽。

父亲说书风雨无阻，万苦不辞。从六十年代担任小队会计开始，直到八十年代分田到户，父亲总是保持着白天干活夜里说书的习惯，极少耽误农事。虽然白天的农活又苦又累，但对找上门来的乡亲，他都欣然前往。每次赶场，不管刮风下雨，不论路途遥远，他都按时赶到。有时碰着早稻插秧、夏收"双抢"这样的农忙季节，父亲也没有拒绝找上门来的人。记得有年7月底的一天，父亲接下了三亩田的抢割任务。夏日高温，割谷人一般都是夜里下田抢收，白天回家避暑。但这天傍晚，邻村人来找父亲说书。奶奶担心白天割谷中暑，劝我父亲别去。但父亲不忍来者失望，就捎上鼓板去了，直到第二天东方泛起鱼肚白时才归。小队长一大早去看割谷的进度，见父亲刚刚下田，就急着找人支援。早饭后，待到队里的劳力赶来时，汗浸全身的父亲已割完稻子，收起镰刀上岸。

父亲干活，舍命。他说，只有把活儿做扎实了，拿起鼓板才有底气。小队有块田，八亩大的面积。解放初年，家乡就以这块田命名，叫"八斗丘乡"。父亲在他二三十岁的时候，这块田的早稻和晚稻，有几茬都由他一人抢割，并且都是一天一夜割完。每次割完这块田，父亲的双腕半个月不见消肿。为此，父亲成了闻名全县的新闻人物，连续几年参加县里的劳模会，受到县政府表彰。至今，老人还保存着当年的奖状。

父亲说书注重风化。经过几十年的日积月累，父亲已涉及唐、宋、元、明、清等多个朝代的正传野史。一批流传于民间的手抄本小说，也成了父亲说书的内容。这些传统书目，有的歌颂绿林好汉，但封建色彩尘蒙其上；有的针砭官场，但江湖糟粕参杂其中。父亲说书历来忠实原著，但决不将低级庸俗的东西原原本本地抖落出来。

父亲说书极富感染力。"太阳落山人歇脚，听我唱个扯谎歌。昨日看见个牛生蛋，今日看见个马长角；高山头上鱼生子，急水面上鸟做窠……"几十年过去，八斗丘淹没，小柳河易道，但这段妙趣横生的"书帽"，还留在我的心底。父亲说书，亦诙亦庄，惟妙惟肖，且爱憎分明。对历代忠臣，他敬颂有加，鼓板声中饱含着无限热爱；对那些鱼肉百姓的暴君恶吏，他深恶痛绝，说唱中句句含恨，字字带血！书场中，常有人痛哭憨笑，喜怒失常，引出许多笑话。那时，只要父亲的鼓板一响，村前垸后的男女老少就会争先恐后地云集而来，隔山村听到鼓声也有人携妻带子"呼哧呼哧"地来赶场子。小队的稻场上，常是黑压压的一片。有时稻场的谷堆上、草垛上，都坐满了人，那场面很是壮观。

光阴易逝，岁月难留。转眼，父亲已年过七旬。由于长期劳累，父亲身体过早地衰老了。村里实行联产承包责任制后，父亲大病一场，险些丧命。经过抢救，虽然保住了性命，但从此身体受到重创。加之早年头部的旧伤复发，记忆力和口头表达能力已大不如前。至八十年代末，父亲的鼓板就很少响起了。

但先前听过父亲鼓书的，总忘不了父亲的说唱。有人实在想馋了，就悄悄找上门来。遇到实在推辞不过的来者，父亲就说服家人，又拿起鼓板去赶场子。但这几年，父亲身体每况愈下。特别是前年7月，他因病又险了一次。经过医生的全力救治，总算走出死亡的阴影。但此时的父亲，再不是当年那个白天干活夜里说书的鼓书艺人了。这一年多来，我时时担心父亲发生不测，常抽身回乡下看看。

猛然听到父亲的鼓点，我不由怦然心动，激动得热泪盈眶。在离家不远处，我悄然站住。堂屋里，除了母亲，再没有别的听众。鼓板声中，也没有父亲的吟唱。我知道，过早脱落的牙床，日渐加重的哮喘，已经夺去了父亲的歌喉。如今的他，嗓子已经沙哑，说话觉得费力。唯有那颤动的鼓点，还保留着动人的韵律。

恍惚间，我悟出了这鼓点的灵性。啊，这就是父亲的声音！这就是凝集着父亲一生至爱的声音！这鼓点，是地层深处的炽热涌动，是对生命价值的无言诉说，是对青春岁月的无限眷恋……

附：编辑絮语——《岁月的声音》

关于父亲，关于父爱，历来有各种各样的说法。这一篇文章，没有对父爱作任何的评说，但是这一位父亲的形象却透过文字，那悠远的鼓点已经成为一种穿透岁月的声音，把我们的心灵深深震撼。

记忆中，那些曾经熟悉的面庞，最终会融化在依然闪光的细节之中。我们留在沙滩上的脚印，等待着下一次涨潮，等待着被彻底的淹没。

在岁月的河床之上，我们都只是一些跋涉者，但不一定每一个人都能留下自己的脚印。而这一位父亲的鼓点,却提醒着我们:活着,并且喊出自己的声音,如果不能,那就给生命一种依托,让这依托替我们留下生存的痕迹!

有一首不知名的小诗,也许同样能够给我们生命的启示:

静静地,
岁月在遗忘中流逝,
生命,
似乎更加精彩。
汹涌的与平静的,
波澜的与潺潺的,
只是时代的步伐。
我们,
却成了飞舞的流沙。
剪一缕奔腾的风,
系上美丽的心情,
让飘逸去充盈每一个失落。
颓废的年月,
随着日历的撕扯而东去,
陈旧成终老的回忆。
该放开脚步去追逐的,
是明天的梦,
而不是昨日的忏悔。(彬风)

王娘

在大别山南麓的那个名叫"菜油铺"的小山村里，数十年间，谁家撞上小孩溺水、妇女难产、老人中风诸如之类的突发事时，乡人常会呼喊一个女人的名字："王娘，王娘——"

这个"王娘"，是我母亲。

母亲胆大心细，临危不乱，处事果断，是十里八乡被公认为最具侠肝义胆的女人。父亲曾对我说："你娘要是当兵，准是一个将军！"

但是母亲，却只属于那个偏远的山村。在父亲逝世，她又年迈体弱

行动不便时，我和妻子把她接到身边。却不曾想，仅仅住了四十天，母亲就溘然长逝。

清理母亲遗物时，我发现了一床叠得整整齐齐的被单。

展开被单，我发现被面上全是颜色各异、大小不一、重重叠叠的补丁。

细细一数，补丁竟有三十七块，几乎占去整个被面的四分之三！

手捧被单，我只觉胸口一阵疼痛。忍了多时的泪水，不禁夺眶而出。

母亲啊，母亲！您怎么还留着这床如此破旧的被单？

一

高中毕业后，我不顾家人反对，放弃在公社党委办公室的工作机会，投军入伍去了"天涯海角"。

我是家中的三代独子。按当时公社的规定，独子，尤其是像我这样的三代独子，是决然不能报名参军的。因为在公社领导身边当差，"有话好说"，加之父亲拗不过我的苦磨硬泡亲自出面找武装部长说情，加之我身体倍棒，体检轻松过关，才成了那届入伍青年中的一个特例，圆了男儿当兵梦。

到连队后，我才知道自己并不是没有思念和牵挂。当时，家里有三位亲人：祖父、祖母和父亲。生母在我还躺在襁褓中嗷嗷待哺的时候，就与父亲离婚。我是在祖父、祖母和父亲的怀抱里度过的童年——没有母亲但有母爱的童年。

我最思念的亲人当然是祖母。是她给了我人世间最崇高的母爱。可是祖母患有严重的支气管哮喘，年迈体弱，身体极差。虽然如此，她还撑着病弱的身体操持家务。当时父亲和祖父都是生产队的主劳力，甭说白天请假，甚至还要夜里出工。因为只有多挣工分，才有口粮，不至饿饭。我父亲曾两天两夜，一人割了全乡最大的一块田——八斗丘，并且连割两季，因此被评为劳动模范，出席全县群英会。这个家，多么需要一个身强力壮的家庭主妇啊！

似乎是冥冥之中的前世之约，我入伍次年，经二叔母介绍，我的母亲——当然是继母，悄然来到父亲身边。这年她45岁，正值人生盛年。

父亲在信中介绍了母亲的情况。她叫王艳兰，本县刘河镇黄坪村王院人，有过两次失败的婚姻，父母双亡，没有兄弟姐妹，无儿无女。二叔母后来告诉我说，母亲初来时，我祖母正卧在床上痛苦地呻吟——老人已经病危。常言道，一人得病，全家不安。当时家里的气氛确是有些凝重和凄凉。二叔母很是担心母亲害怕和嫌弃，转身离去。因为当时，她完全可以选择另外一户。那户人家是干部，生活条件我家没法比。

但是母亲义无反顾地选择了留下。

母亲是操持家务的一把好手。上山砍柴，下地种菜，捕鱼捞虾，洗衣做饭，还时不时地帮村里去世的人洗脸擦身穿衣戴帽料理后事，让村人刮目相看。"王娘"的名字，很快在全村叫响。

母亲吃过大苦，遭过大难，练就了沉着冷静、处变不惊的生存本领。哮喘病日益严重的祖母，每天五更甚至更早就跪在床上咳嗽，一咳不止到天明，而且痰多，每天清晨要咳一钵。每回祖母咳嗽呻吟，母亲总要上前侍候。祖母开始不让母亲近前。母亲便说，料理婆婆是做媳妇的应尽之义。她为祖母端茶送饭，心细如丝，从无怨言，直至一年后祖母逝世。

因为母亲的能干和贤惠，我百病缠身的祖母，度过了她人生中最后一段舒心的日子。祖母逝世前，曾对母亲说："艳兰啊，我是前世修来的福，得了你这门好媳妇。这个家交给你，我放心……"

祖母逝世的第二年，我回家探亲，第一次见到父亲在信中反复提到、被村人称为"王娘"的母亲。

二

参军后的第五个年头,我退伍还乡,接过父亲曾经执过的教鞭,成了村小学的"孩子王"。

村小学建在一座小山坡上,离家不远。站在学校门前的山坡上,可以看到望南坡下老蔡院冉冉升起的炊烟。

那一年,我23岁多一点。在部队,我是连里的军训尖子,是基地小有名气的"秀才"。

退伍这年,远在黄石的生母想把我弄到她的身边。生母的丈夫是抗美援朝老兵,退伍后到大冶钢厂当工人,我按当地的风俗称他为"黄石爷"。得知生母的想法,热心的黄石爷自告奋勇,去找他在公安局和人武部担任要职的老战友帮忙,接二连三给我所在的部队寄来了接收信函。生母来信说,接收手续都办好了,我一退伍,便可去市局当刑警。生母虽然没有跟我一起生活,却对我的秉性了如指掌。那时,我的梦想就是去市局当刑警,真枪实弹,抓捕罪犯,实在太有诱惑力了。于是这年底,在老兵们都惴惴不安害怕退伍的当口,我竟主动向连里打起了退伍报告。这样一来,我出任司令部宣传干事的人事安排,随之泡汤。

退伍之后,去市局当刑警化为泡影,"军中秀才"竟成一介教书匠。巨大的心理落差,让我陷入迷茫。

初到学校,我脾气十分火暴,曾当着全校教师的面拍桌子骂校长,臭脾气传遍全乡,就连当时的文教站长都知道我是"大王"。

那年头,农村基础教育是"分级办学、分级管理",村办小学是民办教师挑大梁。他们承担着与公办教师相同甚至更为繁重的教学任务,但工资待遇不及公办教师的五分之一,而且随时可能被村干部以种种借口辞退。为了保饭碗,民办教师们都盼着转正,即转为公办教师。转正要经过文化考试。因为涉及饭碗，考试极其严格，竞争十分激烈，而且三五年才有一次，可遇而不可求。

我校民办教师的自学风尚，全县闻名。虽然家在本村，但全体教师都在学校住教。一到夜晚，老师们都关门闭户，挑灯夜战复习功课，以备几年一次的转正考试。这种学习风气，也有效提高了民办教师的知识层次和业务水平。我校民办教师的教学成绩和转正率，全县首屈一指。九位民办教师中，已有四人通过考试转为公办教师，其中两人转正后调到乡文教站任教研员，一人调到县城中心小学任校长。

而我，全然不把复习备考放在心上，因为我压根儿就没打算转正。到校很长一段时间，我不在校住教。每天下午放学后，我要么回家在竹林里打沙袋子，要么拿着渔网去水库捕鱼，把个校长气得七窍生烟，几次找文教站长要撂挑子。他对站长说："这个退伍兵太不像话，我说也说不过，打也打不赢，这个校长我实在没法干了！"不久，这个校长真的调走了。

学校来了新校长。新校长是本村人，也是全乡第一个考试转正的民办教师。他转正以后调到县城中心小学当校长，被树为全省教育系统的劳动模范。

新校长早就对我如雷贯耳。他后来告诉我说，他主动请缨回本村小学当校长，就是为了"收拾"我的。他说他都做好了挨打的准备。

母亲端饭

新校长到校不久,对新教师也就是我搞了一次业务考试。公开的理由是凡进必考,其实是要给我一个难看。校长扬着一份试卷说:"这是小学毕业班的期末数学试卷,你做一下。"我是县一中的高中生,虽然在校偏科,数学不是很好,但小学数学岂能拦得了我?我轻蔑一笑,没说什么,提笔应试。但是当我展开试卷以后,才知自己的知识贫乏到了什么程度。考试结果,我只得了14分!

面对考试成绩,我突然觉得自己一无是处。在部队,我参加高考都不止这个成绩,怎么才过几年就荒废成了这样?就我现在这种水平,也好意思牛皮哄哄顶校长,也好意思在课堂上指手划脚训学生?

这天下午放学后,我没像往常一样回家,在学校宿舍里坐着发呆。

当桔红的夕阳将要沉入望南坡的时候,宿舍的门"吱呀"一声开了。我抬头一看,是校长。校长说:"你母亲送被子来了。"

我一时不知说什么好,站起身,愣愣地看着母亲为我挂蚊帐,垫棉絮,铺被单。

校长走后,母亲小声说:"校长说了,只要安下心来,好好复习,你肯定考得好。再说住教是学校制度,一人不拗众……"

我默默地点了点头。

三

这是一床印有大红牡丹图案的被单,我在村小学那间四面透风的宿舍里睡了十年。

为了让我全力以赴投入教学和复习转正,母亲几乎包揽了全部家务。每隔一段时间,她会悄悄把我的蚊帐、被面和被单换下来清洗。破了的,她会细心缝上。至于我换下来的衣服鞋袜,母亲都会在第一时间拿到塘边洗净晒干,然后整好放在我的房间。

这期间，母亲作为当家人，她亲自选定和迎娶了她的儿媳——也就是我的妻子，并将当家人的接力棒交给了她心爱的儿媳。按农村风俗，从定亲、过门、报日到完婚等"大情大礼"，都由她一手操办，没让父亲和祖父操心。

母亲做事利索、细致而周正，大事讲规矩，小事重细节，有些事非得她亲自动手料理，她才放心。农村娃儿结婚，颇多讲究。比如迎娶新娘前，新郎官要"艾水浴"。我的"艾水浴"，那一大盆冒着热气的艾水，是母亲亲手烧开兑好，并看着两位婶婶端到新房，她才放心去忙别的事情。我结婚时穿的衣服鞋袜，都是母亲一手操办。

老家农村的医疗卫生条件，与省城相比，至今还是两重天。至于上世纪八十年代，那就更差了。农村妇女分娩，几乎都在家里。村里只有一位农民接生员，平日里要做田地活儿，雨天一身泥，晴天一身汗，接生只是兼职，只有主家上门才去接生，而且去了也只背个小药箱，甚至连剪脐带的剪刀都由主家提供。至于产妇是否会有产后大流血的生命危险，那非农民接生员所能化解，只能听天由命。

女儿出世这天我在公社开会，恰巧父亲也下地干活去了。妻子首次分娩，腹疼难忍，十分害怕。母亲一面叫人去找接生员，一面托住儿媳身子调整胎位。母亲安慰说："儿啊莫怕，有娘在呐！"因为接生员来的慢，年轻时学过接生的母亲，就成了家里的"佑子观音"，女儿得以顺利降生。妻坐月子，母亲炖鸡煨汤，艾水洗浴，悉心照料。在此之后，妻儿每有风寒，都是母亲劳神护理。

这年底，一年一度的冬季会战拉开序幕，湾里凡有青壮年劳力的农户，必须抽出一人去十几里外的罗州城挑水利，时间半个多月。在农村，出门挑水利被看作是最苦的差事。得到通知后，父亲、祖父和妻子，都争着要去。那时父亲刚刚患过一场大病，身体尚未康复；祖父虽然身高力大，但是年过七旬；妻子虽然年轻，但她尚在哺乳期，女儿未满周岁。

母亲悄悄解下围裙，去小队报名。队长有些意外，说："王娘，你家没人去就算了吧……"母亲却说："那怎么行？大家的事情大家干，一人不拗众！"又劝队长说，"我挑水利也不是头一回，干起活来我不会输给年轻人的，你放心！"队长仍然有些担心，就背着母亲一个口信捎到学校。我听说后，急忙从学校赶回，劝了母亲劝父亲，劝了父亲劝祖父，劝了祖父劝妻子。我说我跟学校请了假，我年轻有力气，挑水利当然我去！母亲却挥着手说："你更不能去！学校就要期末考试了，你只管一门心思教学生，家里的事情不要你管！"母亲是个倔脾气，认准了的事情谁也劝不住。全家人都拗不过她，只得依了。次日五更，我骑上自行车送母亲去工地。路上，母亲又提起我"拍桌子骂校长"的往事，劝我遇事冷静，抓紧复习，争取早日转正。

　　1982年，农村实行联产承包责任制，家里分得了几亩责任田。母亲仍像在"大集体"时一样，既是家庭主妇，又是田间劳力，晴天一身汗，雨天一身泥，承担了大量的繁重劳动。农忙时节，她总是摸黑起床，翻山过垅，去半里之外的白塘洗全家人头天晚上换下来的衣服。白塘是一口山间野塘，塘深水冷，早年淹死过人，在当地传为"鬼塘"，就是白天一个人去都觉阴森。母亲原本是个文盲，自然有些"迷信"，但她摸黑去白塘洗衣是家常便饭。有时洗完两桶衣回来，天还未亮。她之所以如此赶早，是要抢在父亲收工之前把饭做好，把中餐和晚餐的蔬菜和柴禾等准备好，把一天的茶水烧好。若是遇到早稻抢插或是暑期"双抢"，母亲总是洗完衣服做好饭菜之后，解下围裙来到田间喊收工。我们回家吃饭，她则下田扯秧。在湾里，母亲扯秧是出了名的，不仅扯得快，而且平整美观。待我们用完早饭出工，手脚麻利的母亲常会扯出几百个秧把，足够我们插一上午。

　　每年冬天，母亲总要翻山越岭捡茶籽。大集体时，老支书锦秀伯领着全村农民栽下几山几坳的油茶，却不曾想十几年后，挂满果实的油茶林被成片砍伐。母亲采摘的，是当年栽在丛树林中的油茶。因为松林的遮蔽，缺乏阳光，土质贫瘠，茶树矮小，东一棵西一棵地夹杂在荆棘之中，所以在大砍伐中幸存下来。母亲捎着蛇皮袋子，捡几斤茶籽往往要跑几个山头。山陡石多，也不知她摔了多少个跟头。有时一早出去，到下午两三点还在山上。有一回，天快黑了还不见母亲回来，我和妻子就上山去找。找过几座山头，才看到母亲背着一袋茶籽坐在地上。我接过袋子背在肩上，不一会儿竟累得气喘吁吁，汗浸全身。那时母亲年已六旬，一天下来滴水未进，她这是在拼命啊。家里人都劝她不要上山，她却说："我经得摔，倒下来就打个滚，不怕！"那几年，母亲辛苦操劳，用捡来的茶籽换茶油，改善了家里的生活。

1983年冬，身体原本硬朗的祖父突然中风，病卧在床。母亲像侍候我祖母一样服侍祖父，为老人洗脸擦身，接屎接尿，直至两个月后祖父逝世。

这个家，因为母亲的贤惠能干，不再凝重和凄凉。我父亲——名满一方的鼓书艺人，一度拿出了他多年不曾用过的鼓板。孩子们在奶奶的培育下，快乐成长。

因为家有母亲，我就少了许多牵挂。在学校那间四面透风的土屋里，我日复一日、年复一年地挑灯夜读，温习了从小学至高中的全部课程，自修了大学中文专科至中文本科的全部科目，自费参加了全国首届研究生函授班并毕业。几年后，我在全县"民转公"考试中，以数学考试全县第一、总分全县第二的成绩，一举转为公办教师。

四

母亲比父亲大两岁。他们那辈人，经历了兵荒马乱的岁月，亲历了中华民族的浴火重生，见证了解放前后黑白分明的两个社会，内心铭刻着今人难以理解的记忆和追求。在母亲身上，我看到了祖父的侠肝义胆，看到了祖母的悲怜情怀，看到了父亲的执着担当。在我鄂东乡下的那个小山村里，我的文盲母亲，无可争议地成为传统美德的集大成者，成为众望所归的解难人。

母亲进门的第一年，邻居蔡家老爹病重。老人儿媳早年亡故，老伴体弱多病，虽有儿孙满堂，后辈们却因忙于田地活儿，难以照顾周全。母亲看在眼里，三天两头为蔡家老爹送去包子、米糕和汤圆等好吃的东西。不知情的，还以为母亲是老人的儿媳。

同村有位蔡婆婆，脸上长了一个很大的癌瘤，流出的脓血腥臭异常，老远就能闻到。老人逝世后，按乡下风俗，须净身更衣方可入殓，可是谁也不敢近前。那天，母亲正为同村另外一户人家孟生爷主持丧事。蔡姓人家哭哭啼啼地找到孟生爷家，要向母亲下跪，母亲说："谁家没个难处？放心，我这就去！"当即安排好手头诸事，疾步来到蔡家，为蔡婆婆洗身更衣。料理完后，才又匆匆赶到孟生爷家操办丧事。

家住老屋的黑巴爷的逝世，让村人见证了母亲的豁达大义。黑巴爷的妻子冰糖娘，原是父亲的第一任妻子。她曾为父亲生下了一个白白胖胖的男孩，却在八个月时不幸夭折。孩子的夭折，带来了她与父亲一段曾经美好的婚姻的破产。一年多后，冰糖娘带着八个多月的身孕，成了黑巴爷的新娘。作为父亲的第三任妻子，母亲本想把冰糖娘当作姐妹看待。母亲曾对我说："冰糖娘是跟你伯做过夫妻的人，虽然离了婚，但那是上辈人的事。你做后辈的，也要把她当个娘看！"但是母亲的好意却不被冰糖娘接受。她时不时地说母亲的坏话，甚至在我妻子未进门时就从中挑拨，无生中有，泼母亲的污水。父亲曾因这事气得吹胡子瞪眼，要找冰糖娘理论，被母亲制止。在这以后，母亲仍像往常一样与冰糖娘和睦相处，笑脸相迎，好像从来就没遇到过什么不愉快的事情。那天黑巴爷突发脑溢血，不幸逝世，冰糖娘天塌地陷，一家人哭作一团。危难之时，冰糖娘终于想起了我的母亲。她哭着喊："王娘，快叫王娘——"母亲闻讯，当即丢下手中的活计，迅速赶到冰糖娘家操持丧事。母亲这一大义之举，让村人感叹不已。

父亲与母亲在乡下土屋前合影，2004年摄

然而，最让村人难忘的，是母亲为林场孤寡老人细球爷操持后事。细球爷是个单身汉，也是个残疾人，他身材矮小，弓腰驼背，衣着邋遢，大热天里常常不洗澡，不换衣，身上的汗臭老远就能闻到。村里将他作为"五保户"，让他住在林场看山。逝世前，细球爷已病卧月余，大小便失禁，衣服、被褥和床单全被弄脏，且全身长满虱子。林场离我家不远。细球爷病重期间，母亲抽空上山看过几次，还特意送过细球爷最爱吃的糯米汤圆。细球爷逝世后，林场的人都不敢动手，都躲得远远的，看都不敢看一眼。一时间，没有亲人的细球爷，逝后更衣入殓竟难住众人，就那么静静地躺在床上。

母亲从村人口中听说这件事，就发一声喊："逝者为大，入土为安，不能这样对待一个无后的孤老！"这天，赶到林场的村干部正为找不到净身穿衣之人发愁，母亲拨开众人说："让我来吧！"她让人端来烧好的艾水，戴上口罩，为细球爷洗脸梳头，擦洗全身，为其换上干净的衣服。料理停当后，又对场长说："拿块好白布过来，给细球爷盖上！"场长不知所措地摊着手，说哪里去找白布呀，用条麻袋盖一下算了。母亲眉头一扬，指着场长说："这种话也亏你说得出口！"便疾步下山。回到家时，正碰着细姑。得知母亲想法，细姑瞪着眼说："姐啊，细球爷也不是我们亲戚，您管这些做什么！"母亲说："细球爷健在时帮我们挑过谷把，他无儿无女，死了连块遮脸的布都没有，我看不下去！"细姑叹息一声，帮母亲找出一床旧被单，母亲却很坚决地摆着手说："这个不行！"细姑当然不会知道，她找出的这床被单，是我从学校带回来的大红牡丹被单。这床被单经过母亲年复一年的浆洗捶打，已经变得破旧不堪。

母亲从箱子里挑上一卷洁白的细布，送到林场给细球爷盖上。

一生邋遢、没有后人的细球爷，终于在他逝后，体体面面地告别人世。

那一刻，所有在场的人，对母亲的大义赞叹不已。因为这件事，"王娘"的名字传得更响。

五

转正后的第四年，我被调到了县教委，妻儿也随之进城。而已步入暮年的母亲，依然与父亲生活在我的出生地，仍然保持着他们往日的生活节奏，早出晚归，披星戴月，勤扒苦做。

伴随我十年民师岁月的红被单，让母亲换下，从此没有再用。但我后来发现这床打有多个补丁的被单，铺在母亲的床上。我转正后，特意嘱咐妻子为母亲买了两床新被单。

有年我和妻子回家赶母亲的生日，恰巧几位朋友也去了。大家走进母亲的房间，嘘寒问暖。谈笑声中，我无意间看到母亲床上仍然铺着我曾用过的那床被单。被面上，又新增了不少补丁。

客人走后，我责备母亲说："家里不是还有新被单吗？这么破旧的东西还铺在床上，让人看了多不好！"

站在一旁的父亲听我这样说，就有些生气起来："我看你是忘了本了！老话说新三年，旧三年，缝缝补补又三年。这床被单你在学校睡得，现在我们睡就丢你的人了？"

母亲却说："伢儿说得对！这床被单确实太破，好人好客，实在丢人，以后不用了！"又说，"我做鞋底正缺布料，这床被单正好派上用场！"

后来我每次回家，父母床上果然没有再铺这床被单。我想，那床被单肯定是让母亲做鞋用了。

在村里，母亲的针线活儿是出了名的，特别是做布鞋，她不仅针脚细密，鞋底纳得异常结实，而且鞋样做得好，穿在脚上既美观又舒适。至今，我还留着母亲的布鞋。

父亲晚年体弱多病。我放心不下，曾想把二老接到身边。父亲不同意。他说不习惯住城里的集资楼，住着像坐牢，没有地方去。母亲更是不同意。她说："我要是住你那地方，光上楼梯就把我累死，我才不去！"又安慰我说，"你只管一心一意做公家的事，不要三天两头往家跑，这样人家会说闲话的！"

因为有母亲，对多病的父亲我就少了许多担忧。那几年，我常被抽到省市工作，有时三两月没有回家。

八年前的那个秋天，我经历了"从政"后的首次挫折，"拍桌子骂校长"的场面再次上演。机关非学校，人际关系复杂，原本称兄道弟的人趁机离间，落井下石，让我一时倍感凄凉。

就在这当口，国庆节后的第六天，从老家传来母亲中风的消息。一时间，我的屈辱化为泡影，心里只有四个字："救治母亲！"我急速赶回家中，发现母亲躺在床上不省人事。父亲拄着棍子，坐在床前直抹眼泪。

那年的国庆长假，天气干燥。收割了的晚稻田，滚动着燥人的热浪。每年这时候，母亲下田捡谷。家里养了十几只鸡，母亲捡谷即可备下鸡的饲料。那时的母亲年过七旬，她一捡就是一上午，再热也不喝水，而且大部分时间是俯着身子。毫无疑问，这样的劳累对她的健康极有损害。

父亲曾三番五次劝她别去，她不听。这天母亲捡谷捡到中午才回，草草吃点东西，提着篮子又出门去。父亲追上去说："天这么热，你不要去了！"母亲挥着手说："我去捡捡就回来！"刚刚走出村口，便身子一晃，仰面朝天倒在地上。幸好被邻居四娘和香梅发现，及时将母亲抬了回来。

危急时刻，我突然有了母亲曾经有过的镇定，迅速叫来了村里的医生和邻村的郎中进行会诊，很快诊断出了母亲的中风系"脑梗阻"所致，当即采取中西结合的办法，西医输液和中医针灸同时进行。经过两个多月的中西治疗，昏迷半个多月的母亲竟然神奇生还，康复如初。

那段日子里，救治母亲给了我前所未有的力量。为母亲求医问药、病床看护、换洗尿布，替父亲分担忧伤，帮妻子忙里忙外，让我找到了自己的价值。

经历了那场劫难，一家人把母亲看得更重了。她是"两世人"。能活着，就是奇迹；能与父亲相依为命，就是幸福。

母亲康复后，父亲的哮喘病却越来越重了。我每次回家叫医诊治，守候看护，母亲总要催促我早点回去上班。"你是干部，不要耽搁太多，误了公家的事！"如果父亲病有好转我仍待在家里，母亲就会诧异，就会怀疑他们的儿子跟单位头头吵了架，违犯纪律被开除了。我知道，退伍那年拍桌子骂校长，至今还让母亲担忧。我更知道，我只有彻底改掉臭脾气，好好当干部，母亲才会活得自在，才有精神寄托。否则，一旦没有了寄托，她，还有父亲，就会精神崩溃，他们年迈体弱的身体就会百病齐来。

所以，每次回家，我都做出开心的样子，都要编出一些故事，说最近又干出成绩受到领导表扬了。母亲每次听到这样的故事，都信以为真，乐得眉开眼笑，比我捎带水果点心之类的东西都要高兴。

前年六月，父亲去世。料理好父亲后事，我想把母亲接到县城，母亲没有同意。她依然生活在乡下，生活在她留恋的地方。

从此，双休日回家探母，就成了我的生活主题。每次回家，我都要捎上母亲爱吃的东西。

但是母亲，不再有往日的精神。原本健谈的她，不爱说话了；原本极爱干净的她，不注意讲卫生了；原本麻利的脚手，也变得迟钝起来。父亲逝后的前半年，我每次回家，她都坐在堂屋里的一个固定的地方，望着父亲收工的路。这之后，她每天起床的时间越来越晚，坐的时间越来越少，我常常发现她睡到上午十一点多还没有起床。

去年腊月，我和妻子商量，想把母亲接到县城过年。腊月二十六，我腾好母亲住的房间，与妻子一起租车接母。可是赶到乡下老屋，母亲却说："不去，不去！"妻子不甘心，又请出同村的宝玉娘出面劝说，母亲仍是不依。我不好违拗老人的意愿，几番劝说无果，只得作罢。腊月二十九，我赶回乡下陪母亲过年。

大年初二，母亲起床后晕倒，手被摔破的电视机划伤。在此情况下，我和妻子不由分说，硬是将她接到县城。我本想母亲在她有生之年，好好享受孩子们的孝敬，却没想到老人仅在城里住了四十天，就去世了。

母亲逝世后，我和妻子清理老人遗物，发现我们先前买给她的新衣服、新被子和新鞋等物，都原封未动地放在箱子里。

在箱子的底层，我发现了一床叠得整整齐齐的被单。

这正是母亲为我铺下的伴我十年民师岁月的红被单。

这正是那年母亲

这床旧被单，上有三十多块补丁。有的补丁加了三层。
作者2013年3月25日摄于乡下老屋

生日我不让用，母亲答应做鞋底布料的被单！

　　这床被单，缀满了母亲的一针一线。大小不一，颜色各异的补丁，补了一层又一层，占去了大半个被面。

　　正是这床缀满补丁的被单，曾经抚平了我的青春叛逆，安静了我的浮躁迷茫，鼓励着我年复一年挑灯夜读，见证了我一跃而起的命运转机。

　　天国里的母亲啊，这是您留给我的，生命底色；也是您这一生留下的，最为珍贵的遗产！

水中娘

> 蒹葭苍苍，白露为霜。所谓伊人，在水一方。溯洄从之，道阻且长。溯游从之，宛在水中央。
>
> ——引自《诗经·蒹葭》

一

父亲被一堵齐根倒下的火砖山墙险些砸死那年，我母亲李菊英二十四岁多一点。

父亲出事时，我才六个多月。母亲的胸脯上，长了五个多月、痛得她死去活来的乳痈，溃烂的伤口刚刚愈合。高声大嗓的祖父扎起担架，与乡亲们一起抬着我父亲直奔十几里外的县城医院。天塌地陷的母亲跟着担架奔跑，被人一把拉住。"菊儿莫去，你娃还在窠里呐！"母亲就泪流满面地站住，呆呆地看着满是鲜血的担架匆匆而去。

父亲在医院里躺了半年。

祖父在医院里守了半年。

在这半年里，母亲出事了。

我出世后，母亲因患乳痈不能给我喂奶，祖母便抱着我沿河两岸讨百家奶。虽有河东婶娘、河西婆姨的及时哺乳，但人家娘子也有自家嗷嗷待哺的娃儿。于是，祖父上山打柴，下河捕鱼捞虾，拿到城里变卖，换些白糖红糖回来，偶尔也换些稀贵的奶粉。父亲则扛起锄头去了野外，像找金银财宝一般采挖野百合。

野百合是我家乡的一种草本植物，春天开花，夏天结实，长在湾前村后的山坡草地和灌木丛中。它像鱼鳞一样的茎块，富含营养，可哺婴儿。父亲挖回茎块，洗净后交予祖母蒸晒，再磨成细粉备用。我的摇篮岁月，赖以存活的主粮就是父亲挖回的野百合。

而今，父亲重伤住院，祖父守在医院。祖母年迈，又是小脚，母亲便扛起锄头去了野外。

湾前村后的野百合，已让父亲挖得没了踪迹。母亲便扩大采挖范围，穿田过畈，翻山越岭，钻刺丛，攀崖壁，满地寻找。虽竭尽全力，但一天下来也才挖了一点点，有时还会空手而归。

正当母亲为挖不到野百合而犯愁时，生产队长找上门来。他对母亲说："你一个年轻媳妇，好脚好手的，怎么整天游神摆荡，不去生产队里干活？再说了，你家的男劳力现在都不能下地，你不出工，你家的工分就没有了，这样下去你一家子不是更要饿肚子吗？"

家里没有男人，女人就会失去底气。母亲虽有一千个理由，但在队长面前，一句也没说。

第二天，她出工了。

那时在生产队里劳动，全由队长排工。开始几天，队长让母亲独自一人去老屋后山望南坡下的山坳给苕种地锄草。

乡下人种红苕，是头年把新鲜的红苕放入地窖，封泥留孔，待次年三月春暖花开后，打开洞口取出苕种栽入地中，待其新芽长藤铺满地后，挑个雨天，将那苕藤剪成小段，插入整好的山地之中。

此时地里的苕种已经放藤。母亲一面小心翼翼地除草松土，一面想着心思。这是山脚下的一块地，四面环山，寥无人迹。锄着锄着，母亲的心就跳起来。

母亲心跳，并不是害怕。大白天的，她怕个啥呐。为挖野百合，她独自一人翻山越岭，不知去过多少孤山野坳。为了嗷嗷待哺的娃娃，原本胆小的母亲已把想象中的孤魂野鬼抛到九霄云外了。

母亲心跳，是因脚下的苕种。饥荒年月，人们常把上年留下的种子当作充饥之物，全然不顾那些东西发芽后所产生的毒素。母亲身在地里，心却牵挂家里的娃儿。

她想挖出苕种，偷带回家。她相信苕种能够替代越来越稀少的野百合。几次动念，又都打消了念头。

母亲知道我父亲是劳动模范，出席过全县群英会，上过主席台，戴过大红花；母亲知道我祖父为人坦荡光明磊落，年轻时领着一帮穷兄弟走南闯北声名远播，是名满河西的"侠义大哥"；她知道我祖母年轻时在江西米粉作坊做苦工，几次饿得晕倒，宁可饿死，也不偷食……

荣誉的光环罩着母亲为之骄傲的家庭，温暖着母亲年轻的心。也正是这种光芒的照耀和吸引，母亲才成了那个年代的"爱情天使"，才"门当户对"地嫁入高家，与我的劳模父亲结为夫妻。

一连数日，母亲都忍受着内心的痛苦煎熬。

十多天后，生产队长重新排工，让母亲跟着生产队里的几个女人去田里插秧。因我父亲重伤，且在医院里仍然处于昏迷状态，生死未卜，队里的女人们便对母亲多了几分关注和同情。下到田里，便七嘴八舌地说开了。"菊儿啊，你丈夫这回就是不死，往后恐怕也做不了重活，你这辈子要受苦了。""你娃儿才几个月，你又没有奶水，怎么活呀？""这方圆十多里地的野百合都绝迹了，喂娃儿还得想别的法子……"母亲原本心急如焚，听了这些，眼泪就簌簌地往下掉。

也许是出于同情，中午收工时，有个年轻媳妇凑近母亲，指了指不远处的一块苕种地说："你傻啊，养娃儿不能光靠野百合！哎，扒个苕种带回家去，只是避着点儿！"

母亲望着那片苕种地，心又咚咚地跳起来。

母亲晚年照

此时此刻，她的劳模丈夫，躺在医院里昏迷不醒。

此时此刻，她的未满周岁的婴儿，也因食物短缺命悬一线。

此时此刻，是苦守高家的清白荣誉，还是庇护幼子偷扒苕种？

母亲的世界满是泪水。

最终，是几个年轻媳妇的怂恿，让母亲选择了后者。

就在母亲呆呆地站在原地犹豫不决时，几个年轻女人像野猫子一样，溜到苕种地里。她们身手灵活，不一会儿就都扒出了苕种，揣入怀中悄然离去。

看着眼前发生的一切，母亲终于鼓起勇气，向苕种地走了过去。

命运在这一刻，发生了逆转。

二

母亲万万没有想到，有个人像猫一样蹲在山上的树林里，已经盯她很久了。

这个躲在暗处的人，正是催母亲出工的生产队长。

母亲当然更不会想到，生产队长催她出工是有不可告人的目的。

父亲受伤前，是队里的民兵队长。每逢农村收获季节，谷物上场，父亲总要领着队里的基干民兵夜里巡逻。父亲办事认真，为人正直，他当民兵队长时，队里的集体财产从未丢失，为此多次受到大队书记锦秀伯的表扬。父亲住院后，队里的女人便开始偷东西了，先是夜里小偷小摸，后来索性在大白天里成群结队地偷。她们所以如此大胆，是因生产队长的婆娘也在其中。生产队长明明知道，却碍于情面装聋作哑。就在几天前，有人把小队女人偷盗之事捅到大队，引起支书锦秀伯的雷霆震怒，生产队长被骂了个狗血喷头。锦秀伯甩着指头，点着生产队长的鼻子说："你们队里女人偷盗，我看根子还在你这个队长身上，女人能有多大胆子？如果没有男人暗中撑腰，幕后指使，她们敢成群结队地去偷集体的东西？你要是不把盗贼给我查出来，你就是有意包庇。"

大队书记的一番话，让生产队长心惊肉跳。回到家里，他就琢磨：是把几个女人全交出去，还是交出其中的一个？若是全交出去，事就大了，自己这个生产队长当不成事小，弄不好就整成右派了。看来只能交出一个。那，到底交出哪一个呢？生产队长转念一想，发现自己无论供出哪个，都会牵扯到自己的婆娘。而只要牵出婆娘，他的"幕后指使"便被坐实。

生产队长这样思前想后，便想到了我的母亲。我们一家与大队支书锦秀伯私交甚深。锦秀伯不仅对我父亲特别看重，也是我父母的媒人。生产队长料定，交出我母亲，既可保住他的名声，又可堵住支书的嘴。

生产队长与我父亲并无过节，平日里两家关系也算融洽。但他为了交差，也为了撇清自己，就变着法儿害人了。

这个改变了母亲一生命运的生产队长，虽是一介文盲，却是个极有心计的男人。他对我母亲满山遍野采挖野百合的事情了如指掌，料定母亲一旦不能继续上山采挖，必会为婴儿断粮忧心如焚，并料定母亲出工后必会去偷。

为此，他故意安排我母亲一人去山坳苕种地锄草。每天中午、下午收工之前，他像个幽灵一样潜入山林，盯着我母亲的一举一动。

　　常言说"捉贼拿赃"，这个理儿生产队长明白。可是蹲了十几天，他却未能抓到母亲的把柄。于是生产队长改变策略，挑几个女人与母亲一起编组，去偏僻的地方干活。这些娘们都家大口阔，缺衣少粮。前些日子，她们已经偷过几次队里的谷种，因未受到追究，胆儿便大起来，都敢大白天里去偷红苕种了。

　　这一天，生产队长朝思暮想的一幕终于出现了。

　　当我母亲从地里扒出一个苕种，揣在怀里往家走时，生产队长像猎狗一样从树林中冲出，将我母亲一把逮住。

　　"你好大胆子，敢偷队里的苕种！"生产队长一声大喝。

　　母亲一惊，揣在怀里的苕种便落了下来。

　　生产队长一弯腰，得意地抓起"赃物"，举在手中说："你晓得不，你偷了一个苕种，队里就有一块田地插不上红苕，就会抛荒长草，就会有人被活活饿死！"

　　母亲被气势汹汹的生产队长吓蒙了，呆呆地站在原地，一句话也说不出来。

　　生产队长将社员们召集起来，在小队稻场上开起了"批斗大会"。

　　他先是拿来一根麻绳，将我母亲结结实实地反绑起来，吊在树上；然后抓起一根麻绳，对着我母亲抽打。女人们见了都吓白了脸，有人转过身去不敢直视。

　　生产队长耍足了威风，便登上稻场中间立着的石磙，撸着手中的麻绳说："前些日子，队里粮食被偷，就连发芽的种子都被偷了！大队书记说是我们小队女人干的，我还一直不敢相信。集体的粮食，还是种子，偷了就是犯法，是要坐牢的，女人哪有那大的胆子？大队书记说，是有人在后边撑腰，是有人暗中指使！他要我限期破案，交出盗贼，不然就要拿我是问！为了抓贼，我已经半个多月没有睡过囫囵觉了。今天真是老天有眼,让我捉住了这个贼,我终于破案了!"他突然话锋一转说,"我现在倒是要问问大家,这个偷了集体东西的女人,她家里的男人都在医院里头,那又是谁替她撑腰的呢?那又是谁暗中指使的呢?你们听着,这个事情,我还要一查到底!"

所有在场的人,都被生产队长最后一句话给镇住了。特别是那几个小偷小摸的女人,一个个都筛起糠来。打这以后很长一段时间,小队的偷盗风果然好了许多。

三

母亲的世界,在这一天发生了倾覆。

双手反绑,吊在树上,当众批斗,麻绳抽打……

这是继我父亲重伤昏迷生死难料之后,母亲遭遇的又一次地陷天塌。

而在此前,母亲的世界阳光灿烂。她年轻漂亮。她热情活泼。她天资聪慧。她勤劳善良。她是队里的种棉能手、插秧能手和割谷能手,是大家公认的好媳妇,是人见人夸的妇女模范。

而现在,她成了偷苕的贼,被绑,被吊,被斗,被打!

而这一切,都是为了她那嗷嗷待哺的娃儿。

为了我,母亲蒙受了她这一生无法忘却的屈辱。

批斗会后,母亲丧魂落魄地回了家。

她没有把自己的遭遇告诉我祖母。她悄无声息地洗了脸,悄无声息地换下并洗净衣裳,然后悄无声息地躺下。

祖母坐在灶门口烧火,为我熬煮米汤糊儿。她见母亲没像往常一样收工后抱着娃儿转悠,以为是病了,便到床前探视。母亲用被子蒙住头脸,在床上缩成一团。祖母见状,便着急起来:"菊儿,你是哪里不舒服?要不要去叫郎中?"母亲一听要找郎中,便说是做活太累,只想睡觉，不能带孩子。祖母信以为真，连声说："那你好好休息，娃儿我带！"从这天起，我便由祖母带着入睡。

第二天，母亲又像往常一样出工了。她要把自己的屈辱埋在心底。她要以实际行动洗刷自己的耻辱。她要重新做人！

但是母亲很快发现，她已经"不是人"了。先前亲热的姐妹，见了她扭头走开。社员们原本笑着的脸，见了她便像冻僵了一般。没有人敢与母亲走近，没有人敢与母亲寒暄，甚至就连在田头地角单独与人相遇，也难听到一声问候。先前一个劳动小组的女人，也都要求分开。母亲无论走到哪里，都会感到身后有无数双鄙视的眼睛，都会听到叽叽喳喳的议论。

世态炎凉，凄风苦雨，母亲快要撑不住了。

就在这当口，更大的打击接踵而至。

大队书记锦秀伯听说生产队长捉到的"贼"是我母亲，不由分外震惊。他把我母亲叫到大队部，劈头盖脸就是一顿臭骂。"菊儿啊，你们队里女人做贼，我再怎么猜，也想不到是你啊！我真是瞎了眼了，还替你说媒，还想培养你做妇女主任，我是瞎眼了啊！"锦秀伯越说越激动，"你啊，是烂泥糊不上墙，你不配做高家的媳妇！"

母亲的世界再次摇晃。

锦秀伯的咆哮还在继续："在这块地方，做贼这种丑事，赖皮懒汉做得，汉奸走狗做得，地主婆子做得，但你，是一千个一万个做不得的！因为你丈夫是劳动模范，你也是的！劳动模范做贼，这丢谁的脸啊？不是看在你丈夫还躺在医院里，我现在就关了你，送你去坐牢！"

母亲的世界再次崩塌。

十几年后母亲回忆说，大队书记那句"不配做高家媳妇"的话，像四九寒天当头泼出的一盆冰水，浇了她个透心寒，让她对生活彻底绝望。她不知道那一天自己是怎么从大队部里走回家的，也不知道自己如何渡过此后一段屈辱的时光。

在这之后，母亲变了。她木讷，冷漠，迟钝。有时，又会莫名其妙地紧张起来，高声喊叫，歇斯底里。

几个月后，父亲出院了。

回到家中，父亲发现我母亲，与往日判若两人。没有了曾经的活泼热情，没有了曾经的温柔体贴。尤其让我父亲诧异的是，母亲竟因一点鸡毛蒜皮的小事，一脚踹翻煎药的小火炉子。

在"踹火炉子"之后不久，母亲丢下襁褓中的我，与我重伤未愈的父亲离了婚，背井离乡，杳无音讯。

四

从此，母亲背负了终生骂名。

在这之后的若干年中，在我出生的那个名叫"八斗丘乡"的地方，人们都刻意回避我母亲的名字。若是哪家女人尤其是年轻媳妇做出诸如小偷小摸、打骂公婆之类的丑事，人们便会拿我母亲做反面教材，予以斥责和教训。

因为母亲的离去，尚在吃药养病的父亲，倍受村人的关注和同情。

我的劳模父亲，不仅是劳动的一把好手，还是大队宣传队的文艺骨干和宣传队长，是乡黄梅剧团的当家小生，受伤之前名扬乡里。离婚不久，死里逃生的父亲很快越过低谷，撞上好运。他成了县里的新闻人物，成了乡里的照顾对象，也成了当地姑娘小伙的心中偶像。说媒提亲的接踵而至，说客盈门。大队书记锦秀伯更是三天两头登门看望，并专程为我送来那个年月最为稀缺的牛奶和面粉。

留在我幼年记忆深处的，是湾前村后的一个个与父亲年龄相仿的女人。她们或把我搂在怀里，或把我高高举起。她们说得最多的一句话是：

"这好的娃儿也舍得丢下，菊儿也太狠心了！"我渐渐明白，那个狠心抛下我的"菊儿"，就是我母亲。因此，母亲留给我的最初记忆，是个"狠心"的女人。

在此之后的很长一段时间里，包括我，包括我父亲，包括我祖父和祖母在内的很多人，都不知道我母亲抛夫别子的真相，都不知她几次跳塘寻死、几次喝药自尽，都不知道她长夜难眠、生不如死的悲痛。

母亲在娘家排行老三，上有两个哥哥，下有一个弟弟。外公外婆早年逝世。按乡下风俗，"嫁出去的姑娘泼出去的水"，离婚后回娘家住是不光彩的事情。母亲离婚后，在远离故乡的八里湖车水抗旱，在草包厂编织草包。在外漂泊的日子，母亲备受煎熬。她曾趁夜色返回故乡，躲在我家对面的山林里，默默地看着她曾寄予梦想的婆家灯火，默默地听着娃儿的啼哭……

其实母亲并不知道，她为离婚而蓄意制造的"踢火炉子"事件，从未让我父亲记恨。父亲一直盼着母亲回心转意。父亲相信，母亲是因他的意外受伤才心智大乱，才做出不可理喻的事情，终有一天会回来的。正是这种执着的期待，父亲拒绝了所有的上门提亲者，独身十八年，直到我参军第二年才在我二姨的撮合下再婚。

在我童年的记忆里，第一次见到母亲，是我吃罢早饭的时候。那年我已年满三岁，满地乱跑。

那天早饭后，我缠着爷爷带我去河里摇船，忽被一个女人抱了起来。我陌生地看着泪流满面的她，挣脱她的手，复又溜到祖父的怀里。

祖母听到说话声，移着小脚走出厨房。看到我母亲，就"菊儿菊儿"地叫起来，高兴得直抹眼泪。父亲和祖父，也都十分高兴。

祖母拍着我的头说："毛奶儿，这是你姨，快叫姨，让姨抱抱！"

我们乡下称呼亲人，是"低半格儿"叫法，称母为姨，父为伯，祖母为嬷，祖父为爹。

母亲便蹲下身子，复又把我抱在怀里。她抱得紧，像是怕我重新挣脱了样的。我感觉她的身子在微微抖颤。

母亲这次来，是要带我去县城里照相。我一听说是去照相，便高兴得手舞足蹈。在湾里，我们一帮儿时的伙伴，都没去过县城，更没照过像。

那天，母亲带着我，在县城仅有的一家照相馆照了一张像。回来途中，还坐了一趟汽车。那是母亲的大哥，也是我舅舅所在的县汽车队的解放牌汽车，这天要去上乡拉货，我们是凑巧才坐上去的。

后来回想这件事时，我发觉自己的高兴，完全是因为去县城照相和坐了汽车。至于是谁带我去的并不重要。在我眼里，母亲就跟家里的一位远房亲戚差不多。

母亲把我送回家后就悄然离去，就像走了一个串门的亲戚，没有给我留下任何思念。当然，湾里的伙伴，从此再也不敢说我是从油菜沟里捡来的了。

五

我上蕲春一中那年，一天中午下课后，多年不见的母亲突然出现在我的面前。

一中在县城郊区的豁口畈区，离我的出生地八斗丘乡有十几里地。那时交通不便，山里人与畈区少有往来。母亲在这里落根，此前我一无所知。

其时母亲已经再婚，并且生有两个女儿，也就是我的大妹红儿和二妹瘦子。她的第二任丈夫姓彭，是大冶钢厂工人。因大冶钢厂在黄石，我按乡下风俗，尊称他为"黄石爷"。

黄石爷本是蕲春人，老家就在县城一中几里外的农村。他是抗美援朝老兵，在战争中头部负伤。也许是因为头部负伤的缘故，爷的脾气有些古怪。他特嗜酒。高兴了喝，郁闷了喝，几乎无酒不能用饭，并且常常喝醉，一醉就会失态，打人骂人。他曾几次酒后打我母亲，打得母亲无处躲藏，几欲投水自尽。当然这是后来我才听说的事情。有年正月我去舅舅家拜年，恰逢爷也去了。爷喝高了酒，在酒桌上与二舅赌狠抬杠。二舅一急，便当众揭了爷的短，抖出他打我母亲的诸多往事。由此，我第一次对母亲产生了怜惜和同情。

读高一时，母亲还是"半边户"，带着我的两个妹妹，在生产队里劳动。为了多挣些工分，她还放了一头牛。

母亲听说我在一中读书，心里十分高兴。她曾到学校找过几次，但不知道我的班级，几次无功而返。

母亲找我，是要了却一桩心愿。

那年月，农民吃工分，国家干部吃粮票，粮食都是限量供应，吃不饱肚子是常有的事。为了给我找粮，母亲偷苕种惨遭毒打，夫离子散，终生屈辱。如今，母亲是公干家属，生活自比纯农户要好一些。他早就想找个机会，给我一些补偿。如今我在一中读书，离她所在的生产队只有几里地，母亲为此很是高兴。

学生周六中午上完课后放假，周日下午返校，晚上自习。按照母亲约定，每周六中午放学后，我去她家吃住，周日用过晚饭后返校。但我对母亲的一片心意并不领情。此时的我，不再像儿时那样，因为去县城照了一次相，坐了一趟汽车，就兴高采烈的了。因为长期分离，我对母亲的陌生感愈发加重，越来越觉得她是一个外人。在校园里见到母亲，我一点儿欣喜的感觉也没有，有的只是意外。我甚至觉得母亲有点儿自作多情。在我的亲人系列中，祖母才是第一位的。事实上，每周六中午放学后，我都会在第一时间回到十几里外的家。每次回家，祖母都会端上一碗香喷喷的面条或是豆糕。

这是作者与其生母李菊英的唯一合影照，左边少年为作者表兄李毛乃。1960年摄于县城漕河照相馆，时年作者3岁。

当然，我也没有一口回绝母亲的好意。我如实相告：若是周六不回去，祖母会以为我在路上出了什么事，会牵挂的。母亲一听觉得有理，还夸我想得周到。最后商量的结果是：每个星期天，去母亲家里吃晚饭。我之所以这样答应，并不是因为我很懂事，而是冲着母亲说要煨鸡汤才答应去的。在我看来，一碗鸡汤比母亲重要多了。我当时就是这么想的！

然而，去过几次之后，我就不想去了。母亲虽是公干家属，但是生活并不富裕，为我煨鸡汤也只是偶尔的事情。更多时候，吃的是粗茶淡饭，只是粮食稍稍充足一些而已。我是家中独子。祖母、祖父和父亲，宁可自己挨饿，也要让我吃得饱些。虽是饥荒年月，我却少有饿过肚皮。没有鸡汤美食，母亲在我心中的分量很快失去。有个星期天下午，我去母亲家里见堂屋无人，便立马返校。天将黑时，母亲气喘吁吁地找到学校，责备我说："毛奶儿，你也不喊我一声就走了，我就在屋后河里洗菜呐！"寒风中，母亲的身影显得瘦弱和卑微。做为儿子，我不仅没有丝毫感动，却生出几许厌意，说话的语气也有些生硬。母亲原本就很敏感。她愣愣地站了一会儿，悄然离去。

一年后，母亲带着我的两个妹妹到黄石定居。爷是老工人，钢厂安排了家属房。母亲搬家前，没有到校告之，我也没有听到消息。只是几年之后收到母亲的一封来信，才知她去了江南。

六

收到母亲来信时，我已是"天涯海角"的一名解放军战士。

第一次看到母亲来信，我觉得有些新奇。她是怎么找到了这个地址？再看母亲的笔迹，那字虽然歪歪扭扭，却是一笔一划极少有错。我不由暗暗佩服。父亲说，母亲只读过二十多天扫盲夜校。湾里的叔伯婶娘，不少人读完高小连张请假条都写不了。

母亲说，是爷去我家里要来的寄信地址。她在信中说了三件事：一是要我寄张穿了军装的照片给她。她说十几年前带我去县城照的那张像，搬家时弄丢了。二是我探家时，去黄石看看三个妹妹。至此我才知道，母亲去黄石后又添一女。第三件事是，我退伍后将档案转到黄石，接爷的班，进公安当警察。他说爷有许多老战友是市局领导，有公安局长，有武装部长。母亲说，我退伍后的安置问题，爷拍了胸，爷的战友也拍了胸，这事一定能够办成。

当兵第四年夏，我在探亲归队之前，去了一趟黄石，见到了一别七年的母亲。

我的到来，让母亲喜出望外。因我探家前给母亲写了信，这些日子她倍加想念，天天盼着我的出现。隔壁左右的大娘大妈们，都过来看热闹。一位大妈挥着手说："你这伢儿啊，把你老娘都想疯了，她是天天念，连个生意都做不了了。一听说有解放军，就以为是你！"

"一听说有解放军，就以为是你！"这一句，让我怦然心动。我参军第二年与世长辞的祖母，也是这样思念我的。

归队不久，我便接二连三地收到母亲寄来的接收信函。母亲来信说，接收手续都办好了，我一退伍，便可去市局当刑警。

次年元月，我退伍了。我和母亲都没想到，这年国家政策有变，"接班"手续停办。爷找公安局、人武部的老战友说情，还带我去军区找首长说明情况,都无济于事。我的"警察梦"未能实现,母亲的"团圆梦"也化为泡影。

从黄石回来,我很沮丧。退伍之前,我去黄石当警察的事情已经传开,弄得村里的年轻人都很羡慕。那时在人们的心目中,进公安当警察是很荣耀的事情,无异于当兵提干。而我在部队,因为军训成绩突出,军事技术过硬,几次被舰队司令部和基地司令部"借用",去广西、新疆等地执行任务并受嘉奖。又因爱好写作,有书画特长,我连任两届连部文书,成了小有名气的"军中秀才"。参军第四年,基地拟调我去司令部任宣传干事,只待老兵退伍之后宣布命令。而在这关头,我却拿着母亲寄来的接收函,打起了退伍报告……

没能当上警察的我,回乡后成了村小学的孩子王,在三尺讲台一站就是十二年。十二年间,我结婚生子,从"为人之孙""为人之子",到"为人之婿""为人之夫""为人之父",多了几重社会角色,对母亲往日看似反常的诸多行为,开始有了新的感悟。父亲也已再婚。贤惠能干的继母,渐渐模糊了在水一方的生母。

七

若不是我人生路上突然遇到一个坎,我这辈子与母亲也许将会渐行渐远。

1992年,我在有六千多人参加的全县"民转公"考试中,以数学考试全县第一、总分全县第二的成绩一举中榜。

那时农村基础教育是民办教师挑大梁,全县万余名教职工六成以上是民师。参加"县考"的,都是经过层层筛选的拔尖者,同时竞争二十六个"转正"指标。要想胜出,一要实力,二要运气。考试在七月下旬,正是酷热难当的日子。有人考前中暑,尚未提笔就猝然晕倒;有人考前失眠，走进考室精神恍惚；有人过度紧张，拿到试卷大汗淋漓，双目呆滞……

听说我被录取，全家人都很高兴。但当我接到录取通知书后，一家人又都傻了眼。

这年"民转公"，并不是直接招录公办教师。凡考取者须读两年师范，必须缴纳四千六百元学费，而且要在五天之内上缴。通知书上分明写着：逾期不缴学费的，一律视为自动放弃录取资格！

那时稻谷每担十七元。一年能卖二十担谷，算是"种粮大户"，收入也才三百多块。四千六百元，对于一个贫寒农家，无疑是个天文数字。

当时家里谷仓有十几担谷，猪圈里有一头猪，对面山上有两分地山药。谷是全家人的口粮，卖不得；猪儿只有七十多斤，山药也未成熟。但是除了这些，家里实在找不出可以变卖的东西了。

要筹这笔钱，只有去借。但是向谁借呢？家里的亲戚朋友，没有一家是富户，有的甚至比我家还穷。父亲不甘心，当天下午去找亲戚，结果空手而归。

晚上，一家人坐在堂屋里，看着这张通知书，一时没了主意。

父亲沉思良久，抬起头来看着我说："明天去趟黄石吧，看看你姨有没有……"

看来只有这条路了。

次日一早，我到县城搭车，去黄石借钱。出发前，父亲嘱咐我说："你跟姨说，我们借的钱，会一分一厘地还给她的。"我说："这个当然，就怕姨也没有……"父亲说："万一没有也不要紧，昨天晚上我想过了，仓里的谷能卖三四百，地里的山药能卖两百多，再把猪和牛卖了，至少能凑两千多。这空下的两千多，你给上边说说情，我们明年再还……"

我本想说"这是不可能的"，但话到嘴边又咽了回去。把谷卖了，一家人就得挨饿；把牛卖了，家里的"责任田"就无法耕种。父亲说这话时，悲怆的神情让我怦然心动。那一刻，我已作好准备：如果借不到钱，就不再教书，外出打工。

一路上，我的心情十分复杂。一方面寄希望于母亲，能圆我的师范梦；另一方面，又觉这样十分的不妥。此时的我，已从大队书记锦秀伯口中，得知了当年母亲"抛夫别子"的真相。

锦秀伯一向看好母亲的为人，并将其当作干部苗子培养。猛然听到母亲偷盗，不由分外恼火，一怒之下才恶语伤人。事后一想，便冷静下来，发觉此事有些蹊跷。于是明查暗访，一个多月后才查出真相。恃强凌弱的生产队长，原本是个胆小如鼠的男人。大队书记一拍桌子，他就蒙了。为了"坦白从宽"，他一把鼻涕一把泪，将他设计陷害我母亲的前后经过如实招来。锦秀伯气得七窍生烟，跺脚大叫，狠扇了生产队长几个耳光，并且撤了队长的职。我退伍这年，年逾六旬的锦秀伯还在大队书记任上。一天他到我家，面色凝重地对我说："你黄石的姨你要看重些呐。她跟你父离婚是迫不得已，我有过错……"

而这一切，母亲一无所知。

我还知道，对此一无所知的母亲，一直生活在自责、内疚和悔恨之中。她觉得自己"罪孽深重"，是个"罪人"。她年复一年地忍受着对至亲骨肉的牵挂和思念，却又不得不忙于沉重的生计，与我隔江而居，天各一方。她之所以如此盼我退伍之后转入黄石，那是母爱使然。但是作为儿子，我不仅没有化解母亲心中的郁结，为她分担忧伤，反而一而再、再而三地冷待她、疏远她，甚至误解和伤害她。我的无知和任性，已让圣洁母爱蒙尘。

在我退伍几年后，母亲皈依佛门。但为生计，继续做着街头小贩，白天守摊，晚上念经。对她而言，一勺一匙皆心血，一分一厘都是汗。

然而，当我来到母亲面前，惴惴不安地道明来意，母亲开心地笑了。她说，再怎么困难，也不能丢掉"转正"指标。因为家里没有存款，她到邻居金妈家里"报喜"。听说是借学费，金妈没说二话，当即取出存折。母亲要打借条，金妈笑道："老李啊，都十几年的老邻居了，我还怕你赖账不成？"

因有母亲相助，我终于越过了人生路上的一道坎。

我所在的"民师班"是半工半读，每年在校住读四个多月，其余时间放假。母亲得知这一情况，便要我假期来黄石住，让爷在厂里给我找份临时工。为了尽快还清债务，也让母亲在邻里之间不失信用，我正为找不到勤工俭学的门路发愁。母亲的提议，正好解了我的燃眉之急。那两年间，只要学校放假，我就赶到大冶钢厂做工，既挣了一笔宝贵的学费，也增长了一段难忘的阅历。只是为了我，母亲受累了。那段日子，她晚睡早起，为我洗衣做饭，精心调理我的生活。毕业前夕，我在母亲及众位亲友的帮助下，终于还清了全部债务。

八

师范毕业后，我成了公办教师，先是分配到一所中学任教，尚未报到，又被调到县函授站，一年后又调到县教育局。

因为工作繁忙，我少有时间去看母亲。一年中，只在年关过江探母，也是来去匆匆。

一晃又过七年。

1999年古历八月下旬的一天，我突然接到黄石爷打来的电话。爷焦急地说："你姨迷了路，找不到你的家……"我在县城的家，是单位的集资房，母亲从未来过。我急问："姨在哪里啊？"爷说："她到溵河了，想来看看你，现在一个十字路口……"这两年母亲潜心佛事，极少外出，怎么大老远的找到这里来了？我来不及多想，便与妻子分头去找。

临近晌午，妻子高兴地打来电话，说母亲找到了，已经到了家。我便急忙赶回家中。

母亲坐在小客厅里。她身着蓝布长衫，脚穿布鞋，头发飘忽，面容有些憔悴。见了我，母亲笑了。我第一次发现母亲是那样的亲切和慈祥。

母亲已有多年没有回故乡了。许是因为上了年纪，母亲的思乡情绪日渐加重。中秋节前，就唠叨着要回老家看看。因为偏头痛的老毛病又犯了，加之感冒咳嗽，就一直挨到现在。爷说："月饼搁久了会变质的，还是我送过去吧？"中秋节前，母亲备了几盒中秋月饼，原想中秋一过就带过江来，因病搁置十余天了。母亲向来节俭，听爷这样一说，次日一早便搭轮渡，转班车，硬是撑着病弱的身体找了过来。

那时，我完全没有意识到母亲在人世间的日子已经不多了。我也没有想过她对儿子思念已经到了何种程度。得知她感冒咳嗽，我竟责备她说："您看看，为送几盒月饼，感冒了不去治疗，大老远的跑来跑去值得吗？"

母亲没有因为我的无知而生气，只是宽容地笑了笑。她掏出二十多块钱要给她的小孙子买东西吃，被我劝住。其时，大妹二妹已经出嫁，三妹尚未成家，一家人的生活开支，全靠爷的工资维持。

因为母亲吃素，妻子去附近超市购置了锅碗瓢盆等厨具和新鲜素菜。下午，妻子又带母亲到附近诊所看病。医生诊断后说，母亲血压偏高，并有气管炎，先给母亲输了两瓶点滴，准备次日接着治疗。

母亲输了液，感冒症状明显减轻，头也不晕了。晚上，我和妻儿陪母亲高高兴兴地吃了一个"团圆饭"，圆了母亲的一个心愿。

当时我的住所，也跟母亲在黄石的住所一样只有五十多平方米，人均住房面积不足七平方米。看着拥挤的住房，母亲有些遗憾。她说如果住房再宽敞些，真想在这里住下。我对母亲说："等到以后我买了大房子，一定把您接过来！"又劝母亲说，"您好不容易来一趟，就多住一些日子。"母亲点头应允。晚上，本想陪母亲多坐会儿，却因母亲身体不适，便早早服侍她就寝。

次日一早,我和妻子悄悄起床准备早餐,却见母亲在房里盘腿打坐。这是母亲皈依佛门后形成的习惯。为不打搅母亲,我和妻子轻手轻脚,生怕弄出了响声。

因怕上班迟到,我未等母亲念完佛经,便先吃了早饭,匆匆上班而去。却不曾想我这一去,竟留下终生遗憾。

中午下班回来不见母亲。妻说我上班不久,黄石爷打来电话,说邻居金妈要母亲赶回去参加庙会。母亲原本答应去诊所输液,接到电话,便执意要赶回黄石。妻子不好违拗,只得将母亲送到长途客运站搭车……

恍惚间,我生出一种孤独感。那是蹒跚学步的娃娃突然与母亲走失的感觉。在此之后十多天里,我一直有种莫名其妙的不安。

一天夜里,我坐在小客厅里,看着母亲十几天前坐过的地方发愣。我提起话筒,给母亲打一个电话。电话拨通了,听到的却是爷的声音。我顾不上寒暄,开口便问:"爷啊,我姨呢?"爷说:"你姨躺着了。"我知道,母亲一向睡得很晚,便问:"怎么这早就躺下了?"爷说:"你姨摔了一跤。"我急问是什么时候摔的,摔得怎么样,爷说是上午。我对爷说:"既是摔着了,还是要赶快送到医院治疗啊!"爷说:"好吧,明天送到院里看看。"

听爷话语不急,我以为母亲只是走路不小心摔了一下而已,并没有往坏处多想,却未料到几天之后,突然接到母亲病危通知。我和妻子慌忙赶到黄石医院,发现母亲已重度昏迷,命悬一线。

至此才知,母亲摔倒后发生轻微脑中风,如及时送医院治疗,原本没有生命危险。但母亲和爷都未经历此事,导致病情延误。我打电话的这天晚上,凌晨三点前母亲还处于清醒状态,但有不祥预感。她对爷说:"如果我去了,把我骨灰撒到长江……"爷还责怪她想得太多。不一刻,母亲的病情急转直下,送到医院时,已昏迷,医院当天就发出病危通知。

在深圳打工的三妹闻讯大惊，急忙乘机赶回。她扑到母亲病床前千呼万唤，母亲没有任何反应……

看到母亲昏迷在病榻之上，我几乎不敢相信自己的眼睛。就在十几天前，母亲还好好的坐在我家里，还嘱咐我诚心向佛，善待弱者，饶恕所有曾经伤害过自己的人们并劝其改恶从善……那一刻，我的脑海一片空白。

妹妹们对着母亲的耳朵呼喊："乡下哥哥来了，乡下哥哥来了！"

我轻轻地叫了一声："姨……"

对外界声音连续三天没有任何反应的母亲，突然出现了剧烈抖动，眼角流了泪水，喉咙里发出了悲痛的咕噜声。她吃力地扬起了那只没有插入针头的瘦骨嶙峋的手。

这一幕，让所有在场的人都很吃惊。

这一幕，更让我刻骨铭心，终生难忘。

我紧紧握住母亲在空中晃动的手，一时百感交集。多少往事，涌上心头。

这一刻，我才知道，什么叫"母子连心"……

几天后，母亲逝世。

我抱着母亲的骨灰，在妹妹们的相伴下，来到长江边上。

望着浩瀚的长江，我忍了多时的泪水，不禁夺眶而出。

我们租了艘小船，驶向江心。解开红布包，母亲的骨灰洁白如玉。我们一把把，一把把，将母亲的骨灰洒向长江。

这一年，母亲六十五岁。

在此之后的十多年间，每年清明，我的思绪都会飘向浩瀚的长江。在那滚滚的波涛里，我有恩重如山的娘。

母亲的逝世，成为我心中无法言说的痛。十多年间，我害怕提及母亲，却又常常梦到母亲。在梦乡，母亲还是当年的模样，身着蓝布长衫，还是那么亲切和慈祥。每次梦醒，泪水湿透了枕巾。

母亲啊，为儿曾经的无知，为您曾经的不幸，我一次次揖拜苍天，跪叩长江。您在天上，像月亮一样皎洁；您在水中，像岁月一样流淌。

母亲，如果有来生，我还是您儿子。

我们母子，永不分离。

故乡的河

　　我的鄂东故乡，有条清澈见底的河。她在山里叫溪水，荡出大山叫蕲河。一会儿自东向西，一会儿由北向南，默默流淌，蜿蜒向远方，汇入长江，像一条绿丝带，延续着千载不变的美丽与传奇。

　　这条长江的支流啊，像个枕山而眠的少女。地层深处奔涌不息的岩浆，在她的枕榻之地大别山南麓掀起大海一般的波澜。万山之间，一缕缕小溪飘逸轻盈，像是姑娘被风吹起的蓬松秀发。兀地突起的泗流山、将军山、仙人台、三角山、太平山和横岗山，将那缕缕青丝拨弄得灵活生动，千回万转。

　　小时候，我跟着爷爷去河西姑嬢家，第一次见证了蕲河的美丽。那是一个红叶烂漫的秋日，蕲河在阳光下闪烁着耀眼的光晕，河床上满是黄沙。几个翘着小辫儿的牧童在河湾里摸鱼戏水，打柴的汉子卷起裤腿悠然而过。我挣脱爷爷的手，一溜烟儿冲下河堤，跳进水里。那水清凉而又温润。鱼儿们在水草间游弋，如蜻蜓穿梭于草丛。

　　我在河东岸望南坡下的破茅房里降世，在蕲河里泡大，家贫屋破，一穷二白，但不比城里的娃子笑得少些。我挺任性，没满月就使性子，哭起来手脚舞得像一只虾。那是饿呀。奶奶抱着我，沿河两岸走村串户讨百家奶。因为饿，我吃起奶来很不斯文。奶奶说，河东婶娘、河西婆姨的奶头上，不知留下了多少我的牙痕。先前摆渡的爷爷，在我父亲重伤后也把渡船转了出去，早出晚归上山打柴，下河捕鱼捞虾。我能在祸不单行的年月活将下来，并且活得活蹦乱跳，那是众位亲人的庇护，也是蕲河的恩泽。

父亲晚年提起鼓板，2004年摄于家中

因这一点，我对故乡的蕲河便有一种恒久的感激。

大概五岁时，父亲常带我去河东瓮门龙头赶场子。此时的父亲已是名满山乡的鼓书艺人。赶场子是乡下俚语，就是说书。那个春暖花开的清晨，我骑在父亲的肩膀上，迎着山里的风，赏着蕲河的景。

那是一幅多么美妙的图景。霞光映在波光闪闪的河床上，像落下万点火星。成群的水鸟在轻轻地起落。落下的像一朵花，升起的像一片云。父亲一边赶路一边往河里看，突然尖着嗓子打了个悠长的唿哨，成群的水鸟便应声掠起，与彩霞齐飞。

光阴荏苒，一晃四十多年过去了，我的爷爷、奶奶和父亲已成故人，可我还记得父亲的歌谣："沙子是盐水是油啊，掏不完的金银喝不完的酒；只要娃儿快快长，只要河水慢慢流；大水不冲龙王庙啊，娃儿命大我不愁……"

我的确命大。一岁多时我翻船落水，被旋转的急流卷入河湾深处，却又奇迹般地漂到下游河滩上；三岁多时，再次从小木船上跌入河中，被旋入河底不见了踪影，却在人们的惊呼声中浮了上来……

读中学时，我曾邀上一群伙伴逆河而上，寻找蕲河源头。

那是一个郁郁葱葱的夏日，我们登上八百多米的泗流山主峰，见证了"根扒两省，叶落三县"的极顶传奇。

泗流山乃蕲河源头，也是蕲春万山之母。山之东部乃安徽太湖。极目远眺，龙山夜雨，玄妙古松。花亭湖宛如碧玉，镶嵌在群山之中。山之北麓乃邻县英山。那里是中国古代发明家、活字印刷发明者毕昇的故乡。

泗流山层层叠嶂的山峦，如波涛般向鄂皖两省伸延漫卷；连绵不尽的山脉，又如一支支巨大的胳膊，挽起太湖、英山和蕲春。起伏跌宕的群山，抖开一匹匹洁白如绸的瀑布，拧成千百溪流，抽出条条小河，汇成茫茫蕲水，浩浩荡荡两百余里。蕲河水系覆盖之广，几近全县版图面积的百分之八十。

这条故乡的母亲河啊，养育了一河两岸的蕲春儿女。千百年来，多少蕲阳子孙得蕲河之灵气，或寒窗苦读科场进士，或著书立说青史垂名，或传道授业饮誉中外。至近代，浇灌了名扬华夏的"文昌之乡"，滋润了闻名全国的"教授县"。据县志记载，自上世纪二十年代以来，从蕲河两岸走出的专家、教授和学者多四千余人。他们的足迹，遍布世界各地。

高中毕业后，我在公社当通讯员，有幸参加了县里组织的"名人古迹"寻访采风。我们一行数人沿着蕲河故道，上下求索，两岸寻访，历时月余。正是这次寻访，我才知道宋代文学经典《太平御览》《太平广记》的编纂者吴淑,生于蕲水河畔;才知道明代医药学家、一代医圣李时珍,少饮蕲河水,老隐蕲州城,一部《本草纲目》皓首穷经,闪耀东方文化的光辉;才知道明代文学家吴承恩,曾在蕲水河畔的荆王府任职多年,阅尽蕲河两岸风土人物,创作了不朽名著《西游记》;才知道明朝开国大将康茂才、清代文学家顾景星、楚北大儒陈诗、辛亥革命先驱詹大悲和田桐、国学大师黄侃、华北抗日联军司令董毓华、文艺理论家胡风等杰出人物,都是蕲水河畔的子孙。

参军那年,爷爷还健在。听说我当兵的地方是"天涯海角",就要带我去河边看水。看水是船工行话,即识水流的缓急、深浅及其水下的流沙、沟壑和暗礁。其时我已换了军装,过几天就要远行。我对爷爷说:"天太冷了,我还是陪您在家里烤烤火吧。"爷爷挥着手说:"当海军少不了要与水流打交道。怎么识水性,看潮汐,你得听我说道说道!"我当然知道,当过船工的爷爷,大半辈子在江河里渡过,怎么"看水",他确有独门功夫。奶奶也说:"江无底,海无边,小心驶得万年船。你当海军不识得水性,那怎么行呀,还是下到河里,让爷爷再指点下吧!"于是我便跟着爷爷去河边看水。

那是一个晴朗的冬日,蕲河在阳光下安静而慈祥。一湾河水从山谷中悄然抽出,像是一条银色的飘带,被徐徐山风骤然吹起,绕着河道打个弯弯;又像个羞涩少女,一路摇摆着小巧的身躯,低眉掩面却又婀娜多姿地向西飘去。恍惚间,小儿时节捕鱼摸虾、击水嬉闹的情景浮上心头。因为贪玩,爷爷不止一次地扬着粗大的巴掌,把我从河里赶到岸上。

爷爷指点着浅水滩,说这河啊,不要看她清亮见底,就可以随意踩踏。这浅水滩里也淹死过人,多半还是会水的人。听了爷爷的话,我就想起唐代诗人杜荀鹤的一首题为《泾溪》的诗:"泾溪石险人兢慎,终岁不闻倾覆人;却是平流无险处,时时闻说有沉沦。"我突然明白了爷爷的用意,他是提醒我:在和平年代当兵也不要忘乎所以,丧失警惕,而应

作者在泗流山上，1997年摄

永远保持清醒的头脑，时刻睁着警惕的眼睛，时时处处小心谨慎。

因为这次看河，我才知道爷爷是新四军的地下交通员，才知道蕲河水不仅养育了当地百姓，也养育了中原突围后疏散到蕲北山区的新四军战士；才知道时任新四军五师师长的李先念，在蕲水河畔休养生息，转战鄂皖；才知道刘邓大军千里跃进大别山后，刘邓首长在蕲水河畔的胡凉亭，指挥了著名的"高山铺战役"，由此拉开了解放战争的战略反攻序幕；才知道清秀的蕲河啊，也有惊天动地的英雄气概，也有永垂史册的红色传奇。

在"天涯海角"当兵，我虽见惯了大海，但是故乡的蕲河却常常流淌在我的梦乡。参军这年，父亲来信说，家乡万人上马挑蕲河大坝，以治水患。几年后我退伍还乡，果见蕲河两岸筑起了大坝。改革开放后，县里又对河堤河道进行过几次较大规模的修整，使得蕲河更加美丽。

故乡的蕲河啊，虽无长江之浩瀚，无黄河之磅礴，却以她千年不变的清纯与执着，养育了一河两岸的蕲春儿女，庇护了大别山南的荆楚文明。

我爱您啊，故乡的蕲河！是您给了我无穷的力量，是您赋予了我生活的勇气，是您滋润了我纯净的心灵。

您啊，我的蕲河，我的母亲……

邀来明月化新妆

近日有朋邀吾出游，并吟诗一首咏之所在："一池春水酿琼浆，引来百秀送芬芳。千里银波壮似海，万顷林涛阔如洋。秋来群山红霞漫，冬至满地白玉藏。嫦娥广袖轻飘舞，邀来明月化新妆。"诗之胜景，人间有否？友曰："百闻不如一见，来净月潭看看吧，保你大饱眼福！"

净月潭是东北长春的一个湖泊，面积不大，仅有四点三个平方公里，但水质清纯，风景秀丽，被誉为东北绿色明珠。1998年，长春市政府以此为标志，建立净月潭国家森林公园和吉林省净月潭旅游度假区，中外游客纷至沓来，而今已成国家五A级旅游景区。

为了说服我这个"大别山人"到此一游，友人如数家珍，细说净月潭景区景点。

净月潭森林公园坐落于长春市郊，水秀山清，碧空如洗，堪称繁华都市的一方净土，宛若五柳先生笔下的世外桃源。景区内，有森林浴场、滑雪场、沙滩浴场、碧松净月塔楼、北普陀寺、鹿苑、水上游船、荷花垂柳及金代古墓等多处景点，潭水群山相映成趣，关东风情融入其中，自然景观与人文遗迹浑然一体。

当然，最让我神往的还是净月潭。一潭碧水林深处，何以净月照苍穹？是文人骚客的溢美之词，还是市井乡野的民间传说？听朋友说其典故，深为感叹。

有则美丽的神话故事，从长春流传到台湾。当年下凡人间与孝子董永做了百日夫妻的七仙女，一日坐于天庭遥望凡间，想起当年的夫妻恩爱，不由百感交集，落下两颗泪珠。一颗落在台湾岛，化成日月潭；一颗落在长春市，化成净月潭。因是同一仙女的两颗泪珠所化，两潭所在景物也如出一画，环潭皆山，潭水皆碧，同现"青山拥碧水，明潭抱绿珠"的奇妙景观。由此两潭相映，成为"姊妹潭"。2010年6月25日，台湾南投县长李朝卿先生专程送来一罐日月潭水，参加长春、南投两地共同主办的日月潭、净月潭两潭之水交融仪式，表达两岸同胞的骨肉深情。此前，台湾亲民党主席宋楚瑜先生也慕名前往，尽情游览后挥豪赞曰："雪国风光长春市，美不胜收净月潭！"

而友人对净月潭的历史考证，更让我生出诸多感慨。

美丽的净月潭并非天然形成，而是伪满时期的人工造湖之作。为化解长春水源供给不足的矛盾，巩固日伪政权，伪满洲国建设局在日本侵华殖民机关"南满洲铁道株式会社"的协助下，于1934年5月，雇佣大批中国劳工，在长春东南十二公里处的沿子河截流筑坝，造湖蓄水。此项工程浩大，历时一年又七个月，削平两座山头，动用民工数万。建成供水后，伪满建设局长郑禹与他的父亲，也就是伪满内阁总理兼文教总长郑孝胥，与多位日伪官员一道，陪同伪满"皇帝"溥仪坐船游览这个劳师动众的人工湖泊。"乐不思蜀"的皇帝溥仪，被湖光山色所陶醉，于山水之间流连忘返，游至月悬空中仍不思归。身为"建设局长"，郑禹可谓造湖功臣，陪伴于"皇帝"左右。有同游者要求郑禹给这湖泊起个名字。面对湖光月影，郑禹不由想起《红楼梦》"枉凝眉"中的两句诗："一个是水中月，一个是镜中花。"于是便给此湖取名"镜月潭"。在场的日本人将"镜月潭"听成"净月潭"，连声称妙。既然日本主子都说好，作为汉奸奴才的伪满皇帝、伪满总理、伪满局长等"乐不思蜀"之辈，岂能说个不字？于是众人随声附和，连声称妙。这么一来，"净月潭"一名便在民间传开。

这则关乎净月潭"出身"的考证，非但没有改变我对净月潭的美好印象，反倒激发了我更为浓厚的兴趣。想当年，盘踞在我东北的日本关东军，阴谋策划，自导自演，秘密炸毁柳条湖铁路并嫁祸于中国守军，炮轰东北军北大营，悍然占领东三省，制造了震惊中外的"九一八事变"，并搬出前清废帝溥仪做儿皇帝，建立伪满洲国，致使我东北三千万同胞沦为亡国奴长达十四年。

但是侵略者们却像"井中捞月"的猴子，无论身手多么灵活，终究是千古遗笑，空喜一场。他们阴谋策划"九一八事变"占领东三省，又故伎重演制造"七七事变"践踏大半个中国，却以其血腥的屠刀撩开了二次大战东方战场的大幕，敲响了"大日本帝国"的世纪丧钟。那些不可一世的日本战犯，落得个身败名裂、遗臭万年的可耻下场，真是"机关算尽太聪明，反误了卿卿性命"！

光阴荏苒，日月如梭，一晃七十多年过去了。东北林海还是当年那般郁郁葱葱，东北的群山还是当年那般巍然屹立。依偎在群山之中的净月潭，比当年更加美丽。借用清代诗人张英《观家书》意，真乃"净月潭水今犹在，不见当年土肥原。"净月潭这颗东北明珠，她只属于美丽的中国！

由净月潭，我又想起了战后健忘多梦的日本右翼。他们借助美国主子的庇护，以作哈巴狗为掩护，悄然坐大成豺狼；再以充当忠实狼狗为幌子，悄然坐大成虎豹。他们利用美国政客的意识形态偏见，以助美军构建"第一岛链"围堵中国为掩护，悄然发展军备，坐大成为超级军事大国。就已公开的数字表明，日本自卫队现有兵力突破《和平宪法》规定两倍多，战舰吨位突破四倍多；军费开支超过俄罗斯，位列世界第五；建有门类齐全、寓军于民的军工体系，拥有现代战争最核心的军工科技及其制造能力，能独立研制和大规模高速度地生产飞机、坦克、火炮、导弹、舰艇等先进武器，军工水平领先于亚洲诸国，其自行研制的导弹、坦克、舰艇和电子作战指挥系统已达世界领先水平。导弹和航天工业发展神速，拥有世界一流的军事侦察卫星系统。仅海上自卫队的大中型舰艇数量，就跃居世界第三，并且装备先进，均采用了隐形、新材料、电脑、垂直发射等一系列高新技术，处于世界领先地位。大部分军舰是近几年的最新装备，甚至比美国舰艇还新。其固定翼反潜飞机和反潜直升机的配置数量，仅在美军之后，大大超过了包括俄罗斯、中国在内的其他国家。此外，还有十七支导弹部队，形成了由预警机、侦察机和地面雷达组成的侦察预警体系。毫不夸张地说，日本几乎可在一夜之间变身，发动大规模侵略战争。

然而，安倍之流自欺欺人的丑恶表演，中国人一眼看穿。自以为聪明得意的日本右翼，不过是一群"井中捞月"的跳梁小丑！

前事不忘后事之师。忘记历史就意味着背叛。日本人应该记住。中国人也该记住。所有游览净月潭的朋友都该记住。美丽的净月潭，是日本入侵者"井中捞月"的历史见证。她有着无与伦比的美丽，更有着无与伦比的传奇。

净月潭啊净月潭，你是华夏的女儿，你是和平的使者，你是任何入侵者掠夺不走的东北明珠。

恩者如灯

茫茫人海中，我幸遇许许多多的恩者。如山间的小树，因为有阳光、雨露和土壤，才活着，才成长，才与万木浑然一体而成绿洲。我的人生之旅，每一微小的进步都离不开恩者的把扶，都满含着恩人们的叮嘱与期待。

在我退伍还乡登上山村小学的讲台，成为山里的"孩子王"时，我遇到了一位名叫"邓屏"的恩者。

其时，邓屏带着"县政府教育督导评估小组"到校检查。他的工龄接近我的年龄。因为他任过机关党支部书记，大家都习惯叫他"邓书记"。

邓书记当过乡下教师、文教组长、教育局小教股长。我是在他"小教股长"任上才结识他的。

那时，我在家乡村小学当"民办"。常年埋头教书，家小难顾，田荒屋破，生活艰难。看到我这副落魄的样子，本家的一位在南方打工的侄子劝我"跳槽"，去他所在的公司当"老板的秘书"。他告诉我说，他去年正月来我家"拜年"的时候，已把我发表过的几篇文章悄悄收集起来，带回公司后送给了老板。老板看了材料，对他说了一句声音很大的话："你要是能把这个人弄到我的手下，我给你涨工资！"由此可见，那位至今也未谋面的老板，当时的确是把我当成了"人才"。在表侄的劝说下，我心动了，做好了"熬到年底把工资拿回来就去南方打工"的准备。

这是上世纪九十年代初的事情。就在这年秋后的一个黄昏，在那个我蹲过十几年的黄土岗上，孩子们放学了，校园一片沉寂。下午放学前，校长要我收拾房子，说是县教育局有个姓邓的股长来住。我有些诧异。学校里数我的房子最糟，连一条像样的板凳也没有，就对校长说，让领导住女老师的房吧，那里收拾的又干净又顺眼儿。校长说，这位领导晚上要看书学习，要写东西，得有个台灯。学校房里的灯泡都吊着，悬得老高，光线昏暗，独有我用铁丝和木板自制了一个"灯台"。住我的房，这是领导的意思。

打扫完了房间，在学校厨房匆匆就着一碟无油的咸菜吃了碗饭，我便来到校外的山坡上。望着如血的残阳，和从远处山坳里的家缓缓飘起的炊烟，想到自己年至"而立"而一事无成，心里顿生悲凉。

在夕阳接近地平线的时候，邓书记从乡下走访回到了学校。这天，他在村里挨家挨户地了解"扫盲"情况，一大早出发，中午在村民家里吃红苕，至暮而归，很辛苦的。在落日余晖里，我看到他一步一步地沿着山坡小道向上攀登，身体微向前倾。那有些花白了的头发，让夕阳印染着，变成了红色，就像一团闪动的火焰。陪同他的有村干部，有文教站长，还有紧挨身后忽左忽右的校长……看到平日有些骄横的村干部那垂头丧气的模样，我突然有些兴奋。

在夜色浓重的校园，在我的那间掉了一扇窗、两根屋梁断裂了的房里，邓书记拨亮了我的心灯。他以我难以想象的亲近，坐着房里仅有的一条长凳，与我倾心长谈。我有点面热心跳。"人家是县里的干部呀！"

我心里说，努力地与他保持着许多同胞至今还认为是应有的人间距离。但是，邓书记如父亲一般的慈祥，从学习，从教学，从生活，从业余爱好，与我天南海北地拉着话儿。我感到有涓涓细流润遍全身，感动得难以自禁，便将自己发表过的和没发表的教学论文、教学小结和育人手记之类的东西，从发霉的农药箱里抱出来，放在邓书记面前。这时，我看见，邓书记的眼睛亮了……

这之后，我打消了去南方打工的念头，并重新确立了自己的人生目标：考试转正，当公办教师，实现自己"培桃育李"的人生理想！

为此，我在教学之余，开始了艰苦的自学。在学校那间四面透风的土屋里，我挑灯夜读，温习了从小学至高中的全部课程，自修了大学中文专科至中文本科的全部科目。一年后，我以高出录取线十一分的成绩，在全县"民转公"考试中一举中榜，被转为公办教师。

岁月悠悠，一晃十几年过去了。邓书记不再年轻。他已当了"调研员"。我呢，在邓书记和如邓书记一般的众多的恩者的培育和推荐下，从山村小学调到县城的学校……

与邓书记见面的机会多了，知道了他的许多动人的故事。

邓书记从领导岗位上退下来，却不辱没副局级调研员的职责。他自费订阅报刊，常常学到深夜，他和他的老伴住着十几年前的旧房子，过着清贫的生活，常常步行十几里山路，去探望乡下的退休教师，把基层的情况带回来，及时向领导反馈。蕲河边有个名叫"何醇志"的退休教师，膝下无子，年老多病，七十八岁了还提篮子到集市上卖菜，换几个钱买盐。邓书记知道了，步行很远的路去看何老师，把身上仅有的二十块钱留给两位老人。回来后，他找到教委主任，讲了乡下退休教师的苦处。这年底，教委主任亲自落实何老师的待遇，派人送去年货。从那以后，全县离退休教师的待遇也有了明显改善，机关干部经常下乡看望老师，捐款送衣。邓书记对此十分高兴。他常自语："老人们好了，好了……"其实,邓书记也是老人,日子过得也难。可他,只想到关照他人,从年老的到年轻的……

1995年秋,我从学校调到县教委办公室。邓书记为此而高兴,赶闲儿来到办公室,向我介绍近几年教育的变化,谈他听到看到或是经历过的新鲜事。譬如,某某教师辅导学生在全国得奖,某乡领导救助特困学童考上了大学……邓书记说起这些,喜悦之情溢于言表。

从传道授业的三尺讲台,到人来人往的机关办公室,接触的人和事全变了。在这里,我的主要任务是写材料——起草文稿和编发简报。但我觉得,老这样呆在办公室里爬格子有些窝囊。特别是自己习惯了乡下生活,加之年迈多病的双亲都住在乡下,我渐生厌意,不久便打起了退堂鼓。

一天值夜班,邓书记到办公室来转转。其时,我正老大不愿地伏在案头,给即将开始的全县暑期干部集训大会起草主题报告。见恩师前来,我心头一亮,便把自己的苦闷和迷惘说了出来。

邓书记敏锐地发现了我的浮躁。他开导我说,撰写材料表面看来是个写字的活儿,写不写得好,也就是个文字功底的问题。实际并不是这样。一篇好的材料,是起草者德才学识的综合体现。他拿过我起草一半的文稿比方说,要写好暑期集训的主题报告,首先要吃透下情,也就是要充分了解全县教育工作方方面面的情况,包括教育工作的优势和劣势、成绩和问题、经验和教训等等,特别是要对全县干部教师队伍和学校领导班子建设中的好做法、好经验、好典型了然于胸,对学校管理、教学管理和师德师风建设中存在的种种问题心知肚明;其次要吃透上情,也就是要准确把握国家和省市县各级党委政府对教育工作的最新要求。要做到这一点,起草人不仅要熟悉各种资料,还要多跑一些学校,多到教学一线听课评课,多听听教师们的意见和建议,多听听当地群众的心声,最好还要找找不同年级、不同学校的学生聊一聊,听听孩子们心里在想些什么；不仅要熟悉教育法律法规和上级党政及教育部门出台的新政策、新规定，还要对报告的主讲人——即领导者的语言风格和思维习惯等等进行了解。邓书记说，能把领导讲话写实写活写到妙处的人，其实就是领导的高参，是决策的智囊。这样的人，你能说他活得窝囊吗？你能说他对教育事业的发展没有贡献吗？邓书记语重心长地对我说："小高呀，我现在担心的，是你能不能胜任这项工作，是你会不会给山里的教师丢脸啊！"

直到这时，我才真正明白了"与君一席话，胜读十年书"的妙处，才有了顿悟之后的醍壶灌顶，才有日出雾散的豁然开朗……

这之后，我才扎下身来，向办公室同行虚心求教，一切从零开始，渐渐进入到了一个至爱难言的忘我境界。不仅材料起草得心应手，受到领导和同行好评；而且调研宣传文章越做越熟，上稿率直线上升……

看到我经常挑灯夜战写材料，老人两次送茶叶到我的寓所。一次送的是本县的特产"仙人台茶"，一次送的是"中国名茶"。这茶本是邓书记的女婿孝敬他的，因他有个写东西就要饮茶的习惯，但他却首先想到了我，想到了我的与他相同的饮茶习惯。我不抽烟，却饮茶成癖，尤其是写点什么，非茶不可。以前，我用的是母亲上山采摘的粗茶。这上乘的珍品，又是恩者所赐，因此，我不轻易泡的。只在夜阑人静伏案困倦时，才用邓书记送来的茶叶，一饮就清醒了许多。

调到教委办公室的第四年，我被"借"到县委组织部帮助工作，后又"借"到省委组织部帮助工作。这样一干，就是三年。这期间，我撰写了大量的文稿，并有不少文章发表。

我的改变和进步，让邓书记十分欣慰。但他看到我因常年熬夜而面容憔悴时，又表现出了父辈的关切。"小高，你要劳逸结合，注意身体啊！"每次见到我，他总要嘱咐我说，"身体垮了，工作就干不好了。"

这几年，邓书记头发白了许多，背也有些驼了，说话的声音也不如以前洪亮有力了。听邓师娘说，邓书记曾昏倒在路上，大病一场，虽经医院抢救脱险，但身体受到重创，精力从此大不如前。我很惭愧。古人言，滴水之恩，当涌泉相报。受邓书记之恩这多年，他病倒了我居然不知，没有到医院看望。

作者在蕲春县教育局政工科（2004年摄）

然而邓书记却一如既往地关爱着我。他像父亲一样，站在我的身后，悄悄地看着我。如果我快乐，他就高兴；如果我跌跤了，他就会上前搀扶……

因长年埋头做事，没有注意人情世故的冷暖变化，去年机关改革，符合条件的我却落选了，并由此引发了一场风波。破屋偏逢连夜雨。落选之后，年迈的母亲突然中风，半个多月昏迷不醒；长年重病、命若游丝的七旬老父，随时也有不测；曾患双肾结石的妻子，此时正在小学代课；而我，又是家中的独子……那段日子，我跑里跑外，为母亲请大夫，上山采草药，起早熬中药，日以继夜，既要守护母亲，又担心精神恍惚的父亲病倒……看到病床上昏迷不醒的白发老母，看到伏在母亲床边泪流满面的父亲，想到自己这多年来如牛似马日拼夜搏，不仅身心尽损，而且家贫屋破，连累亲人，我感到了从未有过的痛苦、孤独、迷茫和失落。

返回单位后，一天夜里，我梦游般地来到邓书记的家里。面对恩师，我百感交集，将心中的苦水一股脑儿地倾吐了出来。

邓书记听了，脸上凝聚着痛苦的神情。过了许久，他才说话。那是来自大山深处的微风，那是流过乱石清澈见底的泉水，那是茫茫大海的航灯……

从此，我再次振作精神，回到了自己的岗位。

天涯海角圆军梦

上小学二年级的那年，同村的新元哥参了军。看着他那神气的模样，我羡慕极了，就缠着奶奶也要当兵，还直嚷嚷要去找军营。奶奶急了，就哄我说，军营在"天涯海角"。奶奶神秘地打着手势说："天涯海角啊，好远好远的。那儿啊，圆圆的天盖儿罩下来，一伸手就可以摸到天了。要是有缘啊，没准儿还能摘下几颗晶莹透亮的星星。美丽的月亮天天早晨在海边看书，傍晚在海里洗澡……"在我听得入迷时，奶奶却话锋一转，"那儿啊，孩子们是走不到的，等你长大了，奶奶一定让你去的。"

令祖母没有想到的是，十几年后，我真的到了"天涯海角"，圆了儿时美丽的梦想。

那是1976年春，我参军来到海南岛崖县。连队驻扎在一个狭长偏僻的海湾，距闻名天下的"天涯海角"不远。

第一次到"天涯海角"，是个阳光灿烂的日子。我和一群大陆来的新兵，由皮肤黑得放光的连长带着，来到一片海滩上。几块巨大的岩石在海边兀地突起。巨石上，凿着历代文人墨客的诗词佳句。巨石下的海浪翻卷着，一道道白练抽过来，在岩石上溅起雪白的浪花。几个光着上身的渔民，在海滩上拨弄着刚刚捞起来的鱼虾。这就是"天涯海角"，我所看到的"天涯海角"。在这里，摸不着天，也摘不到星辰，当然更看不到月亮洗澡。我蹲在礁石上掬了把海水尝尝，竟发觉那湛蓝的海水又苦又咸又涩。我不由为祖母的虔诚和她神秘的故事感到惋惜和惆怅。

虽是这样，我仍为自己能够身临天涯深感荣幸。天涯风光极有个性，有着独特的军人式的美。那巨石，铁骨铮铮，岿然默立，迎风拍浪，不正是军人的写照，战士的化身？在这里，我的心灵得到净化和升华，十八岁的青春被海浪冲出了光泽，被礁石碰出了火花。我从大海的永不停歇的律动中，获取生活的力量，逐步成熟和坚强起来。

初到天涯，正是早春二月。出发时，我的湖北老家山寒水瘦。可是到了这里，水秀山青，人们光着黑油油的膀子，过着夏天般的生活。到连队的第一天下午，我们的第一件事，就是到营房前的露天井台上洗澡。有位山东来的新兵，不习惯这种洗法，脱了外衣穿着裤衩却不敢往身上浇冷水，蹲在井台上直磨蹭。老班长见了，一笑，冷不防将满满

1979年，作者（前排右二）与战友在"天涯海角"留影

的一桶水高高举起，桶底一掀，那水瀑布般地照着兵娃子的脊背直淋下来……

天涯的阳光十分强烈。在赤热如火的练兵场上，我们操练队列，练习枪法。有时，还要全副武装地演习海陆两栖作战。几个小时下来，浑

身让汗水湿透了。

好在驻地的海风清爽宜人。累了，只要往海边的马尾松林里一躺，那温柔的略带咸味的海风，很快就会把汗水晾干。当然，往沙地上躺要当心仙人掌。那沙丘上，仙人掌一丛一丛的，随处可见。这些耐热耐旱的多刺植物，开着黄的花，结着红的果。那红得透亮的果也有刺，但能解渴。

天涯的光照强烈。这为当地盐业，提供了得天独厚的自然条件。连队驻地附近的海湾里，盐田一块连着一块。盐田让阳光照射着，不断蒸发，于是就在青砖铺成的田床上，渐渐结出一层晶亮的盐粒。用抽水机把剩下的海水排出，就可收盐了。晴得越久，盐越丰收。收盐的日子最怕下雨，连队每年要为盐农们帮忙抢盐。老乡为了感谢我们，每年要送给连队许多盐。

那时海岛没有今日的繁华，战士们的精神和物质生活远远比不上现在。我们一年四季守着大海，但很少吃鱼，吃肉的日子也很少。炊事班偶尔从渔民那里买些咸鱼回来，算是加餐。为了改善生活，连队养了几头猪和十几头牛。连队驻地没有卡拉OK，没有酒吧舞厅，没有电视。每天晚上，我们共同的"文化生活"就是集合起来坐在营房内的操场上收听中央台的新闻联播。只有在没有台风或未进入战备状态的日子里，才能搭乘军车到基地看露天电影。

连队军事训练强度大，战士们体力消耗也大。下连队的头一年，定额供应的粮食竟不够吃了。为此，连长带着战士们进五指山挑粮。在这里，我看到了热带原始森林的奇异景观。群树连体，芭蕉丛丛，血藤如蟒，猴子跳跃，山鸡啼鸣，芳香四溢……这一切，成为若干年后我常忆常新的景象。

天涯海角的物产十分丰富。连队附近，盛产椰子、菠萝、香蕉，以及一些至今我叫不出名的热带水果。黎民老乡的东西我们不碰，这是军人的纪律。

台风和暴雨每年要反复多次地侵扰连队驻地。台风来时，山呼海啸。椰子被狂风从树上刮下来，到处翻滚着，稍不留神，就有被砸着的危险。连队营房是日本鬼子入侵海南时的遗物，遇到强烈的台风，房子不安全，战士们就得进入戒备状态。

在天涯海角当大兵，生活既紧张又充实。那有节奏的军营生活，几乎使用我没有想家的机会了。不过，有时独自一人手持钢枪在椰子树下站岗，也会悄悄地想家。但这只是一闪即过的事。站岗不允许放松警惕。

我喜欢在假日里独步天涯，凝神看海。蓝天碧海，让人心旷神怡。人在海边，对着长天一啸，那声音仿佛就立即羽化成了诗意；用口一吸，蓝天上那洁白云彩仿佛就能落下来，披在身上。

日月如梭，退伍还乡泪别天涯的我，如今人到中年。岁月的流水，没有冲淡我对天涯海角的留恋，没有消去我对战友和当地黎民老乡的思念……

天涯海角，我爱您。您教我懂得了热爱和珍惜，知道了奋斗和追求。

祖国，今天是你的生日

五十个春秋，在人类历史的长河中，不过是短暂的一瞬；五十年的奋斗，在中华五千年的文明史中，却是一座血火铸就的永恒丰碑！

在共和国诞生五十周年的喜庆日子里，追忆烽火岁月，回首半个世纪，我们为生在新中国长在红旗下，感到无比幸运。

五十年前，在新中国诞生的前夜，共和国最年轻的烈士"小萝卜头"宋振中，与妈妈和众多的叔叔阿姨一起，被敌人残忍地杀害了。

人生在世，谁没有烂漫的童年？谁没有美妙的青春？五十年前，同是那个黑暗的年代，在山西云水县的一个淌满鲜血的村庄里，有位山村少女——不满十五岁的共产党员刘胡兰，为了严守党的机密，保全革命的力量，她面对屠刀威武不屈，毫不犹豫地扑向死亡！

记住那个血与火的年代吧，记住共产党人的抗争与拼杀！井冈峰峦的翠竹，长征路上的篝火，延水河畔的宝塔，西柏坡上的灯光，大江南北的硝烟，映红了五星红旗，点燃了开国礼炮！

谁说只有经历过寒冬的人，才知道太阳的温暖？我们——新中国的新生代，从祖辈饱经沧桑的皱纹里，从家乡山河的变迁中，从高科技领域的神奇世界里，已深切地感受到了什么才是日新月异，什么才是天上人间！

朋友啊，请别痴迷西方的"发达"，不要以为月亮总是外国的圆，且慢妄言祖国的发展速度太慢。只要你侧耳听听半封建半殖民地历史河畔锁链镣铐的叮当响声，只要你回首看看旧中国漫漫长夜的累累白骨，你就知道新中国诞生后的五十年里，祖国的一项建设就是一场较量，一座大厦就是一份宣言，一项改革就是一声炸雷，一项成果就是一道闪电！

我们的国力空前强大。经济持续增长，科学不断进步，社会稳步发展，人民安居乐业。军民肩并肩就是万里长城，手拉手就是铜墙铁壁。

共和国五十年的奋斗历程，在未来发展的长河中只是一个回肠荡气的源头。尽管有冰川瀑布，有绝壁峡谷，但她永远不会停止前进，任何暗礁和险滩也阻止不了她奔向东方，奔向太阳！共和国的五十年成就，在新世纪的征途上，是永远耸立在我们心中的丰碑，更是激励我们永远前进的火炬！

父亲

　　走进暮年的父亲越来越牵挂祖父母的墓地了。这几年，老人除了清明、七月半、大年除夕和祖父母的祭日上山祭坟外，每年的植树节，还要扛上那把他用了几十年的锹头到墓地植树。墓地四周已栽满了松、柏和四季青等常绿乔木了。每次祭坟和植树，老人总是悄悄的来去。他对我说："这坟上的事你莫操心。你多花点力气做好公家的事就行了。"

　　每次祭坟或是植树，父亲总是那么投入，山下机耕路上来来去去的行人车辆他视而不见，坟地四周村庄里的鸡鸣犬吠他充耳不闻，甚至我几次我跑到他身后大声喊他，他都没有听见。好像一踏进墓地，他就远离尘世，到了另一个至清至纯的境界了。

　　令父亲如此倾心呵护的墓地，位于老屋后山南侧的山坡上。这里埋着祖父祖母的骨灰。二老在世时，与父亲凝成了至亲至深的情结。这种根植于两代人心灵深处的亲情，因为祖母祖父的相继谢世，而使父亲活得憔悴和沉重；又因逝者掀心牵挂的生前身后事，而使父亲活得坚强和执着。

父亲年轻时多才多艺而又品貌双佳。他擅长二胡、笛子等多种乐器的演奏，模拟人声鸟语妙趣横生，奏出的曲子优美动人；他还擅长京剧、黄梅剧的演唱，扮演的董永、许仙等艺术形象感人至深，乃至现在还有人叫他董永或是许仙。解放初年，父亲教书前是乡里黄梅剧团的团长，既挑大梁唱主角，又兼编剧导演，楞把一个平平常常的乡级剧团搞得红红火火，名扬全县。县文化部门几次要调他到县剧团当专业演员。因为奶奶的缘故，父亲辞去了这份当时让人羡慕的职业。

父亲在劳动中

土改时只在乡里读过扫盲班的父亲，还是四乡八里家喻户晓的鼓书艺人。姜太公、孙悟空、岳飞等艺术形象，在父亲鼓板的敲击下活灵活现，不知迷住了多少乡亲们的心。在当地，年轻英俊的父亲是山里的一颗星，成为当地许多姑娘追求的偶像。

然而，父亲的婚姻却历尽坎坷，先后两次离婚。知道内情的人都知道，父亲婚事不幸的根子在我的重病缠身的祖母和我的"凶神恶煞"般的祖父。

祖父熊长青本是父亲的继父，车夫出身，身高力大嗓门粗，扫帚眉下一双眼睛炯炯如火，粗黑皮肤，性情刚烈，好打抱不平，一副天王爷爷都不怕的犟汉模样。祖母方氏出身贫苦，早年丧夫，大半生过着逃荒要饭的日子，受过太多的苦难，而致百病缠身，一年中有大半时间穿着肥大的粗布棉袄，冬春两季大半时间卧床，每日从五更到天亮常跪在床上咳嗽，而且痰特多，两个时辰下来就是一钵。有人蛮怕样的说那就是极易传染能致人于死地的痨（实则是老年支气管哮喘），因此远远避开。父亲虽是那么英俊那么才气十足，但身后有了这样两位大煞风景的双亲，许多姑娘就停止了追求的脚步。

然而父亲却极深切地爱着他的双亲。那时，父亲是生产队的记工员和劳力组长，苦活累活得带头干；又是家里的主劳力，靠挣工分养家糊口。因为祖母哮喘病重，干不得弯腰洗刷之类的体力活，洗衣、倒马桶这类活儿父亲得捎着干。

父亲劳动归来，2003年摄

为了不误出工，每天一早，宁静的夜空还挂满了晶亮的星星，父亲就悄悄起床，到塘边洗全家人换下来的衣服，替祖母倒马桶和痰钵，还要去井台挑水去菜园子打菜，使祖母做早饭少些劳累。待到一切料理妥当，生产队长才吹起开工的哨子。这种紧张的生活节奏，父亲一直保持到祖母逝世。

父亲因为唱过戏，又是当地首屈一指的鼓书艺人，交际面广，有许许多多的朋友。但他交友有个前提，就是对方绝不嫌弃自己的双亲。他时刻捍卫着我的祖父祖母的尊严，深怕亲人受到各种心灵的伤害。为了祖父祖母，他舍弃了青春的浪漫和美好的梦想，拒绝了所有对祖父祖母有厌意的姑娘的爱……

一晃，几十个春秋过去了。险些在一场工伤事故中丧命的父亲消去了昔日的英俊，面部多皱，牙齿脱落，过早地步入到了人生中的黄昏时节。像他这种体质，独自上山祭坟和植树实在让人担心。我曾劝他少去，但他依然如故。

　　去年除夕，我携妻儿回到偏远的乡下老屋，陪父亲到祖父母的墓地"辞年"。临行时，我悄悄捎上一把镐，准备把坟地修一修。但到坟地才知道，祖父母连同葬于左右的姑祖父母及二堂叔的坟墓，早在几天前就让父亲修过了。"辞年"后，父亲说他想独自歇息一会儿，要我先走。因为天黑前要赶回县城，我只得与妻子和孩子们一道先行下山。

　　走下山岗，回头再看父亲，我不由站住。几缕如血的残阳从西山口处抹过来，在坟地四周投上片片斑斓。侧身坐在坟头前的父亲，并没有象往常一样坐下吸烟，只是低眉垂首静静而坐，宛如一尊泥雕，又如墓前兀自凸立的碑。一种超越死亡之上的情绪在我的心里油然而生。我蓦然惊问：这默坐坟前，似在叩问如烟往事的老人，就是我的曾经那么年轻那么灵秀那么才气过人的父亲么？

　　啊，这就是我的父亲！就是我的扎根于故乡厚重土地的父亲！正是父亲的对苍桑岁月的无言承受，和他对我爷爷奶奶的至诚之爱，才有了我的善良和质朴，才有了我的爱憎分明和坚韧不拔！

神农山水

　　2015 年 7 月 5 日至 9 日，由湖北省作家协会组织的第二届长篇小说重点项目签约作家改稿会，在我向往已久的神农架举行。在这个离天最近的地方，笔者饱览了神农山水，圆了儿时的梦想……

一

　　有时，我会在高楼林立、人头攒动的街市，想起儿时的山水。
　　那是我鄂东故乡的风光，宛如国画大师的经典画作。
　　那山，远离了喧嚣浮躁，洗净了俗世风尘，涂着梦幻的色彩，带着远古的神韵，或起或伏，或凸或凹，或淡或浓；那山，有的平缓如丘，有的陡如斧劈，有的浓妆艳抹，有的清淡如云；那山，林木葱茏，古藤缠绕，百花吐艳，小鸟啾啾……偶尔飞出三两只扑楞楞的山鸡，或是纵出一两团雪白的野兔。桃花盛开的日子，晨雾缭绕的林子更是多姿妖娆。在含着露珠的映山红下，在茂盛的草丛里，在滑滑的青苔上，会冒出一朵朵美丽的蘑菇。她们婷婷玉立，掩面含羞，带着泥土的清香。夏日里，山里的风分外清凉。林间的草坪上，不知名的花儿在阳光下绽放。金色的蝴蝶忽闪着的翅膀，像个舞者；红色的蜻蜓款款飞行，像个猎奇的少年。知了们也像是约好了似的，齐声唱和起来。落霞中，骑在水牛背上的牧童，吹着口哨悠悠而过。转眼到了秋天，林间飘开了果实的芳香，树叶儿红的红，黄的黄，青的青，漫山遍野五彩斑斓……

故乡的水，清清的，软软的，亮亮的，绿绿的。从山岩底下冒出的泉，还带着那么一丝隐隐约约的甘甜。俯下身子汲上几口，顿时神清气爽。最爱的是清亮见底的小河。那是我夏日戏水的地方。伙伴们会在日头当午的时候悄悄溜进河里。小鱼躲进岸边的石缝里，或是钻进碧绿的水草里，跟我们捉开了迷藏……

这是我故乡的山和水。

这是养育了我的山和水啊。

一转眼，我们长大了。

长大了的我们开始了人生的奋斗。我们这些人啊，从学校走向社会，从青涩走向成熟，从山里走向山外，从农村走向城市，从上个世纪走到了今天的世纪，一晃三十多年就过去啦。

三十多年的路，我们是在"硬道理"中走过来的。发展，是我们这代人的共同话题。除了发展，还是发展。招商引资。挖

作者绘在乡下小屋土砖墙上的徐悲鸿饮马图

081

山开矿。大办工厂。在我们的瞳孔里，永远只有经济增长。大伙儿都死死地盯着"钱袋子"。白天黑夜，想的做的，就是"发财"。像在战乱中饿极了的难民，突然间遇到了粮食，就奋不顾身地扑上去，巴不得把所有的食物都搂在怀里，都咽进肚里。大家也都知道，这样子不太体面，但是又都心照不宣，谁也不在乎。肚子要紧。命要紧啊。

三十多年一路走来，我们完成了人生的跳跃，实现了身份的置换，从"乡巴佬"变成了"城里人"。多不容易啊。过去的泥孩子，现在看看，一个个西装革履，油头粉面，气宇轩昂，大腹便便。我的同龄人，有的成了高官，有的成了富翁，有的成了知名学者和教授……

忽然有一天，我们有了失落的感觉。这是久居闹市的失落。这是在喧哗中疲于应对，骨子里的孩子气开始复苏后的失落。

我们回到故乡，梦想找回儿时的感觉。但是我们，却怎么也找不到儿时的山和儿时的水了。

故乡的山，不再有我儿时的青翠。树没了。山破了。举目四望，荒山秃岭，了无生机。不再有葱茏的林木，不再有如蟒的古藤，不再有百花吐艳，不再有小鸟啾啾。走遍后山，也不见一只扑楞的山鸡，不见可爱的野兔。在稀稀落落的树林里，也难找到那些带着泥土清香的蘑菇。偶尔找到一块草坪，却不见飞舞的蝴蝶，款款飞行的红蜻蜓难寻踪影。幸而还有几只知了，但是它们的叫声却是那样的嘶哑，像是诉说着一个逝去的梦……

故乡的水，不再有我儿时的清澈。往日山岩底下的泉，早已枯竭。我曾经沐浴过的小河水，已是浑浊不堪。从上游流下来的水，散发着难闻的气味。河里不再有鲜活的鱼虾，更难以养育一方水土，甭说人不能饮用，就连牛羊都不敢喝。那水，流进稻田里，连庄稼都死了啊……

三十多年发展，留下来的，竟是荒凉的山，和浑浊的水。

二

水是人类的生命之源。这些年来，国家每年斥资数十亿元，用于解决数千万人口的饮水安全问题。然而，一些急功近利的厂矿企业，在全国上下一窝蜂的"招商引资大发展"中，却对生命之水进行着致命的污染。

据国家环保部门的调查显示：全国七大水系近一半的监测河段污染严重，百分之八十六的城市河段水质污染。在对十五个省市二十九条河流的监测中，有两千八百公里河段鱼类基本绝迹。淮河流域一百九十一条支流，百分之八十的水呈黑绿色，一半以上的河段完全丧失使用价值，沿岸不少地区的农作物绝收。随着污染范围的扩大，我们的母亲河长江也出现了"亚健康"。早在2005年，长江流域就有超过五百个城市不同程度出现过因为污染而取水困难。我国南方的珠江，也同样因为污染事件频发，两岸居民正常的生活受到威胁。

环境污染像瘟疫一样，向着人类生活空间扩散，我们呼吸的大气也受到了污染。据环保部门监测：全国城市大气总悬浮微粒浓度年日均值为每立方米三百二十微克，污染严重的城市每立方米超过八百微克，高出世界卫生组织标准近十倍。参加全球大气监测的北京、沈阳、西安、上海、广州五座城市，其污染程度名列全球监测的五十多座城市前十名。全国酸雨覆盖面积已占国土面积的百分之二十九，酸雨严重区已越过长江，向黄河流域蔓延，就连避暑胜地青岛也受酸雨侵袭，全国每年造成的经济损失一百四十亿元。以长沙、赣州、怀化、南昌等地为代表的华中酸雨区，九十年代以来，已成为全国最严重的酸雨区，其中心区域年均PH值低于4.0，酸雨频率高于百分之九十。

污染我们生存空间的，还有年均递增七吨、总量超过七十亿吨的城市生活垃圾。以城市为中心的环境污染，正以前所未有的速度向农村蔓延。森林减少，沙漠扩大，草原退化，水土流失，物种灭绝，受污染耕地达 1.5 亿亩以上……

环境恶化严重危害着人们的生命健康。贵州省务川县从事土法炼汞的农民中，每百人中九十七人汞中毒；安徽省奎河污染严重的地区，每十万万人中就有一千零二十四人成为癌症患者……

三

好在"发展"并不平衡。

地域的偏僻，交通的闭塞，将破坏生态环境的"硬发展"挡在山外。

于是，便有了我梦绕神牵的神农架。

一个夏日，我来到这里，就像回到了久别的故乡。

在这里，我看到了渴别多年的儿时风景。故乡的山，故乡的水，似乎跨越时空，从遥远的鄂东飞到这里来了。

相传远古时期这里是浩瀚的海洋。蛰伏于燕山和喜马拉雅山下的炽热岩浆，将这里的海底世界拱成了莽莽群山。长江和汉水像父子一样，从神农的两侧相视而过。香溪河、沿渡河、南河和堵河，在这里低吟浅唱，千回万转……

这里是个植物园。据记载：神农架有各类植物四千多种，其中菌类七百三十多种，地衣一百九十多种，蕨类二百九十多种，裸子植物三十多种，被子植物两千四百三十多种，还有门类多样的苔藓……其中四十种植物受国家重点保护。

这里是个动物园。据记载：神农架有各类动物一千零五十多种，其中，兽类七十多种，鸟类三百多种，两栖类二十多种，爬行类四十多种，鱼类四十多种，昆虫五百六十多种……其中有七十种动物受到国家重点保护。

神农架是我国内陆唯一的一块保存完好的绿洲，是地球中纬度地区唯一的一块绿色宝地。冷杉的苍劲挺拔，岩柏的古朴郁香，梭罗的雍容华贵，珙桐的风度翩翩，铁坚的杉枝繁叶茂，构成了神农植物的神韵；调皮可爱的金丝猴，左顾右盼的白熊，快如闪电的苏门羚，水中潜伏的大鲵，悄然展翅的白鹳白鹤，林间穿飞的金雕，演绎着神农动物的神奇……

　　这里有我梦里的山：雄伟，多姿，瑰丽。冰川地貌，河谷深切，沟壑纵横，山奇峰秀。雄伟壮丽的神农顶，俊秀多姿的天门垭，荡气回肠的燕子垭，神秘莫测的老君山，直指云天的摩天岭，野性难驯的金猴岭，多情重义的送郎山，闻名天下的大小神农架……都曾在我的梦中叠现。

　　山的高峻，点化了神农的另一景观——刀削斧劈的峡谷，还有神出鬼没的石林，还有深不可测的洞穴。风景如画的红坪峡谷，那是国画

2012年8月3日至5日，作者出席《海外文摘》签约作家颁奖仪式

大师的水墨写意；巧夺天工的关门峡谷，那是能工巧匠的旷世杰作。野马河峡谷的神奇怪异，阴峪河峡谷的千回万转，九冲河峡谷的鬼斧神工……莫不让人心旷神怡。天生桥石林的千奇百怪，那是如来佛手的随意点化；刘亨寨石林的潇洒雄俊，那是阿诗玛的另类造型；巴东垭岩壁石林的奇伟壮观，那是千手观音的经典之作；板壁岩石林的绚丽多姿，那是天下奇观的群英会聚；猴子石石林的奇妙构建，那是鲁班神匠的奇思妙想……红坪犀牛洞，远古人类留遗迹；塔坪的山宝洞，千年宝藏洞中藏；燕子垭的燕子洞，神燕穿飞影无踪；武山的月亮洞，嫦娥奔月留

倩影。还有那冷热洞的冷热无常，冰洞的盛夏冰冻，潮水洞的一天三潮，钱鱼洞的雷响鱼出，云雾洞的吞吞吐吐，青蛙洞的纯净天然……莫不让我梦绕神牵。

这里有我儿时的水：清冽，甘甜。阴峪河水清又清，沿渡河水冽又冽，香溪河水甜又甜，玉泉河水甘又甘，夹道河水纯又纯，当阳河水亮又亮，潮水河里映蓝天。神农溪精巧灵秀，大九湖旖旎多姿，温汤泉泉温水滑，彩旗瀑布柔软如绸，龙洞子瀑布源清水活，石人穿缝瀑布冰滑如玉。金猴岭瀑布，一挂彩虹成佳境；降龙瀑布，一袭青纱抚蛟龙；天生桥瀑布，仙女下凡洗凝脂……

原只以为梦中有，竟然身在此境中。

四

儿时的山水，总是伴随着儿时的故事。

那是祖母讲给我的故事。多少年过去了，我以为再也听不到儿时的传说，却在不经意间，在这个尚未被"发展"的地方，听到了祖母在那个夏天星夜里讲给我的故事。

相传炎帝神农氏为采尝百草，在这里搭建了一间茅房，这便是神农架名字的来由。相传太上老君在此炼丹，便有了千年不老的老君山；相传汉代名相张良看破红尘在此隐居，相传薛刚反唐扎寨大九湖，精兵出山推翻武则天……于是这里便有了山锣鼓和火炮歌，有了锣鼓匠和歌师傅，有了"出乡十五里，各有一乡风"，有了大碗喝酒的梁山遗风，有神农人的热忱、厚道和淳朴。

当然，最让我敬仰的是神农尝百草。我的故乡蕲春，出了一代医圣李时珍。远古神农，明代医圣，一脉相承。他们都是我的祖先，都是华夏民族的英雄。

儿时的山水是美好的。但我只能把她珍藏在心里。我知道对她最大的尊重，就是让她远离城市喧嚣，远离世俗的"发展"，让她生活在云淡天高的世界，让她美丽而安静。

离开美丽的神农，我心里涌起一股难以言说的惆怅。坐在观光车里，我的视线仍然缠线绕着这里的一草一木。千年铁杉，梭罗神树，银杏古木，茂盛箭竹，如血杜鹃……从我眼前闪过。

此行虽未见到梦想中的佛光圣景，但我却在山水间感受到了生命不息的神圣光芒。

这是神农的山。

这是神农的水。

她啊，永远铭刻在，我记忆的深处。

劈雷闪电

一

最早震撼我的，是劈雷闪电。

那是一个夏日的午后，晴朗的天空突然乌云密布。一簇簇墨色的云团在湛蓝的天幕上流淌着，渲染着，翻腾着，从西山口外遥远的地平线上直压过来，夹着凉凉的风，发着丝丝的吼。灼人的太阳很快没入云层，四野炽白的光随之暗淡，门外的小山、田野还原了清秀的本色。

云越来越低，越来越暗；风越来越疾，越来越凉。门前稻场上，一股股直立的尘柱旋转着，忽东忽西。干枯的稻草、发黄的树叶，连同沙子和蜻蜓，让旋风裹着飞向空中。那枯草在空中不断变换着身形，像小蛇，像泥鳅，像黄鳝；那树叶儿在空中翻转着，时隐时现，像小鸟，像蝙蝠，像蝴蝶……原本平淡无奇的残枝败叶，在旋风的托举下变得鲜活和神奇起来。

我于是不再安于奶奶手中的蒲扇和她送来的凉风。我离开奶奶的怀抱,从小屋里跑出来,在稻场上跳跃。我喜欢这席卷大地的风,喜欢这重墨浓彩的云,喜欢这变幻无穷的天空……

一会儿天边出现了闪电。开始是一片片红光,忽明忽暗;接下来就是一道道白色的闪,光彩夺目。

一会儿传来隆隆的雷声。那雷闷闷的,沉沉的,遥远却又让人震撼。我分明感到脚下的稻场在微微的抖动。我跳跃着。我叫喊着。我想冲上云霄,擂出更沉更重的雷,划出更明更亮的闪。

闪电越来越亮,越来越长。

雷声越来越近,越来越响。

闪电过后是雷声,雷声未消又闪电。闪电与雷声交织着,间隔的时间越来越短……

我于是愈发兴奋起来。我跳跃着。我叫喊着。我想抓住闪电,摔出更脆更响的雷,抖出更长更美的闪。在欢乐的叫喊声中,我忽略了被风掀起的红兜肚,忘记了脑门上被风拉扯的独角辫。碾动长空的雷,一彻万里的闪,让我领略到了大自然的壮美和生命的豪放。

云越来越低,越来越暗……

雷越来越密,越来越响……

奶奶移动着小脚,把我抱回小屋。奶奶说:"不得了,不得了,只怕小龙潭里的龙要上天了!"

小龙潭是垸后黄泥垱的一口大井,有半亩大,深不见底。那潭水绿绿的,清凉刺骨,终年不竭;从潭里漫出的水,清沏透亮,汇成小溪长流不断。曾有人说潭里有龙。每次龙上天时,便云暗天低,雷声大作,要发洪水了。

奶奶拿块缸瓦片放在堂屋里,把我放在上面。奶奶说,坐上这东西,就不怕天打雷,不怕龙发水了。

于是，我就坐在缸瓦片上，像坐小船一样悠悠地晃，快活地唱："晃呀晃，荡呀荡，天打雷，龙上天……"

云越来越低，风越来越疾，天越来越暗……

突然，一团火光在门前的石阶上一闪，迅即响起巨大的爆炸声！

这是落地的闪电。

这是天公的鼓点！

这火光飞迸的闪电和震耳欲聋的雷声，让奶奶吃惊不小——后来知道，全垸男女老少莫不受到震撼——然而我安然无恙。当然，那是我记事以来受到的最强烈的震撼。

劈雷过后，倾盆大雨铺天盖地，屋外茫茫一片……

多少年后，我还记得那一团火光和一声巨响，还有那随风飘散的一缕青烟，还有那劈雷过后的天垂瀑布，还有奶奶那声拉长了的焦急的呼唤……

二

劈雷闪电带给人们的不仅仅是心灵的震撼。她还给人类挑开了连绵数千年的神奇想象，给人以长久的希冀、执着的信仰和无穷的力量。

人间四季，轮回反复。惊蛰过后春雷响，草长莺飞百花香，天下百姓春耕忙；大雁南飞秋风起，闪电隐形雷遁声，草衰花败叶飘零……古人从这种重复出现的自然现象中，发现了一个神奇的规律："雷出地百八十三日而复入，入则万物入；入地百八十三日而复出，出则万物亦出。"也就是从每年春分到秋分的这段时间，雷电登场，万物萌生；从秋分到次年春分这段时间，雷电收场，草木枯黄。于是，人们深信"雷于天地为长子"，视雷电为世间万物的主宰和农牧业的保护神。

于是雷电成了"雷神"。

雷电成"神",这可在人类几千年的文明史中得到印证。

中国远古时代的人们在创造文字的时候,用"申"表示"神"。甲骨文中的"申"被写作"卢",形似一道闪电。因此《说文解字》认定:"申,神也。"为世界文学宝库添光增彩的《封神榜》《西游记》等古典文学名著的作者,汲取民间传说的精华,创造了"雷公""电母"等栩栩如生的艺术形象。这些艺术形象,成了中华民族乃至全人类正义与力量的象征。传说中的黄帝亦是雷神的化身。远古神话中,黄帝的身世与职位,均与雷电相关。《河图·帝纪通》曰:"黄帝以雷精起。"《河图·稽命征》曰:"雷电之光绕北斗极星,照耀郊野,感而生黄帝轩辕于青邱。"

审读历史还会发现,世界许多民族都尊雷电为神。在古印度和欧洲民族的宗教中,至高无上的"神"——"天主"一词的语根是"照耀"。《圣经·马可福音》借耶稣之口说:"神从云中来,带来巨大的力量和光耀。"欧洲的希腊人满含热情和希翼,塑造了一尊尊手持雷电的天神宙斯……

雷神的诞生,让人们重新审视自然界。这就在更为广阔的背景上舒展了人类丰富的畅想。

雷暴雨中,人们仰视乌云密布的天空,遥望那一道道无限曲张、千姿百态、转瞬即逝的闪电,便想到了蜿蜒奔驰的巨蟒,想到了蟒蛇出没的大泽,想到了九曲回肠的江河,想到了连绵万里的昆仑,想到了深山升腾的云雾,想到了跨越山川的彩虹……

《山海经·海内东经》中说:"雷泽中有雷神,龙身而人首,鼓其腹,在吴西。"被远古先人尊为"雷神"的轩辕黄帝,又被人们尊为"龙帝"——即至高无上的玉皇大帝。《山海经·海外西经》将玉帝想象成为"人面蛇身"的诸神至尊,上管三十六天,下掌七十二地,稳坐天庭统领神佛仙圣,派遣使臣管理地狱人间……

雷电成神乃至成龙,顺应了远古先人的共同愿望。远古神话中,龙是传统美德和高贵品质的集中体现。黄帝升天,有黄龙接应;夏禹治水,神龙摆尾开河，泄洪消灾。

龙是神奇力量的化身。他兴云布雨，移山倒海，吞吐江河，英勇善战，法力无边；他能巨能细，能幽能明，能短能长，困倦时沉入海底，兴奋时一飞冲天。一千年前的《太平广记》，收集有关龙的神话小说就有八十一则。

在中国，雷与龙如影随形，无处不在。纳西族视雷神为龙王，鄂温克族把雷电供奉为龙神。走进百姓生活，正月十五玩龙灯，五月端午赛龙舟；堂屋摆龙椅，宿舍置龙床；上山采龙葵，下水捉龙虾……打开中国地图，处处都有龙的踪迹，仅以"龙"字命名的大江大河就有四十多条，大至名盖一省的"黑龙江"，小至名驻一地的"乌龙潭"。至于"龙泉""龙潭""龙穴""龙湖""龙山"等沾有"龙"气的地名，在全国各省市州县比比皆是。

于是雷电便演化成了中华民族的龙的图腾，便成了华夏儿女至死不渝的信仰化身。

三

二百多年前，一个名叫富兰克林的美国人受雷电吸引，在雷暴雨中拉着风筝狂奔，将金属导线升向雷鸣电闪的天空。

这就是永驻人类自然科学史册的"费城实验"。

也是就这个近于疯狂的危险游戏，揭开了雷电隐藏千年的神秘。富兰克林第一次向世人宣告，雷电是大自然的产物！

有资料显示：全球每年产生雷电数十亿次，整个地表每秒闪电一百余次，有时瞬间就可产生两千次闪电，日均闪电八百万次。

中国是雷电之乡。全国三分之二以上的省份，雷暴日在五十天以上，最多可达一百三十四天。

雷电是强对流天气的产物。春夏时节，强烈的太阳光照，使地表气温升高，形成的热气团向上升腾，与下沉的高空低温气团互相摩擦和碰撞，使云中的尘埃、冰晶分别带上了正电荷和负电荷。当带有不同电荷的云团相遇时，便产生了闪电和雷声。

最常见的闪电是枝状闪电。偶尔也有球状闪电、片状闪电和带状闪电。有时仰望长空，可以看到一彻万里的云天闪电和云间闪电；有时俯看山峦，可以发现火光迸发的云地闪电。

闪电与雷霆孕育于瞬息万变的积雨云中。在积雨云悄然形成的时候，大气升腾，热胀冷缩，磨擦碰撞。于是，大气里便有了神奇的电场，冷热中便生成了起电效应。碰撞中，神奇的电流产生了，云间便有了正电和负电。这种正负电荷在运动中积聚，在积聚中暴发。于是，便有了震耳欲聋的雷声，便有了一闪千年的神奇。

当带负电荷的云层沉向大地时，地面的山峦、高楼、电杆、大树等等，会被感应生电，向上形成闪流，于是便有了迅雷不及掩耳的落地闪电。

闪电形成的电流，最高可达三十万安培。她所产生的电压，最高可达十亿伏特。一个中等强度的雷暴，其功率可达一千万瓦，与一座小型核电站旗鼓相当。因此，雷电具有不可估量的开发前景。

雷电还具有生命保健的神奇功能。雷雨过后，山间潮湿的空气被雷电离解，形成携带负电的"负氧离子"。据研究人员测算，雷雨后空气中的负氧离子，每立方厘米可达一万多个，是晴天闹市区负氧离子的数千倍。现代医学证实，"负氧离子"对治疗哮喘、溃疡、烧伤等有促进作用，对过敏性鼻炎、关节炎和神经性皮炎等疾病有显著疗效，是不可多得的有益于人体健康的"空气维生素"。在高科技迅猛发展的今天，医学家们模拟雷雨的神奇功能，将负氧离子引进病房，创造了千古一绝的"雷雨疗法"……

劈雷闪电还给现代战争描画了全新的前景。科学家们从雷电中得到启示，研制了电磁脉冲弹及超宽带、强电磁辐射干扰机等现代化电子武器。于是，置身于复杂多变电磁环境中的高技术战争粉墨登场。英军将雷电作为创造战时"电磁环境"的天助之神，并由此研制了电磁辐射、电磁脉冲、低频电场等电子武器系统。美俄等军事强国更是十分重视武器系统的"雷电效应"，其研制开发的现代化武器在出厂时，就具有抗静电放电和抗电磁辐射场的能力。北大西洋公约组织批准使用的军用电磁辐射装备的频带，几乎覆盖了全部常用电磁波段。在海湾战争中，美军战前派出多架电磁干扰飞机，对预定空袭区域进行定向强电磁干扰，破坏对方的电磁辐射源，使对方实施反空袭作战行动受阻。同时派出"徘徊者"电子战飞机投放强电磁辐射弹，发射战斧巡航导弹携带高功率微波弹，以非核爆炸方式产生类似于高空核电磁脉冲的强电磁辐射，直接摧毁或损伤对手各种敏感电子部件，使对方雷达、计算机等电子装备和互联网络功能尽失，从而有效控制战场电磁环境，赢得战争主动权。可以预见，在未来战争中，借雷电神威的"电子奇袭"或"电子珍珠港事件"，将会铺陈与传统战争迥然不同的奇妙诡谲的战争画卷。

四

劈雷闪电寄托着时代先行者摧枯拉朽、除暴安良、荡除污垢的强烈渴望，表达着炎黄子孙重振河山、改天换地、兴我中华的伟大理想。

六十三年前一个雷鸣电闪的夜晚，一曲《雷电颂》使山城重庆轰动震惊。就在这个雷电交加、山雨欲来之夜，诗人郭沫若将他的历史剧《屈原》搬上了舞台。诗人借屈原之口，呼唤撼天动地的雷霆，呼唤一跃万里的闪电。他要借来闪电的长剑，把"比铁还坚固的黑暗劈开"，为祖国和人民"迸射出光明"……

雷电的光芒和声波，已越过历史的重帷，在中华大地激起冲天的回响。自上世纪八十年代以来，危害百姓的黑社会组织开始滋生，黄赌毒开始蔓延，一些地方的黑恶势力气焰嚣张，旧上海的杜月笙、黄金荣卷土重来。于是，一场旷日持久的"闪电行动"在神州大地展开。在扫黑战役中，全国各地警方以雷霆万钧之势，将一个个经营多时的黑帮集团一举摧毁，创造了一幕幕风卷残云、威武雄壮的画卷。

闪电劈雷，去浊扬清。在一个个黑恶团伙灰飞烟灭之中，百姓真实地感受到了中共党人的爱民情怀，感受到了党和政府代表最广大人民根本利益的崇高信念和坚强决心，感受到了中华大地的悄然崛起，听到了伟大祖国跨入世界强国之林的进军号角。尽管，华夏大地仍有黑恶势力存在；尽管，我们干部队伍中还有贪官昏官庸官混迹。但是，当代中共党人去腐除恶、净化民风政风的"劈雷闪电"，任何势力也不可阻挡。中华儿女，将迎来一个人鸟共舞、官民同乐的和谐乐园……

军旅天涯

"我是一个兵,来自老百姓。打败了日本狗强盗,消灭了蒋匪军……"

在中国的百姓心中,"军营"的吸引力有多大?"战士"的荣誉有多高?有句民谚颇能说明问题:"当了兵,也许你会后悔一时;不当兵,你会后悔一辈子。"

在上个世纪七十年代后期,我有幸走进军营,成为一名光荣的解放军战士。在祖国南疆,我钻过"天涯海角"的排天巨浪;在祖国北陲,我踏过天山戈壁的滚滚狂砂。四年多的军旅生涯,给我留下了永生难忘的记忆,成为我人生中最值得珍藏的青春岁月。尽管军中我有失落我有遗憾,但我永不后悔。

这里,我想说说心中珍藏多年的故事。

一、独子闯关

1975年的隆冬时节，我十八岁的人生出现了第一个十字路口。

这一年，我先是在公社水利指挥部给"营长"当通讯员，后又被调到公社党委办公室当办事员。当时的我，高中毕业才几个月。走出学校门，就到领导身边做事，这让垸里的同龄人羡慕不已。就连德高望重的村支书锦秀伯，也说我日后"前程无量"。

我的人生志向，是横刀跃马驰骋疆场，是保家卫国当一名解放军战士。

那才是我的价值取向。

那才是我的人生理想！

是年冬，一年一度的征兵工作开始了。

那年头，征兵是一件很严肃的事情。应征者不仅要身体健康，"根正苗红"，还得有兄弟姐妹。

前两条，我没问题；后一条，我不够格。

我上无兄姊，下无弟妹，是家中的三代独子。

我去找武装部长，表达了我要参军的强烈愿望。部长一本正经地说："当兵可以，但有一个条件。"

"什么条件？"我迫不及待地问。

"十天以内，你母亲必须给你生一个小弟弟。"

这等于拒绝了我的参军要求。

我一听，急了，大声地嚷起来："你开什么玩笑啊部长，我只有父亲没有母亲你也不是不知道！"

我出世不久，父亲在劳动中被一堵火砖墙差点砸死，随后母亲改嫁远走他乡。从那以后，从死神魔掌中挣脱出来的父亲，一直没有再娶。

部长知道自己的玩笑开过了份，就换作一副笑脸，说："你回去吧，让你大队的民兵连长来找我。"

也许是我在公社领导身边当差"有话好说",第二天,大队民兵连长通知我到县里参加征兵体检。

体检以大队为单位进行。这天一大早,当民兵连长领着我们十七个应征者跑步赶到县城体检站时,已经迟到半个小时了。隆冬时节里,我们一个个面红心跳,额头冒汗。

体检的第一关是测量血压。因为是跑着来的,几个先进去的人"血压偏高",被涮了下来。民兵连长一看急了,忙进去说明情况。医生说:"那好吧,这次量的不算,你们吃了早饭再量。"

民兵连长于是就笑了,对我们说:"走罗,跟我上街喝猪蹄汤去!"

大家一阵欢呼,就随民兵连长去了。

而我,却借口肚子不饿,留在体检站里。

为确保征兵体检一举过关,来体检站的前夜,我摸黑到同垸的退伍老兵新文哥家里请教"体检经验"。新文哥说,体检前不能做剧烈运动,不能吃太油腻的东西。

我记住这话,就近买个馒头,和着一碗白开水吃了。之后就在体检站休息室内的稻草上静坐等待。

约莫过了半个时辰,民兵连长领着大伙儿从街上回来了。他们一个个咂巴着嘴,红光满面,都说今天街上的猪蹄汤"好香好稠真好喝"。

上午的体检开始后,新文哥的"经验"得到了应证:与我同来的应征者大部分都因为血压过高而没有过关。情急中,他们在医生面前赌咒发誓说自己身体绝对正常。医生不信,他们又找连长又找部长跺脚拍胸,之后不知是听了谁的主意,一起涌到室外的露天水龙头下,争先恐后地伸着脖子"咕咚咕咚"的喝自来水,一个个直喝得肚子"咣当"响。还有人用冰凉的水往头上浇,像落汤鸡。大家企图用这种办法"降压"。但事与愿违。他们的血压越量越高。到中午,又有人开始闹肚子,夹着双腿往厕所跑……

最后的结果是：与我同来的十六名应征者全部被淘汰，只有我一人过关。

离开体检站的前夜，我们十七位年轻人睡在县城一家旅馆的二楼上。大家围着我坐在一起，说着亲热话儿。昏黄的灯光下，有人说着说着就哽咽起来。我知道，他们的身体本来棒极了，只是跑得太急，又喝了"好香好稠"的猪蹄汤……

二、临别时难

从体检站回来，我发现家里的气氛凝重。

去体检前，祖母对我说："你要是体检上了，我就唱一台大戏给你看。"祖父说："独子不当兵，你就是去体检也当不成兵。"父亲说："你腰上有个疤，带兵不要的。"

他们都以为，与我同去的十六个小伙，个个身体都比我强。而公社分到大队的"兵指标"，只有一个。这一个，偏偏会是他们唯一的"宝贝"？

然而，当我真的成为"这一个"时，他们沉默了。

我从父亲的脸上读到了意外。

我从祖父的脸上读到了留恋。

我从祖母的脸上读到了生离死别。

一连数日，父亲默默的不再像往常一样那样大声地叫我，祖父的两条浓眉拧成了一道黑杠杠，祖母则在我吃饭的时候坐得远远的默默地看着我……

这一切，使我担忧起来。只要祖父、祖母和父亲中的任何一个人不同意，我的参军梦就会破灭。因为别的大队，体检过关者大有人在，只是没有"指标"。他们与我一样，参军的愿望也十分强烈。

当然，我最担心的是祖母。我自幼失去了母亲，是祖母一手把我带大的。儿时，我与祖母形影不离。读高中时，我离开祖母最远的地方，也不过是十几里外的县城一中。每个星期六下午，我回到乡下的家里，喝一碗祖母沏的山楂茶，吃一碗祖母做的手擀面，睡一宿乡下的檀香床。次日下午，又捎着祖母炒的咸菜，背着一袋祖母筛好的米，翻山越岭走到学校。出远门当兵，一别可就是几年呀！其时，六十八岁的祖母重病缠身，自知不久于人世，她会同意相依为命十几年的独孙儿长别吗？

但是祖母深明大义。她知道，体检上了，就要当兵。

祖母经历过战乱，知道当兵意味着什么。她热爱党，热爱毛主席，热爱解放军。如今，她的孙子就是"解放军"了，她没有理由不高兴。

但她的孙儿又是她的至爱，她不能失去。

于是，老人便有了无言的悲壮。

大约过了半个多月，大队民兵连长干生叔带我去公社领取军装、军帽、军鞋和军被等物品。这天的情景，至今还刻在我的脑海里。

中午，当我穿着一身蓝色的新军装出现在村口时，村里的老少爷们一齐涌过来，有的拉我的手，有的拍我的肩，没挤过来的就喊我的名字。我突然看到了人群外边的祖母。老人穿着肥大的棉衣，一动不动地站在那里，已是泪流满面。这一天，是1976年1月8日。敬爱的周总理，这天逝世了。

晚饭的时候，祖母没说一句话。刚坐下，她又起身离席，默默地端着碗回到厨房，坐在灶堂前吃饭。父亲喊她过来，她说要添火烧粥。后来我才知道，祖母是怕在我面前忍不住眼泪，让我见了不安心。

祖父对父亲说："孩子这一去就是几年，你不想我想。"父亲说，那就赶早儿去县城照张像吧，留个纪念。

第二天，祖父、父亲和我去县城照相。祖母因为走不动，就没有去。

只是我没有想到，对我恩深如海的祖母，因为这次没有同往，就成了我的终生憾事。

从县城照相回来已是下午，同院的春兰姐正等在家里，与祖母说着话儿。春兰姐是来接我和父亲去她家里吃"饯行饭"。在此后的几天里，院里又有几位本家亲戚为我"饯行"。

应征出发的前夜，祖父把我叫到跟前说："当兵就不要想家，只管用心做好你的事，完成好你的任务！"又说："打仗要机灵，要在势头上把敌人压下去！"说毕，还拉了几个格斗招式，我看了忍不住笑起来。"莫笑莫笑，军中无戏言！"祖父字字千钧。

次日，祖母一早起床，坐在灶堂前默默地烧火。父亲扎起围裙做饭，并炒了很多菜。祖父则默默地在房里替我打点行装。早饭端到桌上时，我只看到祖父和父亲，就要转身去找祖母吃饭。父亲对我使了一个眼色，我就打住了。我知道，此时祖母断然吃不下任何东西。

其实，我此时的心情也是沉甸甸的。父亲精心制作的菜，送到口中竟尝不出味道。我从吃完早饭到出发，一直不敢与祖母照面。在踏出家门的那一刻，我犹豫地停住了脚步。因为，我想与祖母告别。父亲看出了我的心思，摆摆手悄声地说："走吧。"于是，我就走了。后来我知道，在我出发后，祖母独自一人拄着拐杖，一步一喘地爬上屋后山的望南坡，坐在一块石头上，默默地望着我从家乡的小道上消失。那一刻，老人经受了怎样一种生离死别的煎熬。

三、露天冲凉

初到军营，正是早春二月。出发时，我的湖北老家山寒水瘦。可是到了这里，水秀山青，人们光着黑油油的膀子，过着夏天般的生活。

到连队的第一天下午，河南籍的大个子班长领着我们做的第一件事，

101

就是到露天井台"冲凉"——洗澡。

井台建在营房前的菜地里。井台四周，围了一圈用椰子枝叶扎起来的篱笆，就一人来高。井台西侧不远处，是一条公路，偶尔有车辆通过。

有位山东来的新兵，不习惯这种洗法，脱了外衣穿着裤叉却不敢往身上浇冷水，蹲在井台上直磨蹭。班长见了，一笑，冷不防将满满的一桶水高高举起，桶底一掀，那水瀑布般地照着兵娃子的脊背直淋下来……

因为有了山东新兵挨水冲洗的教训，轮到我时，我就表现得很果断。走上井台，就开始脱衣服。可是，当我脱了上衣，接着就要脱裤子时，却听到身后有女人说笑的声音。

作者新兵照：1976年4月摄于海南岛崖县

我于是立即停住脱衣服的手。班长眉头一扬，"咋啦？"

我红着脸，有些紧张地说："班长，有人……"

"有人？"班长很诧异，"谁？"

我于是朝着说话的地方指了指。

在我们身后的一处小山坡上，有两个放牛的"阿妹"正朝着我们这边毫无顾忌地看着，还指指点点，发出"咯咯"的笑声。

班长一看，不以为然地说："这怕什么，让她们看呗！"又说，"你穿裤叉洗，又没光屁股！"

可我还是不愿意这样脱衣服洗澡。我说："班长，我想等到天黑的时候再来洗……"

班长很不高兴地说："晚上还有活动，我叫你脱你就脱！"又转身朝着后山坡"叽哩呱啦"地说了几句,那看热闹的阿妹"哦哦"地笑着,赶着牛离开了。

后来班长解释说,当地百姓对驻军十分友好,椰林寨的姑娘们都喜欢当兵的。她们把我们当成了自家人,因此就少了许多禁忌。班长还嘱咐我们说,千万不能与当地姑娘谈恋爱。否则的话就破坏了军民鱼水关系,违犯军纪要受处分的。

那时候,我们虽然都是十七八岁的男儿,却对恋爱这东西十分陌生。直到几年以后离开这里,谁也没有与当地姑娘谈过恋爱。

然而在这里,我却完全适应并且渐渐喜欢上了在露天井台打水冲凉的洗澡方式。每当我将满满的一桶水举过头顶再翻转过来时,那清凉的井水就像瀑布一般当头淋下,别有一番痛快在心头。我至今还十分怀念当年头顶蓝天、脚踩大地、张扬无限的冲凉生活。

四、初次演练

新兵训练由我所在的连队组织实施。

新兵训练营地设在连队车库旁边的一块草地上。营房是泥糊的墙,草盖的顶。我们的床铺是用小树的枝干搭建而成。睡在上面,软软的,吱吱响,席子下边像有小蛇在蠕动。我晚上老梦见蛇。

新兵连其实只有四个班,每班十人。我被编在三班。班长是连队的老兵,河南人,一米八几的个头,人高马大,皮肤粗黑。他穿着白色的水兵服还好看点,如果搞内务把衣服脱下来,就像非洲人。

训练的第一天上午,班长召集我们开会。

班长先让我们作自我介绍。

一位广东兵率先站起来,报了姓名、年龄、籍贯、学历和政治面貌。随即又有山东兵、广西兵、四川兵、福建兵、江苏兵先后站起来自报家门。我几次想站起来作自我介绍，可稍一犹豫，就让人家抢了先，于是落到了最后。

"噢，"班长朝我呶呶嘴，"轮到你了，说吧！"

我于是站起来，大声地说："报告班长，我叫高永祥，今年十八，家在湖北黄冈，高中毕业。报告完毕！"

"政治面貌呢？"班长问。

"这……"我有些尴尬地说，"班长，我，我没有政治面貌。"

"你咋说？"班长那紧绷的脸突然一松，笑了。大家也跟着"嘻嘻哈哈"地笑了起来。

我于是鼓足勇气说："我还没有入团。"

"没有入团，也有政治面貌嘛！"班长说，"那就是，就是……"班长一时也有些拿不准，便草草收场，"就算入团积极分子吧。"

接下来，班长作了新兵训练动员。班长说："我们三班在训练期间，一定不能落后，要争当全连先进班，每人要争当优秀战士——高永祥！"

班长突然对着我喊："你有信心吗？"

我一激灵，来不及多想，就立马站起来，胸脯一挺，高声答道："报告班长，我有信心！"

"很好，决心很大！"班长肯定道，"你要敢于争先，一不怕苦，二不怕死，在训练中取得优异成绩，争取早日入团！"

作者20岁留影

我说："是！"

"坐下！"班长接着对大家说，"你们每人都要争先进，谁也不许当狗熊！如果谁在训练中给我丢了面子，那他就是兔崽子龟孙子！"

班长说着说着就走调了。

他意犹未尽，还想说点什么，就听连长的集合哨子响了起来。

于是我们在班长的带领下，列队跑步到了新兵训练场。

第一课是队列训练。立正，向右看齐，向前看，稍息……

家在广东汕头的连长看上去三十几岁的年纪，络腮胡子刮得很干净，下巴青青的，眉毛浓浓的，说话带着浓重的乡音。他说："立正时胸部要挺起来，小腹内收，双眼平视前方，双手自然下垂，五指自然合拢……"并一边讲解，一边示范。

我用心记住连长的每一句话，每一个动作。

一天军训下来，我累得腰酸背痛。晚上的熄灯哨吹过之后，我很快进入了梦乡。

五、紧急集合

"嘟嘟嘟……"

一阵连续短鸣的哨声，将我从梦中惊醒。

班长一声喊："紧急集合！快穿衣服！快打背包！"

咋会这样呢？这是边防，难道真的是敌人从海上偷袭来了？

来不及细想，就一个鹞子翻身跳下床，转身去摸手电。这时又听班长可着嗓子喊："不许开灯，不许打手电！不许咋呼！"

由于完全没有思想准备，我最后一个背着背包急急忙忙地跑到操场。班长一招手，小声对我说："快，入队！"

"立正，向右看齐，向前看——"班长站在队列前，一转身，提起手，握成拳，跑步来到连长跟前，立定，一举手，"报告连长，三班集合完毕，请指示！"

连长回了礼，说："入列！"

"同志们！"黑暗中看不清连长的表情，只听到他发出沉重的声音，

"一股敌人从海上登陆我岛，要对我连进行偷袭。因此，我们要迅速转移！时间就是生命！按要求，我们必须在三分钟内集合完毕，可是现在用了七分钟！注意了，所有的，向右——转！一班在前，其它各班跟着，跑步——走！"

"真要命啊……"队伍中，不知谁低声嘟哝了一句。

"不谁吱声！"连长喊，"一个接一个，不准掉队！"

我背着背包，挂着水壶，跟着班长跑。

我们进行在军营后山脚下的一条小路上。路面高低不平，满是石头，拐弯多；路的两旁，是一人多高的灌木。

约莫跑了半个小时，我就觉得胸口像塞着一团棉花，堵得厉害，吐不过气来。出汗，耳鸣，心好像就要蹦出来。一会儿，脚步就慢了下来。

战友们一个个地从我身边超了过去。

班长着急地小声喊道："快，跟上！"

然而，这时候，更糟糕的事情发生了——我背包因为打得不紧，经不住接二连三的抖动，一下子散了。

就在我不知所措时，连长跑过来接过我的被子，放在他的肩上……

回到营地，我才知道这是新兵训练的一个必不可少的科目。

这之后，我晚上睡觉就多长了一个心眼。睡前，衣服、帽子、鞋，以及挂包、水壶等等，都要摆放在容易拿到的地方。几天后，连队再次进行紧急集合演练，我就从容了许多。

与我同时入伍分到一个连队的，还有几位湖北老乡。其中一位在家里是拖拉机手，宽下巴，红脸堂，大鼻头。他自我介绍说，在家里大家都叫他"拖拉机"。

拖拉机来连队后没几天，就想家了。睡觉之前，他常常躺在床上看未婚妻的照片，看着看着就后悔起来。"真划不来，"他旁若无人地说，"要不是当兵，我现在就有老婆了。"

我听这话，就觉脸上发烧。但我与他紧挨着睡，每天晚上，他总是这样嘀嘀咕咕，把未婚妻照片在我眼前摇来摇去。"你看看我老婆这双眼皮儿，长得多好看啊……"他每次都这样毫无顾忌，只管自个儿沉浸在美好的想象中。

然而，拖拉机这种自我陶醉的状态，不久就遭遇了重创。

一次紧急集合时，拖拉机将未婚妻的玉照遗失在操场上。第二天出操时，班长晃着照片说："大家看看这是什么？——一张女人的照片！谁的？我就不说了。你们到这里来，是干什么来着？难道是揣着女人的照片过太平日子来的吗？太不像话了！"

"如果在战场上，这就不是一张照片的事了！"班长说到这里，瞟了拖拉机一眼，加重语气说，"它是留给敌人追击我们的路标！是我们的流血牺牲，是难以弥补的代价！"

一件小事，竟让班长说得心惊肉跳。

这之后，拖拉机就蔫了，再不提"老婆"的事。

我知道，"紧急集合"在他脑海里打下了深深的烙印。

其实，作为军人，对"紧急集合"都有着铭心刻骨的记忆。那连续短鸣的哨声，是催人警醒的号角。听到它，就会想起敌人，想起战争。而每到此时，就会超然醉眼蒙眬的舞步，就会期盼激昂奋进的歌声。

六、实弹射击

在完成了一个多月的队形队列操练之后，我们开始进行射击训练。

射击训练的第一步，是进行射击要领练习。一脸胡茬子、皮肤黑而粗糙的连长，为我们进行讲解和示范。他熟练地抓起一把步枪，再轻轻托起来说："注意了，枪托要贴在腮帮子上，不要贴得太紧；要眯住左眼，三点一线看准星，对准靶子，凝神静气，屏住呼吸，再轻轻一扣扳

作者1978年外出执行任务在新疆留影

机！——看到了吗？就这样！"

真枪在手，我有种莫名其妙的兴奋。连长演示完后，我就开始进行练习。

海南岛的阳光十分强烈。太阳底下，我们趴在掩体里，托着步枪练习瞄准。不一会儿，大家就汗浸全身。这时再看百米外的靶子，竟有些晃动起来。

拖拉机悄声嘀咕："早知当兵这样苦，真不该来。"

而我，却总是舍不得放下武器。两天下来，我完全领会并熟练掌握了射击要领。

连长看了我的动作后，十分满意地对大家说："你们要向高永祥学习。记住，平时多流汗，战时少流血。现在虽然是和平时期，但不等于没有战争……"

半月之后，我们开始进行实弹射击训练。

这天吃过早饭后，我们背着步枪，列队前往靶场。大家心里都有些激动。

我突然想起离家时祖父说过的话："打仗要机灵，要在势头上把敌人压下去！"我想，没有高超的射击技术，就不能战胜敌人。我暗暗发誓：以优异成绩向祖父、祖母和父亲汇报。

我排在最后一个上场。在我之前，有个广西兵因为紧张，有五发子弹没有命中靶子。连长因此黑下脸来，现场气氛骤然紧张。

我平静了一下激动的心情，心里暗暗提醒自己：不要慌张，就当是平时的一次训练。

提枪，起步，进入射击位置；

卧倒，举枪，观察打击目标；

贴腮，凝神，三点连成一线；

眯眼，屏气，果断扣动扳机！

"砰——"

一枪，两枪，三枪……

射出的十发子弹，命中九个十环，一个九环——优秀！

当我提枪回到队列之后，连长虎着脸缓步走过来，轻轻拍拍我的肩。他突然咧嘴一笑："你这个混小子，赏你！"说完就是一拳，打在我的肩膀上。我没防着，差点跌倒。

战友们哄然大笑。

能够得到连长赏赐的拳头，那是一种荣幸。

在我们连里，如果那位在训练中做了"狗熊"，连长会表情夸张地走过来，十分"客气"与其握手，并大大地夸奖一番，然后会说："好样的，去炊事班吧！"要是碰上这等事，那简直就是耻辱。

连长这一拳，打出了我的男儿本色。

多少年后，每当我面对危险、或是面临人生抉择的关键时刻，我会情不自禁地想起黑脸连长那一记出其不意的拳头；我的耳旁，就会响起靶场上那清脆的枪声。

七、进山挑粮

连队军事训练强度大，战士们体力消耗也大。新兵训练刚刚结束，连队定额供应的粮食竟不够吃了。为此，连长带着战士们进山挑粮。

连队驻扎在海南岛的最南端，而我们挑粮的地方在五指山。一听五指山，我就想起小时候看过的电影《红色娘子军》，就想起了万泉河，耳旁就仿佛响起了激昂的军歌："向前进，向前进，战士的责任重，妇女的冤仇深……"

这天早饭后,我们打起背包,带上行李,驱车数百里,来到了一个小小的集镇。

战士们就在当地粮站的一个仓库里住了下来。

其时正是四月天气,阳光分外强烈。山里的花儿包含着过浓的色彩,仿佛稍一挨碰,就会印记在衣襟上。

我们的任务是徒步进入小镇的北部山寨,将当地农民生产的稻谷从不能通车的寨子里挑出来,送到小镇的粮站里。当地人再按我们挑出粮食的多少,拿出部分粮食送给我们作为酬劳。

次日凌晨四点多钟,我们就带着扁担、绳子和编织袋子,跟着连长向大山深处进发。

翻过一座山,又是一座山;涉过一条河,又是一条河。山道弯弯,千回万转。有的地方,一边是绝壁,一边是深谷,人只能猫着腰顺着小道爬着过去。

这样走了一个多小时,早霞就从山口处洒了下来,山间的景物顿时变得生动起来。

在这里,我看到了热带原始森林的奇异景观。群树连体,芭蕉丛丛,血藤如蟒,猴子跳跃,山鸡啼鸣,芳香四溢……这一切,成为若干年后我常忆常新的景象。

到达目的地是在上午十点多的时候。有人说要挑一百斤。连长说不行,最多只能挑六十斤。

开始,我对连长的规定不以为然。但这是连长的命令,不得违抗。

作者在桂林步兵学校留影

轮到我时，连长说："你太瘦了，就挑五十斤吧！"

大家用绳子结实袋口，挑起来一个接一个地走。连长嘱咐说，大家注意安全，特别是过山道的时候，不要摔到山谷里去了。

返回时气温渐高。好在我们行进的小道被森林覆盖，林间山风凉爽。因此，开始的路程并不觉得特别吃力。

然而，走出大山后，我们经过的是一段河谷。这里虽然有树，却不能遮掩阳光。走入河床，就像走进了火炉，嗓子很快便干燥起来，一个个大汗淋漓，口渴无比。

在一个有树荫的地方，我放下担子，一屁股坐在路边的一块石头上。我解下行军水壶，拧开盖子，张口就喝。

"小高！"刚喝一口，就听见连长喊我。

连长说："只能喝几口，留着点，前边的路还长着哩！"

连长也挨着我坐了下来。他拍着我的肩，脸上出现了少有的笑容。他说："你的带兵连长是我老乡。他说了你的故事。你这小子，犟得很啊，本来可以在公社里头当干部，硬是跑到天涯海角当兵来了。"

我一听，有些不好意思起来。

我说："连长，我想当兵，都想几年了。"

连长点点头，表示理解。

我又说："连长，我想问您一个问题。"

连长很感兴趣，望着我说："问吧！"

我突然又觉不妥，说："我还是不问算了。"

"有话不说，留着烂肚子啊？"连长又拍拍我的肩说，"你说你说。"

我想，既然把话说出来了，不说还真的不行。就问："连长，我想问您，怎样才能当个好兵呢？"

"问得好！"连长鼓励说，"要当个好兵，就要接受艰苦生活的磨练，养成吃苦耐劳的精神；还要有过硬的本领，要灵活机动；还有讲纪律，令行禁止；还要讲风格，讲团结……"

连长说得实在，我也听得专注。我们接着上路，一路走，一路听连长的"好兵心得"，竟不知不觉到了小镇。

此时已是下午四点多钟。大家放下担子，都觉全身如同散架了一般。

然而，炊事班的同志放下担子，还得抓紧时间做饭。看看他们一身汗水，我就悄悄过去帮厨。这样一来二去，我与炊事班就混熟了。

拖拉机好心地劝我说："你老这样，当心进了炊事班。"

我却不信这一点。事实证明，我的想法是对的。二十多天后，我们完成挑粮任务回到连队，全部分到各排各班。我因为"表现突出"，分了以了侦察排一班当侦察兵，"五四"青年节成为连队首批入团的新兵，受到连部嘉奖。随后，我跟随排长学习三轮摩托车驾驶，次年被任命为侦察班副班长。

八、天涯留影

天涯海角的物产十分丰富。连队附近，盛产椰子、菠萝、香蕉，以及一些至今我叫不出名的热带水果。黎民老乡的东西我们不碰，这是军人的纪律。

天涯海角成了我的第二故乡。经过军营的煅炼，我变得坚强和执着起来。下到班排不久，我就去了那个向往已久的海湾。

那是一个阳光灿烂的日子。我和一群大陆来的新兵，让皮肤黑得放光的连长带着，来到一片海滩上。几块巨大的岩石在海边兀地突起。巨石上，凿着历代文人墨客的诗词佳句。巨石下的海浪翻卷着，一道道白练抽过来，在岩石上溅起雪白的浪花。几个光着上身的渔民，在海滩上拨弄着刚刚捞起来的鱼虾。这就是天涯海角，我所看到的天涯海角。在这里，摸不着天，摘不到星辰，更碰不着月亮。我蹲在礁石上掬了把海水尝尝，竟发觉那湛蓝的海水又苦又咸又涩。

虽是这样，我仍为自己能够身临天涯海角感到荣幸。

天涯海角的风光极有个性，有着独特的军人式的美。那巨石，铁骨铮铮，岿然默立，迎风拍浪，不正是军人的写照，战士的化身？在这里，我的心灵得到净化和升华，十八岁的青春被海浪冲出了光泽，被礁石碰出了火花。我从大海的永不停歇的律动中，获取了生活的力量，逐步成熟和坚强起来。

我喜欢在假日里独步天涯，凝神看海。蓝天碧海，让人心旷神怡。人在海边，对着长天一啸，那声音仿佛就立即羽化成了诗意；用口一吸，蓝天上那一片片洁白的云彩仿佛就能落下来，披在身上。

屈指算来，离开家乡已有三个多月了，可我只给家里写过一封信。而父亲，已经给我来过两封信了。

这天，我又独自来到海边。

每当我独自面向大海的时候，我的思绪就像春天里的风筝，开始了漫无边际的飘荡。我想起了初入营房时在露天井台洗澡时的尴尬，想起了紧急集合时的仓皇，想起靶场上持枪射击连中靶心的痛快，想起五指山中连长的"好兵心得"，一时心潮起伏，思绪难平。

海风习习，带着一股醉人的咸味。在我的身后，隐隐传来椰林寨里动听的歌声。

在这童话般的海湾里，面对蓝天大海，一封家信已经写出。

"父亲，请您转告爷爷和奶奶，我这是在天涯海角给您们写信。今天连队放假了，我就到天涯海角看海来了。这里的天好蓝好蓝，这里的风景真好真好。我都不知怎么形容了。

"父亲，我还要告诉您，在这之前，我打枪了！是真枪，是真子弹，可以打连发！上次打靶，我一口气打九个十环！大家都夸我神枪手了。

"父亲，还有个好消息，我到五指山了！上个月，我跟连长他们到了红色娘子军战斗过的地方，在那里进山挑粮，看到了原始森林，看到了参天古树，看到了长出老高的笋子，看到了椰林寨子，看到了冬天里的水稻。我还光荣地入了团，受到了连队嘉奖……

当我收起信纸，起身准备回家时，一位渔民大爷走过来，对着我大声说话。因为老人讲的是方言，我一句也没听懂。我只得笑笑说："大爷，您的话我听不懂。您能说普通话吗？"

大爷只是望着我笑。他又回转身招手喊话。一会儿，就见一位年轻小伙拿着照相机向我走来。年轻人对我说："解放军同志，他是我们的队长。他想跟您合影照相留念。他说您长得很像他的孙子。他很喜欢您。"

我一听，再一细瞧，竟发觉那大爷的面相与我祖父很是相似。我心里一热，就爽快地说："好吧！"

于是，在金黄色的海滩上，我和大爷并肩站在了一起。

我回头看，大爷一脸幸福的笑容。

快门一闪，我和黎乡大爷就永远定格在天涯海角。

遗憾的是，我没有得到这张珍贵的照片。因为，在这以后，我再也没见到那位慈祥的大爷了。

九、持枪值班

在天涯海角当大兵，生活既紧张又充实。那有节奏的军营生活，几乎使我没有想家的机会了。不过，有时独自一人手持钢枪在椰子树下站岗，也会悄悄地想家。但这只是一闪即过的事。站岗不允许放松警惕。

我所在的连队，是司令部直属的一个连级建制的海军陆战队，肩负着特殊的任务。

和平年代，很难遇上敌情。

记得我第一次持枪站岗的时候，河北籍的张排长是这样交待我的：

你的任务，是防止一切可疑人员进入营房。所有进入营地的陌生车辆都要检查，并向连部的值班首长报告。除此之外，连队的车库、猪圈等等，也要加强警戒。下午离岗之前，挑水冲洗厕所。

连队的厕所建在营房旁边的山坡上，芭茅盖的顶，泥糊的短墙。因为连队没有女兵，所以就没有分隔，门也没有，风挺大的。海南岛蛇多。有一回，一位新兵刚蹲下，就看见一条老粗的蛇从茅草顶上伸出半个身子悬在半空，吓得那位战士提着裤子就往外跑。

在营房值班放哨，我只遇到一次"情况"。

那是一个夏日的午后，战士们都午休了，营地四周静悄悄的，只有木棉树上的知了不知疲惫地叫唤。按照排长的要求，我背着枪绕着营房转悠。转着转着，我就来到连队的猪圈察看。几只猪吃过了食，都躺在栏里睡觉呐。正待转身，却忽然发现猪圈旁边的厕所里，有一男一女两个身影。我立即警觉起来。走近一看，发现是当地的两个农民正在掏粪。这是一对父女。父亲五十多岁，女儿十八九岁样子。见了我，那姑娘羞红了脸，额上的刘海都让汗水浸湿了。

我一声喊："住手，站住！"一转身，就快步跑到连部，将正在值班的指导员喊了出来。"指导员，有情况，有情况！"指导员见我一惊一乍的样子，以为真有"情况"，就急急忙忙地跟着我跑了过去。可一见是那父女俩，就笑了，"算了算了，抬走吧，抬走吧，这是个新兵……"轻言细语地将他们打发走了。

我不解地问："指导员，不管他们啦？"

指导员一脸的笑意，说他们是老乡呀，他们没犯着什么呀，用得着你这么大呼小叫的吗？

到底是指导员，批评人也是和风细雨的。

"当然，"指导员又表扬我说，"你的警惕性还是蛮高的，但要分清情况。以后哇，遇着这种事，就算了。"指导员亲切地拍拍我的肩，"因为，

115

我们是人民的子弟兵啊!"

我知道我错了。看着那父女俩远去的背影,想起自己刚才的那副凶相,我只觉脸上发烧,无地自容。高永祥啊高永祥,劳动人民就是你的亲人,你乍当上了值日星官就不认啦?

这件事,重重地刻在了我的记忆深处。

那位掏粪的大叔和姐姐,你们还会原谅当年那个咋咋呼呼的小兵吗?你们会接受他的一个迟到的歉意吗?

十、抢收海盐

"天涯海角"的阳光十分强烈。在赤热如火的练兵场上,浑身让汗水湿透了。

好在驻地的海风清爽宜人。累了,只要往海边的马尾松林里一躺,那温柔的略带咸味的海风,很快就会把汗水晾干。当然,往沙地上躺要当心仙人掌。那沙丘上,仙人掌一丛一丛的,随处可见。这些耐热耐旱的多刺植物,开着黄花,结着红果。那红得透亮的果也有刺,但能解渴。

强烈的光照为当地盐业提供了得天独厚的自然条件。连队驻地附近的海湾里,盐田一块连着一块。盐田让阳光照射着,不断蒸发,于是就在青砖铺成的田床上,结出一层亮晶晶的盐粒。用抽水机把剩下的海水排出,就可收盐了。晴得越久,盐越丰收。

收盐的日子最怕下雨。而天涯的夏天,又恰恰是个台风频发的多雨季节。暴风雨每年要反复多次地侵扰连队驻地。台风来时,山呼海啸。椰子被狂风从树上刮下来,到处翻滚着,稍不留神,就被砸着。连队营房是日本鬼子入侵海南时的遗物,遇到强烈的台风,房子不安全,战士们就得进入戒备状态。

但这并不影响我们为当地盐农提供帮助。

这年夏天的一个午后，湛蓝的天空突然乌云翻滚，辽阔的海面涌浪排空，一次强台风即将登陆。连队接到盐农的求助，战士们很快就出发了。只十几分钟，我们就下到了盐田。第一次看到田中的盐粒，我感觉十分新奇。便拾起一颗放进嘴里尝了尝，还真是咸的。

所谓"抢盐"，就是用一种类似于耙子的东西将田底上的盐粒拢成一堆，再装进箩筐抬到岸上。

盐田里的海水经过较长时间的蒸发，含盐度高。我脱掉鞋袜，绾起裤腿，赤着双脚走进盐田，立即有了一种异样的感觉。那滚热的水中，像有许许多多的小虫子，围着脚板脚背啃咬。一会儿，那种痒痒的感觉就变成了痛。但我没有说出自己的感觉。盐农们整天都在水里，他们不怕痛，我岂有怕痛的道理？再看战友们也都是生龙活虎的样子，有的用耙子拢盐，有的索性用手去抓。我们都在与台风赛跑。一个小时下来，几块盐田的盐粒都让我们弄到了岸上。远远看去，就像一座小小的雪山。

为了避免淋雨，盐收起来后要立即覆盖。于是，我们又跳跃着呼喊着，与盐农们一起，用大张油布将盐山盖上。我们刚刚扎好油布，那狂风暴雨就席卷而来……

这种帮助老乡"抢盐"的义举，我们每年都要进行几次。老乡为了感谢我们，每年要送给连队许多盐。

十一、军中学艺

连部那排房子有条过道，过道两旁的墙上，是两块黑板报。每月底，连部文书都要根据上级的要求，对黑板报的内容进行更新。

这天班长拍拍我的肩，说小高呀连部的李文书正在出黑板报哩，你去帮帮忙吧，也展示展示你的才华嘛。我有些犹豫，说李文书我不熟呀，他会要我帮吗？班长笑了，说我刚路过那儿，跟文书说了，你这就过去

117

吧。于是，我就高兴地去了。

文书正在黑板上画题头。他画的是一个手持钢枪的水兵战士，昂首挺立，眼望蓝天。在水兵的下方，是八个大红美术字：扎根天涯，保卫海疆。文书画画还可以，但字写得不够规范。他显然没有弄清"宋体"与"黑体"的区别。

我默默地站在他的身后，正不知如何开口，文书却先开口了。他并没有回头看我，只是冷冷地问道："你就是一班的高永祥吗？"我说："是。"文书说："你挺牛呀，张班长让你过来当判官？"听口音，李文书与张班长是同乡，都是正宗的河北保定腔儿。但李文书的口气可不像张班长那样亲切，硬硬的，生生的，让人听了不舒服。

但人家是老兵，我是新兵。我只能老实呆着。我说："文书，我怕你不认识我。"

"你多有名呀，我能不认识你吗？"文书依然还是那个保定腔儿，一边用彩色粉笔为题头着色，一边头也不回地说，"你是神枪手，是天生的解放军，我能不认识你吗？"

文书这话，我是越听越怵了。正在我不知所措时，班长过来了。班长说："李秀才，别狗咬李洞宾，不识好人心。在我新兵面前逞能耐！"又对我说，"小高，人家看不上你，我们回班去！"

"别别！"文书终于回过头来，对着我们笑了。"老张，你不是在我面前才有能耐吗？你的兵我敢怠慢吗？"他又朝我一笑，"小高，我是喜欢你嘛，我是真的早就看上你了嘛……"班长也笑了，说我的大秀才你少酸点好不好，让人听了多肉麻呀，我这新兵又不是个大姑娘，你看上乍的？

真是不打不相识。打这以后，李文书真的喜欢上我了。每次出黑板报，他都要过来喊我。"小高呀，来帮帮，来帮帮。"每次出完黑板报，他总要给我一些"奖赏"。有时是黑板报设计图书，有时则是椰子或是一串香蕉什么的。

　　这年七月，我被连部推荐到基地司令部政治处参加新闻培训，学员只我一个人。接待我的，是一位姓谭的宣传干事，湖南人，个子不高但挺帅气，待人也挺和气，总是笑眯眯的。谭干事说，我的学习任务，主要是学习写作新闻报道，然后到舰艇上体验生活，现场采写，树立典型，宣传军中苦练杀敌本领的优秀战士。谭干事的一席话，说得我兴高采烈，跃跃欲试。

作者参训时在军舰上留影

　　我到政治处报到的前一天，基地直属的一个单位发生了安全事故，有个战士因为下海游泳被巨浪卷走，牺牲了。我见到谭干事时，他正握着一把小刀，专心致致地在一块白色的塑料上刻着"永垂不朽"几个字。

　　这是我在军中第一次遇到战士牺牲的事情。听了谭干事的介绍，我默默的没有说话。谭干事以为我怕了，就换作一种轻松的语气，说这种非战斗减员的事情，平时是很少发生的。这个战士的牺牲，纯属意外。不过基地已经追认他为烈士了，还要举行追悼会。

　　因为发生了这起安全事故，谭干事要承担一些事情，不能教我了。头几天里，我只能独自学习谭干事发给的新闻培训教材。

　　与政治处相邻的是司令部机要室。一天下午，我碰到了机要室老乡小王。小王新兵训练结束后，分到了基地司令部机要室。他乡遇故知，我俩都高兴得跳起来。有空的时候，我们就坐在一起聊天。我们聊得最多的是异乡的见闻，什么"海南十八怪，三个蚊子一盘菜"，如此等等，净是开心的笑话。

几天后的一个星期天，连长开着摩托车来看我。在司令部的大楼里见到连长，我好高兴。连长说：好好学习吧！小高，大家等你早点回连哩！

培训班原定一个月，可是后来改变了计划，只三个多星期就结束了。临走时，谭干事握着我的手说：小高呀，你很有写作潜力，到了连队多写多练，多出佳作……

惭愧的是，回连后，我一篇报道也没有写出来。因为，我找不到"感觉"。

连队军训强度大，练的又大多是危险的科目，常有人在训练中晕倒。一天训练下来，全身就像散了架似的，一躺下来，就睡着了。

而对于我，还有一个原因，就是缺少"文化"氛围的感染。

那时的海岛没有今日繁华，战士们的文化生活远远比不上现在。连队驻地没有卡拉OK，没有酒吧舞厅，没有电视。每天晚上，我们共同的"文化生活"，就是集合起来坐在营区操场上收听中央台的新闻联播。只有在没有台风或未进入战备状态的日子里，才能带着小板凳搭乘军车到基地看露天电影。

连队的物质生活更比不上现在。我们一年四季守着大海，但很少吃鱼，吃肉的日子也很少。炊事班偶尔从渔民那里买些咸鱼回来，算是加餐。为了改善生活，连队养了几头猪和十几头牛。猪由炊事班负责料理，牛由全连战士轮流赶到附近的山坡上放养。我回连后不久，就轮到放牛了。当我赶着十几头牛走上山岗时，尽管没有写新闻的冲动，但我心中却陡然生出几分诗意。

"山苍苍，海茫茫，山下海边放牛羊；天涯路，云飞扬，战士牧牛思故乡；听海角，歌悠扬，手持牛鞭当钢枪。男儿有梦今何在？志在天涯守海疆，今生无悔做牛郎……"

李文书说，这首诗可以发表。

十二、亲历地震（上）

1976年，是中国的"地震年"。

1月8日，我穿上军装的第一天，共和国总理周恩来病逝。总理一生鞠躬尽瘁，为国为民殚精竭虑，他的逝世让中国百姓震惊和悲痛。7月6日，人大委员长朱德病逝。朱老总一生勤勉，德高望重，他的逝世同样在国人心中引起了巨大的悲痛和震撼。

两位巨星的陨落，似乎引发了地壳的裂变。这年7月28日，北京时间凌晨三时四十二分，一场空前绝后、震惊中外的唐山大地震发生了！顷刻之间，二十四五三千人丧失了鲜活的生命，十六万五千人被砸成重伤。大地震动摇了北京和天津，强烈的震荡波及整个华北大地，传到了世界每一个角落……

地震发生的时候，我正跟着连长在三亚机场挑沙。

那时的机场一片荒芜，是日本鬼子入侵海南时留下的遗物。没有指挥塔，没有候机大厅，更没有起落升降的飞机，在一片荒芜的空草地上，仅仅趴着一架满是铁锈的报废飞机。

机场白天的太阳明晃晃的，从沙丘上吹过来的风让人冒汗。一担沙子挑起来沉甸甸的，走在沙地上软软的，得不上劲儿，穿着的军鞋灌满了沙子。一天下来，我的两肩被压得又红又肿，两条腿像灌了铅一样，硬是抬不起来。

唐山地震发生后，连队驻地也闹起了地震。一天，我们接到上级通知——今晚可能发地震！这下子，大家都有些紧张。

为了打发晚上的时光，吃过晚饭后，连长带着我们到附近的村子看电影。换片子的时候，放映员穿插讲解防震知识。主要是：地震一般发生在晚上；发生之前常伴有乌云、下雨、鸡鸣、地上冒水等先兆；预防的办法，一是设点观测，及时报警，二是避开高大建筑，搭建帐蓬住宿……

说来也怪，电影放到一半的时候，晴朗的夜空果然就涌起了乌云，放映场地气氛骤然紧张。大家交头接耳，都说今晚要地震了。

几个片子放完之后，放映员又放了几个幻灯片，耗到了晚上十二点多钟。我们坐在原地等着地动山摇的那一刻，可是等到凌晨一点多，大地还是稳当当的，天上的云彩也散了。于是，连长就带我们回到临时驻地休息。

我们原本住在一个大车库里。为了防震，大家只好拿着席子到外边的空地上睡觉。刚躺下，刚才还是晴朗的夜空又涌起了黑云并且下起了大雨。没办法，我们又提心吊胆地回到车库。连长布置了岗哨，并嘱咐大家别睡死了，听到哨声就向外跑。

于是大家打开草席，和衣而卧。

一天的劳顿让我睡意顿生。一躺下，我就睡着了。不知过了多久，突然听到睡在身旁的拖拉机一声叫喊："有地震——"

所有人就像条件反射一般一跃而起，冲出车库。就在大家惊魂未定的时候，有人说，错了错了，脸盆掉地上了。

原来是虚惊一场。事情的起因是：一位战士睡不着，悄悄溜出车库打水洗脸。我们的脸盆放在长长的木架上，为了美观，洗完脸后码成金字塔形状。那位战士在拿脸盆的时候，一不小心打翻了"金字塔"，脸盆相撞发出的声音，在沉寂的夜空显得格外刺耳。放哨的战士一个激凌，就发出了"地震警报"。

雨还在下。回到车库时，我怎么也找不着我的被单。天亮后，才发觉被单在车库外边的草地上。

更有意思的是，我的湖北老家也在闹地震。老家的村里还成立了防震指挥部，父亲是一个防震小组的组长。

十三、亲历地震（下）

地震的阴云渐渐散去，我们换个地方继续挑沙。

晚饭的时候，我碰到拖拉机，看到他一脸的哭相。"真划不来，"他唉声叹气地说，"我原想啊当兵挺风光的，到头来却在这个鬼地方挑沙。要是我老婆知道了，我这面子往那儿搁呀……"

我最厌的就是拖拉机一遇难事就"老婆老婆"的这副德性。我于是就教训他说："挑沙又怎么了？肖劲光司令员还背过行军锅当过炊事员呐！"

晚饭过后，我们在长满仙人掌的沙丘上漫步。此时海风拂面，渔歌悠扬。太阳还未入海，一半桃红一半胭脂，悠悠地悬在万顷海波之上。那胭脂流光溢彩，给大海涂上无数金黄色斑点，宛如鲤鱼的鳞片。

一会儿，太阳沉入海底。蓝天如洗，云霞灿烂。

拖拉机拍拍我的肩，说，真他妈的怪事，别人劝我我骂娘，就你这难听的话儿我又偏偏喜欢，你说我贱不贱呀！

老乡就是这样，处在一块儿无话不说。说过之后，心里痛快。

晚上，我回到临时撑起的军用帐篷就寝。一张帐篷住两个班，分成两排，大家一个挨着一个睡在席子上。席子下面是沙，睡在上面还挺舒服。到第二天起床之后，前一日的酸痛疲劳，都烟消云散了。于是，我们又满腔热情地开始了新的劳动竞赛。

一晃到了九月，天气转凉了。

9月9日，又一场震惊世界的"地震"发生了——毛泽东主席因病在北京逝世！

多少年过去了，我还记得听到噩耗时的情景。

在沉闷的帐篷里，我们每个人像是突然中了定身术，不动了。

123

座钟发出的"嘀嗒"声伴随着每个战士的心跳。

突然有人失声痛哭。这一声嘶哑的哭泣,很快变成了每位战士发自内心的悲伤。我像所有的战士一样泪流满面。连长带着我们走出帐篷,仰望夜空。我在寻找天上的北斗。奶奶曾说,毛主席是天上的北斗。在悲伤和彷徨中,我曾幻想着这只是一个噩梦。

两天后,我们回到连队驻地,结束了挑沙的日子。

9月中旬的一天,我和全连官兵一起参加了基地组织的追悼大会。

追悼大会在基地广场进行。这里原本是一年一度分新兵的地方,也是我们一年四季看电影的场地。而此时,这里的气氛全变了,变得庄严肃穆。

走进广场,迎面就是蓝底白字横幅——沉痛悼念伟大领袖毛泽东主席逝世。阅兵台正中,毛主席的巨幅遗像显得格外亲切和慈祥。我抬头看到主席遗像的那一刻,心里突然一酸,眼泪就下来了。

这天的追悼会开得十分沉痛,几乎所有的战士都哭了。有人在哀乐声中突然昏倒。卫生队的人在广场来来往往,对昏厥者进行急救。在这之后的日子里,我们的情绪都十分低落。

毛主席的逝世,无疑是中国的另类"大地震"。它给国人心灵的巨大冲击,和它给世界带来的巨大影响,绝不亚于唐山大地震。经历了这种"心灵大地震",我才知道人民领袖的真正含义,我才读懂了百姓的心声。那一刻,泪水沁润了我记忆,让我永远地记住了我心中的太阳毛泽东。

十四、参加高考

我回到连里的时候,老指导员已经转业了。曾教我新闻写作的基地司令部政治处谭干事,下到连里任指导员。

师生相见,分外亲切。不久,我被任命为连部文书。

这年夏天，连长交给我一项特殊的任务：参加高考。

就凭我的那点墨水儿也高考？乍听，以为是连长开玩笑。确知有这么回事，我不得不有些伤感地推辞。因为，我怕出丑。但连长的态度很坚决，他说："小高你是怎么啦，没上阵就怯了场？"指导员说："你是文书，连里的秀才啊，你不去谁去？"他又说，参加高考的事是经过连党支部集体研究才确定的，要我打消顾虑。连长鼓励我说："现在离高考时间还有个把多月，你瞅空到附近的学校借几本书看看，会有希望的。"末了，他还"将"我一军："当兵的连打仗都不怕，还怕赶考不成？"

军人以服从命令为天职。何况，这种"命令"其实是对我的信任、爱护和关怀。我满怀感激之情接受了参考的任务，并有一种巨大的冲动。我决意拿出军训中摸爬滚打的拼劲，奋力一试。这天夜里，我失眠了。我想起大字不识一个的长病卧床的祖母，想起仅上过四十夜"扫盲夜校"而被抽到村小学教书的父亲，也想起连长指导员和战友们那热切期待的目光。我激动地给远在大别山南麓的湖北老家写了封信，报告了我将参加高考的消息……

第二天，处理完连部的日常杂务，我抽身赶到营地附近的一所初中借书。学校老师是黎族人，听说"解放军同志"借书复习考大学，特热情，纷纷从抽屉、床垫和木箱等处寻找我要的书。尽管搜集到的资料很有限，但老师们的那份真诚和热情使我至今难忘。

我是七四届高中毕业生，其实还不够现在初中生的水平。尽管连里免去了我的一切杂务，特为我腾出一间库房，提供了较好的学习环境；尽管连长指导员轮番为我加油鼓劲，炊事班隔三岔五地为我夜战加餐；尽管大家都相信我能"打一个漂亮的突击战"，盼我"为咱当兵的争气"，但一道又一道的复习题，常常把我困住，使我如陷泥潭……

就在我为迎战高考挑灯夜战的日子里，我遭遇到了一个意想不到的打击——祖母逝世了！

信是通讯员交给我的。这是一封平信。信封上，是我熟悉的父亲的笔迹。拆开信，我看到父亲写下了这样的文字："祥儿：告诉你一个不幸的消息，祖母昨天逝世了。我原本不想告诉你，但是思前想后，觉得还是告诉你为好……"

父亲知道我是祖母的至爱，我是祖母的命啊！

真是晴天劈雷！

从家信中得知：我参军后，祖母病情日重，不久就卧床不起了。思念至极时，曾几次从病床上爬下来，拄着棍子几步一歇地来到屋后的望南坡上，坐在一处较为开阔的坟地上向南天凝视。有一回，父亲收工回来等了许久，仍不见祖母，就找到望南坡，发现祖母坐在地上泪流满面。父亲见祖母这样思念，就说发个电报招我回来。祖母摇头不依，只让父亲写个信，要我当好兵站好岗……

就这样，祖母带着对远方孙儿的深切思念，与世长辞。前一日，多时不能下床的祖母突然从床上下来了，双手扶墙，来到大门前，眼望南方，说要上望南坡去。父亲连忙把她扶在门槛上坐着。见祖母病危，父亲就要去县城给我发电报。但深明大义的祖母还是不依，说只要我穿着水兵服站在海边的照片。父亲把照片找来了，祖母接过贴在脸上，泪水把照片全湿了……

父亲说，祖母临终时神智清醒，态度安详。她对祖父说，她要永远住在望南坡，看着我带着喜报回来……

在南国接到祖母逝世的噩耗，我方知生死两别，无可挽回，才为离家时没有到病床前向祖母作生死之别而后悔，才为年初从西北归队途经老家却放弃探家而自责，才突然想起在人世间熬过七十多个春秋的祖母没有留下一张照片，才突然想起对我恩深如海的祖母没有得到一点回报……

祖母的逝世，给了我致命的一击。我突然觉得能不能考上大学并不重要了。一连几天，我不思饮食，头昏脑胀。指导员知道实情后，就对我进行安慰，要我振作起来。连长还免去了我的日常活动，在考前的最后几天时间里，没有让我参加连队的操练。

然而到了考试的日子，我却病了。大热天里，我浑身发冷，不得不穿起厚厚的冬装。

终于迎来了开考的钟声。多少年后，考试过程我早忘得一干二净，却没有忘记自己身着军装走进考场时的那种感觉，没有忘记自己面对并不怎么深奥的试题而难以应对的懊丧……高考分数公布后，我以十一分之差与大学殿堂擦肩而过。

天涯高考落榜，再次给我以沉重的一击。我辜负了在我考前半个多月与世长辞的祖母，她是深信我一定会"金榜题名"的；我愧对黎民乡亲的那份热情，他们相送的课本寄托着多么美好的祝愿；我对不起连首长和众位战友的信任和支持，他们为我浪费了太多的精力和时间……我蓦然生出一种愧对生命的痛苦。这种铭心刻骨的心灵煎熬，改写了我后来的人生。

十五、战争考验

1979年，我再次被命任为连部文书。

这年春，中越边境爆发了一场战争。

2月17日凌晨，广西、云南边防部队根据中央军委的命令，在一千多公里的边防线上拉开战幕，对背信弃义的越军发起反攻——对越自卫还击战打响了！

17日上午，全连紧急集合，全副武装的连长走到队前，以前所未有的严肃表情宣布了战争的开始。

我连是海军陆战队，已被列入参战部队，全连指战员进入一级战备状态，随时准备参战。

紧急集合解散后，我回到连部，谭指导员又给我下达了战备任务：一是要保管好连里的文书档案；二是要确保连队弹药库的安全；三是在连部值班，及时接听和传达上级作战命令。

这是我入伍三年来第一次体验到的战争氛围。这是我第一次进入了临战状态。当时，我是既紧张又兴奋。

这天晚上，我检查完弹药库和档案室后，就拿出纸笔坐在灯下给父亲写了一封信，大意是：养兵千日，用兵一时，我既然选择了当兵这条路，就应该作好打仗的准备。如果真的打仗了，上了战场，我会做一名勇敢的战士，决不给九泉下的祖母丢脸，决不给祖父和父亲丢脸，决不给家乡的父老乡亲丢脸！如果我立功了，那是全家的光荣；如果我牺牲了，也是全家的光荣……写到最后，就变成了遗书。信写完后装入信封，又用浆糊封了口，把它压在床垫下面。如果我真的牺牲了，这封信就算是我的最后一封家书了。

后来我知道，对越战争打响后，父亲和各大队的军属都被请到了公社，吃了一顿饭。公社党委书记高玉田通报了对越自卫还击战的消息，对军属们进行了安抚。那些日子，祖父和父亲担心得吃不下饭，睡不着觉。

但我这时上战场立功的愿望却十分强烈。

为了防止敌机轰炸，连里组织各班打防空洞。连长、指导员和副连长、副指导员都去连队后山打了猫耳洞。我因为要坚守电话机，就在连部练习装卸枪枝。我天生爱枪。一枪在手，眼就明了，耳就灵了，人就活了。只有拿枪在手，我才真正找到了当兵的感觉。我尤其酷爱手枪。我能蒙上眼睛把不同型号的手枪拆开放在脸盆里，用手搅拌后，再蒙上眼睛把不同型号手枪的零部件快速装好。举枪射击的时候，我不喜欢恪守那种规定的动作，只是随意一指，子弹就嗖的一声打了出去，虽不能说弹无虚发，但比拉开架式眯眼瞄靶要准多了。我甚至可以在子弹出膛的一刹那，就能判断自己是否命中了目标。这当然只是我的一种感觉，一种奇怪的感觉。

一天晚饭后，拖拉机红着眼找我"谈心"。他说他没有想到当兵还真的遇上了打仗。"要是我死了，就一切都完了……"他说着说着就低声抽泣了起来。见他这个样子，我就安慰他说，参战部队不一定能够参战。再说了，生死有命，富贵在天。真的命该绝了，谁也躲不过……这本是我即兴糊诌的瞎话，拖拉机听了却轻松了许多。

战备期间，连里发生一件意外的事情。三班战士徐文科因为打防空洞与人发生争执，事情闹得挺大。这天晚上，指导员带人将各班的枪悄悄地收了起来，要我放进枪库。我对指导员的作法很不理解，就说，指导员你不能这样！现在是一级战备，不能没有枪！指导员了解我的个性，就做我的思想工作。他说，如果不收枪，小徐晚上采取过激行为怎么办？我说，小徐不是那种人！我与小徐同一个班，我太了解他了。小徐是山东人，性格直爽，但很守纪律。与人争几句就拿枪打人？指导员的顾虑也太了吧？我于是就讲了自己的分析和判断。指导员说，收枪是经过连支部研究决定的，你执行命令吧！

事实证明指导员是对的。因为，就在收枪的这天晚上，前方战场我军成功突破了谅山要塞，剑指河内。至此，我军先后攻克了同登、禄平、高平、复和、七溪、广渊、下琅、脱浓、和安、东溪、重庆、荣灵、通农、朔江、老街、柑糖、孟康、坝洒、沙巴、铺镂、郭参、封土等二十多个越南城镇和战略要地，给越南侵略者以沉重打击。3月4日十一时二十分，越王牌第3师主力被歼，谅山要塞全线崩溃，越南当局陷入了极大的恐慌之中。敌人自身难保，那还顾得上越过琼州海峡大老远的来炸我们的营房？

3月16日，我广西、云南边防部队全部撤回境内，战争结束。失去了战场立功的机会，我不禁有些郁闷。这天晚上，我从床垫下取出那封信，来到连队后山，展开读了一遍。之后就揉成一团，扔出老远……

十六、暑期探家

1979年7月中旬，正是大暑时节，我回乡探家。

这次探家本可以提前。对越自卫还击战结束后，连长和指导员就给我准了探亲假。当兵满三年，每个战士都有半个月的探亲假期。连里已有几个战士回乡探家了。而我却一而再，再而三地犹豫着，一直拖到了7月中旬。

其实，我是心中愧疚。离家时没有向重病在身的祖母告别；途经故乡本可探家却自动放弃；参加高考本可告慰祖母于九泉，却因十一分之差落选……如今祖母去了，世界上最爱我的那个人走了，我不敢面对这种残忍的结局。我愧对祖母，我愧对祖父，我愧对父亲，我愧对我的父老乡亲！我曾几次动过探家的念头，可是转念一想，就问自己：高永祥，你有什么资格面对你的亲人？到这时，我才真正读懂了英雄项羽"不忍过江东"的无言悲壮。

我的情绪没能逃过指导员和连长的眼睛。他们几次催促我回乡探家。

然而，一旦踏上了回乡的路，我才知道自己是多么想家。在船上，在车上，我满脑子都是祖母祖父和父亲的影子。一合上眼，家乡的山水就很清晰地浮现在眼前。我激动着。我盼望着。我感慨着。离家时圆圆的脸庞已经消瘦，眉宇间已经有了岁月的沧桑……

跨过琼州海峡，穿过雷州半岛，走进湛江火车站，登上北去的列车，转乘回乡的公汽，我终于看到了久别的故乡。

近了，近了。还是那条羊肠小道。还是那条弯弯曲曲的小河。还是那片茂密的松林。还是那座开满茶花的山岗……

快到村里时，在地里锄草的父亲听到乡亲们的喊叫，就丢下锄头跑了过来。正在挑粪的祖父听他喊声,也丢下扁担踉踉跄跄地走了过来。

回到家里,我放下背包,就返身走出了大门。父亲和祖父都明白我的意思。父亲转身进房里拿了一沓黄纸——乡下人习惯称为"往生钱",就和祖父一起,领着我登上了望南坡,来到了祖母安息的地方。

此时,祖母逝世一年多了。坟草萋萋,山风呼号。父亲点燃了纸钱,低声对九泉下的祖母说,永祥回来了,看您来了。那一刻,我再也忍不住眼泪了。

回到家里,父亲向我介绍了我的继母。她是在我参军后的第二年到我家的。父亲曾写信说过这事,并征求我的意见。父亲说,如果我不肯,他就算了。我当时回信支持了父亲的选择。后来父亲回信说,祖母病重期间,继母细心照料,减少了老人的许多痛苦。

在家住了十多天,看望了大祥垸的二叔父二叔母和另几家本房亲戚,又去了继母娘家探望了舅公舅母和姨公姨婆。继母就主动提醒我说,去看你的生母吧。

我的生母李菊英在我不满周岁的时候就与我的父亲离婚。之后,她又有过几次短暂的婚姻,最后带着一身伤痛嫁给了一位抗美援朝老兵,住在黄石黄思湾,我参军前去过一次。

母亲与父亲离婚后,几次把我带出去,我也因此长了不少见识。我读高中时,她还是"半边户",住在学校附近的付畈村。母亲常常来到学校看我,还把我接到家里,做一些我爱吃的东西,有时还要送我一些零花钱。对母亲,我不再像儿时一样感到陌生了。

父亲、祖父也劝我绕道黄石,探母归队。于是,我就提前两天离开故乡,来到黄石探望母亲。

母亲自是高兴异常,招呼左邻右舍分发糖果。

老兵出身的继父对我很是看重。他是大冶钢厂的老工人,为人很是豪爽,在工厂里头很有资历。我们一见如故,很快就找到了共同关心的话题。

我与他谈了很多，提到即将复原后的工作生活，我感到了苦恼。继父一拍胸脯，说这有何难！工作的事情不必担心，一切包在我身上。我明白，继父这话是把握的。他在市内有几个老战友，有的是公安局长，有的是武装部长，调动一个工作还是很容易的。

十七、舰队借用

回到连队以后，谭指导员调回基地机关任职，河南籍的副指导员升任指导员。

一天晚上，新指导员找我谈心，主要是了解连部的日常工作。我就趁机向他说了退伍的想法。

新指导员听了我的想法，稍作迟疑之后，缓缓地说：小高，你有这个想法也可以，趁现在年轻复原回家找一份好工作，还能照顾家人，一举两得，我支持你。

和新指导员的谈话更加坚定了我退伍的决心。

9月上旬，新指导员召开支委会，圆了我的入党梦。从此，我退伍就没有后顾之忧了。

在这之后不久，继父寄来了一大摞子接收函和证明信，要求我退伍后先到黄石接他的班，然而进公安。我把这些信件交给新指导员，问他：就凭这些信函，我能进公安吗？新指导员说，怎么不能？你有母亲和继父的证明信和申请书，又有公安局和武装部的接收函，手续是太齐全了。他说，文书你告诉你啊，你退伍以后带着档案直接到公安局报到就行了。于是，第二天我就将一纸退伍报告交给了他，并请他帮忙。新指导员十分慷慨地说，文书你放心，你这个忙我是帮定了！

然而就在我一心一意等待退伍的时候，这年9月下旬，我接到了舰

132

队"借用"的命令。

军人以服从命令为天职。何况，这是舰队"借用"，级别高啊。拖拉机羡慕地说，高永祥，怎么好事都让你捞上了？

出发前，连长交待了行进路线和报到地点。这天上午，连队出车把我送到客运站。

到达目的地后，接待我的是一位大个子老兵，大家叫他老姜。在住宿地，我与执行此次任务的另两位见了面。他俩来自海口警备区，一个排长，姓张；一个战士，排长叫他小马，湖南人。

我们四人组成一个小组，组长由老姜担任。小马会找事。他悄悄告诉我：老姜军事技术是顶呱呱的，是麻斜基地的军事骨干，执行完这次任务就是排长了。

次日上午，基地首长召集小组开会，给我们下达了任务：举办舰队政治思想教育和军营文化建设大型成果汇展。会后，姜组长带着我们参观了麻斜基地，对相关单位的文化建设成果进行了观摩。下午的碰头会，我们就如何创新军营文化建设的话题进行了热烈的讨论，各自发表了看法。张排长、小马和我，还现场进行了才艺展示。张排长画了一幅松，小马画了一个女兵。我想了想，就提笔在宣纸上写了一首诗——毛主席的《七律·长征》，赢得了一片喝彩声。其实我也知道，就凭我的书法水平，怎么说也难登大雅，大家是在鼓励。

我们在麻斜基地住了十几天。其间，观看了中央歌舞团对参战部队的慰问演出，欣赏了关牧村的独唱和姜昆的相声。

为了圆满完成这次任务，我们要跨军取经。这天上午，我们来到湛江火车站，乘火车北上到达桂林。下车后，一位姓杨的陆军参谋驾着吉普车，将我们接到了桂林步校。

桂林步校的全称是桂林陆军步兵学校，是军内的名牌军校，也是军官成长的摇篮。毛主席逝世后，广州军区司令员许世友穿着草鞋到校视察。杨参谋说，许司令一身戎装，腰扎皮带，别着双枪，乌头黑脸，见了谁都虎着脸，连就校长政委的手也不握……

住处安顿后，我们在杨参谋的引导下，参观了桂林步校政治思想教育和文化建设成果展室。常言说"百闻不如一见"。桂林步校的文化展室让我耳目一新。展室布局别具一格，图文并茂，并配有声光效果，具有很强的艺术感染力。

桂林山水甲天下。完成了参观学习的任务之后，我们在杨参谋的带领下，游览了七星岩、象鼻山等桂林风影名胜，领略了大自然的绝美风光。姜老兵随身带了照相机，给我们每个人都照了几张。这些照片，成为我珍藏至今的军旅留影。

作者在桂林风景区。身后背景为桂林象鼻山

十八、憾别天涯

完成任务回到连里，我发觉营区的气氛有些异样。

原来在一个月前，连里发生了一起车祸，我的山东战友李银柱被摔成了残废，另有几个战士受伤。

李银柱身材修长，浓眉大眼，一个帅气小伙子。他善解人意，乐于助人，大家都挺喜欢他。我们同年入伍，在新兵连里就很投缘，成了知心战友。新兵训练结束后，他因为表现好，被派往汽车连学开车，后来就成了连里的驾驶员。我们去基地看电影或是外出执行任务，很多时候就是他开的车。在我们这届兵里，他的驾驶技术是呱呱叫的。

然而古人有话：长江淹死会水人。发生车祸这天，刚刚下过一场雨。李银柱拉着一车石头往回赶，拐弯的时候突然打滑，车子连翻了几个跟头，他当场就摔得血肉模糊，昏死了过去……出院回到连队以后，连里按相关规定给了他一些生活上的补助，但同时也给了他一个纪律处分。在给处分的那一天，新指导员把他叫到连部做思想工作，他淡然一笑说，指导员，我想得通……

而我，却在心里替他不平。

一个月后，退伍名单出来了，我们这届兵，除一个提事务长、一个提排长外，三十多个全退伍了。

我和李银柱都在退伍之列。

被确定退伍之后，我特意去了一趟基地，与机要室的老乡小王告别。

小王听说我退伍了，很是意外。他瞪着眼说，你傻呀！你知道现在的政治部主任是谁吗？我说不知道啊。他说，是李主任，俱乐部李主任，我们的老乡！我说他当主任了与我有关系吗？他说，你啊糊涂！你这么长时间不到基地来转转，你知不知道，你是政治处宣传干事的唯一人选，命令都打了，就等着老兵退伍以后宣布，你居然——居然主动要求退伍，你糊涂！

1980年元月，老兵退伍。那一天，小王来看我。他说，你知道现在的宣传干事是谁吗？我说，不知道啊。小王说，就是你们新指导员的老乡啊！我心里格登了一下，说，小王别提了，我当公安战士比当宣传干事强多了！

小王冷笑道，你以为你能进公安吗？别做梦了！

为什么？

你以后就知道了。

......

四年多的军旅生涯，就这样结束了。我带着期盼和不安，与战友们挥泪相别，登上了回程的卡车。

回乡后，小王的话应验了。这年元月，国家取消"接班"政策，我进公安的铁血梦想，破灭了。

光荫似箭，日月如梭。一晃三十多年过去了。生活中，我从未忘记我的军旅岁月。纵然历尽艰辛，也没有淡去我对战友和连队生活的记忆。也许是受我"绿色情结"的影响，我的两位妻弟先后参军，一个在东海舰队，一个在北海舰队。前几年，我的三位本家侄子也先后应征入伍……

每年"八一"，我的思绪总会飘向"天涯海角"。因为在那里，有我激情燃烧的岁月，有我永不褪色的理想。更是因为从那里开始，我才真正走上自强不息的道路，用苦涩的汗水和火一般的激情，谱写了一曲"凤凰涅槃"的人生壮歌。

为弱者呐喊

我的家乡湖北省蕲春县，地处鄂东老区农村。这里，没有南方沿海的工厂林立和商贾云集，没有现代都市的通讯网络和发展空间；这里，南部畈区易受洪涝，北部山区易受干旱，偏远闭塞，穷山恶水；这里，有至今生活在贫困线下的农民，有贫病交加的山村教师，有考上大学却无钱上学的孩子……

我曾为自己生活这个国家级贫困县里而抱怨。然而，当我走进这块赤贫的土地，我的心时时被强烈地震撼。近十年的基层采访和新闻写作，常使我泪湿衣襟。

为六旬民师仗义执言

1995年秋，一个偶然的机会，我被调到蕲春县教委办公室，从事公文起草和教育舆论宣传工作。这年秋季开学不久，我接受了一项特殊的任务——下乡督办开学。

历时半月的乡下"督办",使我真实地感受到了农村的贫困。从此,一种"为弱者呐喊"的强烈愿望,在我的心底油然而生。

在蕲春县的一个名叫杨四岭的地方,村小学里有个老民办人称"石爷爷"。"石爷爷"的真实姓名叫石中礼。石老师妻子残疾,两个儿子辍学,家里一贫如洗。老人教书四十多年,爱生如子,为学生耗尽了一生心血。在杨四岭,五十岁以下的识字人几乎都在石老师手上启蒙。但石老师家庭成份不好,曾被村里个别干部挤出学校,险些失去教书的机会。石老师尽管书教得好,但他长期任教低年级,市县"劳模"又没他的份,因此错过了一次又一次"转正"的机会,快六十岁了还是民办教师身份,辛辛苦苦一年下来才几百块钱,还常常是白条子,家里日子都快过不下去了。

石老师的不幸处境,让我流下了眼泪。当时,我因为承担着办公室繁重的日常杂务,一时抽不开身到石老师家里探望,就打电话给杨四岭小学校长,了解石老师的生活现状,并嘱咐学校领导对石老师的生活多加照顾。当贫弱

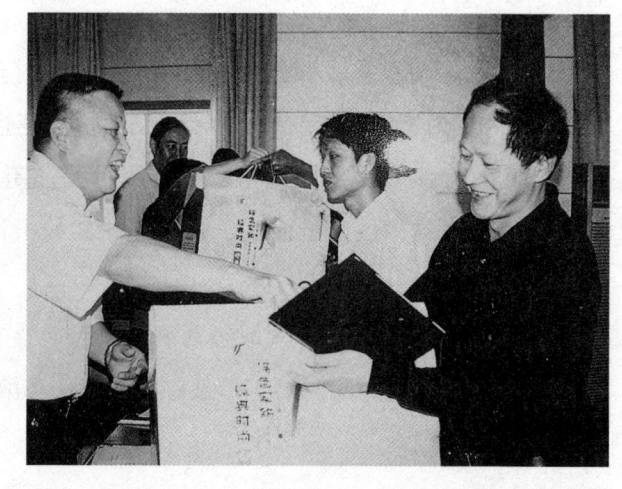

作者从县委副书记夏春明(左)手中接过获奖证书

无助的石老师从校长口中听到"上面有人在关心你"时,感动得当场哭出声来。星期天一大早,石老师就急急地赶到我的家里。

面对石老师的一头白发,面对石老师洗得发白的粗布衣裳,我就像看到了自己年迈体弱的父亲,将石老师迎进屋里,并嘱咐妻子上街买菜,

执意将石老师留在家里吃饭。

多少年来，石老师没有遇到这样的礼遇，没有感受到这种温暖，一时百感交集，禁不住流下了昏花的眼泪。采访石老师之后，我挑灯夜战，写成了长篇通讯《石中礼的无悔人生》。稿子脱手后，先后被《黄冈日报》头版头条和《教师报》头版头条刊发。市县有关领导看到报道后，对石老师表示了极大的同情，或捎信或打电话给市县相关部门，建议破格将石老师"转正"。两年后，六旬民师石中礼苦尽甘来，终于被破格转为公办教师。杨四岭村民闻讯，纷纷到石老师家中祝贺。许多村民自发到石老师门前燃放鞭炮。

领着贫困大学生走进"绿色通道"

2002年春，我完成"借用"任务，从组织部门返回原单位县教委办公室。这时，县教委已经改名为县教育局，办公室主任已经易人，当年的搭档已荣升新职，成为一个部门的负责人，不再"爬格子"了。

一门心思替社会弱者鼓与呼，使我获得了许多荣誉，却在一些人眼里成了傻子，职务原地踏步，生活越来越紧。我的年逾七旬的父母，至今还在乡下，住着上个世纪六十年代的土木危房，过着缺油少盐的日子；当过教师的妻子，患双肾结石险些丧命，而且工作一直没有着落；大女儿读大三，二女儿和小儿子在读高三。每年到了寒暑假，儿女归来，一家五口挤在不到四十平方米的老式住宅里，来客人连个坐的地方也没有……

2002年10月，机关人事调整，我由副主任变成了副科长，仍干我的老本行。

2003年暑期，我到县招办了解大专院校的新生录取情况。交谈中，一条信息引起了我的注意：漕河镇夏漕村有个驼背太婆，两个亲生儿子因为家贫先后辍学，却竭尽全力把十几年前在街上捡来的女婴哺育成人并送到高中。这争气的女儿已被大学录取，但高额的学费使这家人一筹莫展。听到这里，我怦然心动。"不能让这考取了大学的孩子失学！"第二天是星期天，我一早起床，骑上自行车寻找这位面临辍学的"准大学生"。

在漕河镇夏漕村3组，我终于找到了这位贫困学生的养母——身材矮小的文盲农妇余绿叶。经了解得知，余绿叶所收养的女儿已被黄冈师院艺术本科录取，第一年学费一万多元。郑家本已债台高筑，哪里去筹这么多钱呢？2003年暑期，蕲春出现了百年不遇的高温天气。由于住房拥挤，家里就像蒸笼一般。回到小屋，我顾不得热，连夜坐在案头奋笔疾书，写成了长篇通讯《19年前的遗弃女婴，今日能圆大学梦吗？》的通讯稿。

稿件发出后，先后被《鄂东晚报》《黄冈日报》刊发。随后，又被《武汉晚报》和《楚天金报》等报刊转载，引起社会各界的广泛关注，社会各界纷纷为郑云芳捐款，录取院校为郑云芳入学开通了"绿色通道"……

为"拼命丫头"倾力扬名

2004年元月的一天，我与机关的一名年轻干部一起，到蕲北山区向桥乡白水中学检查教师上岗情况。

白水中学是一所偏远的乡村中学，地处鄂东大山腹地，办学条件落后，任课教师紧缺。全校十七个教学班，一千两百多名学生，只有四十二名科任教师。由于教师紧缺，每班教室里都挤着八九十名学生，教师们的担子十分沉重。

当时正是学校期末考试前夕，天气寒冷。在检查完教师上岗情况后，我向乡教育干事邓应源及学校的几名干部通报检查中发现的情况。

这时，一位女教师怀抱一摞学生作业，一小步、一小步地从我面前走过。

邓应源手一指，对我说："高科长，这个老师叫王云芳，她病没好就上课了。"

"什么病？"我忙问。

"是肾脏结石，动了手术，肾被剖开了，听说还切了一截。"

学校的一位名叫王桃梅的女副校长接话说："云芳老师腰上，还插着一根管子呐。"说毕，她就上前掀起云芳的衣裳，一根插入体内的导管出现在大家面前！

2011年秋作者接受中央电视台记者采访

回到家里，我把王云芳带病上课的事向妻子说了。患过肾结石的妻子深知肾结石的痛苦，因此也深受感动，陪着流下了眼泪。好像生病的不是与我们素昧平生的山乡教师，而是我们的亲生女儿。当夜，我含着眼泪，写出了人物通讯《"拼命丫头"王云芳》。稿子发出后，先后被《湖北日报》和《鄂东晚报》刊发；随后，《教师报》和《黄冈日报》均在头版头条的位置，对王老师拼命育人的感人事迹进行了报道。随后，县电视记者专程进山采访，并在"百姓生活"栏目，对王云芳的事迹进行了连续播放。

王云芳的事迹经媒体报道后，在全县引起强烈反响。许多看过报道的老师、学生和当地干部群众，都流了泪。"人民教师"这个荣誉称号，在王老师感人事迹的映照下，发出夺目的光芒。2004年教师节，王云芳老师被树为全县教书育人的标兵，受到县委、县政府表彰。10月上旬，蕲春县"师魂报告团"奔赴全县各地，宣传王老师的感人事迹……

走进红安

2005年3月20日,县教育局组织机关党员"重温入党誓词",因此有机会跟大家一起乘车来到将军县红安,走进黄麻起义和鄂豫皖苏区革命烈士陵园,缅怀革命先烈,重温入党誓词,接受了一次心灵的洗礼。

红安是两任国家主席的故乡,是中国革命的红色根据地。黄麻起义和鄂豫皖苏区革命烈士陵园,由牌坊、纪念碑、烈士祠、红安县革命博物馆、董必武纪念馆黄麻起义和鄂豫皖苏区革命烈士纪念馆、李先念纪念馆、烈士墓和园林等部分组成,始建于1956年,面积约一平方公里,1989年被国务院列为重点烈士陵园保护单位。黄麻起义与秋收起义齐名,烈士陵园是红安革命历史的生动写照。

陵园内遍植松柏丹桂和梅兰竹菊,四季常青馥郁芬芳,是进行爱国主义和革命传统教育的生动课堂。

是日,陵园内,红旗招展,游人如织。走进陵园大门,黄麻起义和鄂豫皖苏区革命烈士纪念碑拔地而起,凌空矗立。

纪念碑下,摆放着鲜红的党旗和入党誓词。大家不约而同地走向党旗。教育局长刘建文走出队列，举起右手，领头宣誓："我志愿加入中国共产党……"铿锵的誓词声中，每位宣誓者心潮起伏，热血沸腾。

宣誓后，党员们在解说员的引导下，先后观看了黄麻起义和鄂豫皖苏区烈士纪念馆、董必武纪念馆、七里坪长胜街和红安列宁小学等革命遗址。解说员满含激情的解说，把来自教授县教育园地的党员们带进了烽火连天的岁月。

黄麻起义是继南昌起义和湘赣边秋收起义之后，我党在大别山地区领导的首次农民武装起义。这次起义，为创建鄂豫皖革命根据地和红四方面军起了先导作用。

党创建初期，董必武、陈潭秋在黄安、麻城地区播下了革命火种，工农革命如火如荼。大革命失败后，黄麻两县党组织根据党的"八七"会议精神，领导广大农民群众，高举土地革命和武装斗争的旗帜。在中共黄麻特委的领导下，于1927年11月13日举行声势浩大的黄麻起义，建立了黄安县农民政府和中国工农革命军鄂东军。这支起义队伍后来编为中国工农红军第十一军三十一师，经过艰苦曲折的斗争，走上了边界武装割据的道路，开辟了以柴山堡为中心的鄂豫边根据地。在黄麻起义胜利的影响下，1929年5月举行了商南起义，成立了红三十二师，开辟了鄂东南革命根据地；同年11月举行了六霍起义，成立了红三十三师，开辟了皖西革命根据地。1930年春，根据党中央的决定，将三块根据地统一起来，成立中共鄂豫皖边特委和鄂豫皖边区苏维埃政府，从此形成了鄂豫皖革命根据地。1931年11月7日，从斗争中发展起来的红四军和红二十五军在黄安七里坪组成了中国工农红军第四方面军。

鄂豫皖革命根据地的形成和红四方面军的诞生，形成了"东扼江淮，西控平汉，威逼武汉，震慑南京"的局面，动摇了国民党反动派在华中的统治地位。1930年冬至1932年夏，根据地军民在中共鄂豫皖特委和中央分局的领导下，连续取得了三次反"围剿"斗争的胜利，建立了二十六个县的革命政权，开展了轰轰烈烈的土地革命，红军壮大到四万五千人，地方武装发展到二十万人。后由于张国焘在根据地推行"左"的政策和在战略指导上的错误，以及敌我力量对比悬殊，未能打破敌人的第四次"围剿"。1932年10月，红四方面军主力被迫西进川陕。11月，中共鄂豫皖省委将留下的部份红军和地方武装，在红安檀树岗重建了红二十五军，肩负起恢复和保卫根据地的任务。1934年10月，红二十五军奉命西征后，1935年2月又重建了红二十八军，在鄂豫皖苏区坚持了艰苦卓绝的三年游击战争，直至抗日战争爆发。

在抗日战争和解放战争时期，鄂豫皖苏区的党组织和人民发扬革命传统，为民族的独立和人民解放的伟大事业继续浴血奋斗。

在长期的革命战争年代，鄂豫皖苏区有数十万优秀儿女为革命英勇献身。仅红安一县牺牲的群众有十余万人，仅登记在册的烈士就有两万两千余名。他们在战场上浴血奋战，壮烈牺牲；在监狱里强忍酷刑，坚贞不屈；在刑场上视死如归，慷慨就义；在各个工作岗位上鞠躬尽瘁，死而后已。他们是一代英杰，万世楷模。他们的业绩与日月同辉，光照千秋；他们的英名与山河共存，流芳千古。

上午十一时，我们首先参观了位于烈士陵园西侧的黄麻起义和鄂豫皖苏区革命烈士纪念馆。

走近展馆，如浴古风。馆房为古典庭院式结构，长廊环绕，飞檐碧瓦，掩映在苍松翠柏之中。

纪念馆分《序厅》和《血染山城，点燃工农武装斗争烽火》《英勇捐躯，为创建革命根据地铺路》《前仆后继，坚持大别山艰苦斗争》《随军转战，英雄儿女长眠他乡》《争独立，求解放，搞建设、保国防，红安儿女高举红旗勇往直前》五个单元和《红安籍病故老红军事迹陈列室》，共展出著名烈士二百三十余名。陈列烈士的遗物、照片、诗抄和雕塑等展品八百余件，着重展现了在黄麻起义、商南起义、六霍起义和创建鄂豫皖苏区革命斗争中壮烈牺牲的烈士们的精神风貌和光辉业绩。

在第一展厅，参观者看到了黄麻起义前后牺牲的二十四名烈士。他们之中，有建立黄麻党组织、开展农村大革命的组织者，有发动和指挥黄麻起义的领导人，有参加黄麻起义奋不顾身的勇士，有捍卫黄麻起义胜利成果英勇就义的豪杰。

首先映入眼帘的是黄麻起义总指挥潘忠汝烈士。1927年12月5日，国民党夜袭黄安城，潘忠汝指挥部队顽强抗击，为掩护部属突围，他六进七出城门。当第七次掩护战士往城外冲杀时，不幸腹部中弹，壮烈牺牲，时年二十三岁。

夫妻烈士王鉴、夏国仪的革命事迹，给大家留下了深刻印象。夏国仪是红安县占店镇夏家湾人，1917年与王鉴结婚，在王鉴的影响下参加革命。1925年加入中国共产党。历任黄安县农民协会执行委员、县妇女协会执行委员、县审判土豪劣绅委员会委员等职，是黄安县妇女运动的先驱。1927年汪精卫叛变革命，夏国仪不幸被捕，壮烈牺牲。

在第二展厅，大家看到了为创建鄂豫皖革命根据地而牺牲的九十二名烈士。他们之中，有组织工农武装起义、开创鄂豫皖革命根据地的杰出领导者，有身先士卒、英勇善战的军事指挥员，有冲锋陷阵的英雄豪杰，有全家烈士、兄弟姐妹烈士和夫妻烈士。

在这里，程绍续烈士的壮烈牺牲震撼了党员们的心灵。1929年2月，时任红军某部大队长的程绍续，遭到敌十八军围攻。他率战士负责掩护主力突围，不幸负伤被捕。在刑场上，敌人用刺刀顶住他的脖子问："你是要头还是要共产党？"他果断的回答："头是我个人的，共产党是劳苦大众的，我要的当然是共产党！"敌人恼羞成怒，用刺刀将他残忍杀害。

程家兄弟姐妹的壮烈牺牲，让人感慨万端。大革命时期，红安檀树乡农民程启宗、程启波、程启东、程训宣，在大哥程启光的影响下，先后参加革命。在艰苦的革命斗争中，除程启光幸存外，其余四人全部为革命壮烈牺牲。

兄弟姐妹中，最小烈士程训宣短暂的一生，让展室里的党员们肃然起敬。1928年，年仅二十岁的程训宣参加革命，任妇女干部并加入共产党。1929年参加红军，年底与徐向前结婚。婚后留在后方做支前工作，积极发动妇女为红军洗衣、做衣、做鞋、送饭，积极支援红军。1932年牺牲，年仅二十二岁。

为了人民的翻身解放，红安儿女不屈不挠。在众多的烈士群像中，一个"全家烈士"的典型扣人心弦。在腥风血雨的岁月里，红安县檀树岗乡戴克敏一家，先后有十四人走上革命道路，其中十一人为革命献出了生命。他们为人民的解放事业，前仆后继，英勇不屈，永远值得后人敬仰。

在第三展厅，党员们追忆红四方面军主力西移到抗日战争爆发的艰苦历程，仿佛听到了大别山中英勇牺牲的三十一名烈士的震天呐喊。

在这里，党员们看到了鄂豫皖省委书记沈泽民的光明磊落和鞠躬尽瘁，看到了新四军第四支队司令员高敬亭烈士的忠肝义胆……

在第四展厅，党员们看到了二十五军和红四方面军在创建川陕革命根据地和血战河西走廊过程中牺牲在外地的四十二名烈士。

在这里，党员们看到了红二十五军军长吴焕先烈士长征途中的艰难跋涉，看到了红三十一军军长余天云烈士的横刀跃马，看到了红九军军长孙玉清烈士的坚贞不屈……

在第五展厅，党员们看到了在抗日战争和解放战争中英勇牺牲的四十一名烈士，看到了解放后病故的红安籍老党员。他们之中有无产阶级革命家董必武，有共和国主席李先念……

徜徉于陵园苍松翠柏之中，党员们一个个心潮起伏，难以平静。那凌空耸立的纪念碑，那手持钢枪的红军战士和手举铜锣的农民自卫军塑像，在每个人的心中放射光芒。

是日下午，我们怀着崇敬的心情，来到红四方面军诞生地七里坪，参观了这里的鄂豫皖苏维埃驻地长胜街和红安列宁小学。

离开红安的时候，我的耳旁还仿佛回响着那首冲天而起的黄安歌谣："小小黄安，人人好汉。铜锣一响，四十八万。男将打仗，女将送饭。"

我的故乡风情

　　蕲春漕河镇刘榜村，东枕太平寨，西踏鹞鹰岩，南接彭祖，北依蕲太路，全村版图面积七千八百亩，其中山林面积六七一百亩，耕地面积一千七百亩，十二个村民小组，一千二百四十人。城区公交及村组公路纵贯全村，麻武高速蕲春站落户村中，交通便利，区位优势得天独厚。

　　刘榜是一片神奇的土地。传说一千三百年前，唐朝大将薛仁贵千里走单骑，行至大别山，忽见一只玉兔奔于马前。薛仁贵一路追寻，来到村东太平寨，但见林木葱茏，山花烂漫，宛若仙境。那玉兔纵身一跃，飞上峭壁，化为一块白色石壁——兔儿岩。一百五十多年前，太平天国的著名战将——忠王李秀成在太平主峰安营扎寨重创清军，古城墙矗立至今。城门下有一巨石，名曰钓鱼台。台下一口塘水清见底，经年不竭，传为将军饮马池。山中大王庙，四季香火绕神宇，四方香客拜大佛。村西熊作山，传为神象鼻，踩其山脊声如皮鼓，踹其山脚涌红泉。村北望南坡，青松翠柏，彩蝶纷飞。坡下有龙井，百泉喷发，汇聚成溪，传为千年露水龙伏于潭底。村南凤凰山，奇花异木，传为凤凰栖身之地。

刘榜是一片美丽的土地，山奇水秀，田园如画。每年春天，村东三百亩桃园桃花似海，落英缤纷，宛若王母蟠桃园仙境。太平寨主峰山下，八百亩金银花铺满长寿凹，繁花似海，芳香醉人。田凹千亩蕲艾园，绿波如涌，五月飘香。"蕲春艾师傅"系列产品，从这里走向山外，走向全国……

刘榜是一片富饶的土地。村中土地肥沃，矿产丰富，良田成片，林木葱葱。村西鱼鳞山，下有滑石矿，经勘探滑石蕴藏量超过五十万吨。其滑石品质好，纯度高，为全国第三大滑石矿源基地。村南瓷土岭，经勘探高岭土蕴藏量超过两千万吨，土质松软，洁白细腻，是造纸、陶瓷、橡胶、搪瓷和白水泥等重要原料，还可用于医药、纺织、石油、化工和国防等重要部门。

刘榜是一片红色的土地。村中枣树垸，为中共蕲春县第一次党代会会址。自上世纪三十年代始，刘榜儿女投身革命，前赴后继，在土地革命、抗日战争、解放战争、抗美援朝和社会主义革命建设中建功立业，青史垂名。在蕲春县烈士陵园里，铭刻着高维新、汤胜才、田贵、熊元松等刘榜人的名字。小小的山村里，走出了"鄂东怪杰"熊常青、"突围勇士"岳正元、战斗英雄石中友等一批叱咤风云的英雄人物。解放后，又走出了全国优秀乡村医生程永明、全县优秀支书熊锦秀等一批模范人物。

刘榜更是一方文化厚土。村北油凹，以"大学"闻名。村人素有尊师重教的优良传统，重文厚学、学艺拜师传为乡俗。解放初年，民间艺人高应云鼓书新说，名扬鄂皖；七十年代始，程世冠、程建新、蔡成良等全省优秀校长接力办学，荆楚闻名；至新世纪，又诞生了知名教授田光法、全国金牌教练田四清等一批文化名人。望南坡下，有着六十年沧桑岁月的"作家小屋"，成为刘榜村中的文化风景。

有爱的天空才有太阳

学生时代，我曾为自己设计过几种理想的职业：作家、画家、书法家……却没有考虑过教书育人这个职业。走上教学岗位的头几个月，我心里还打过退堂鼓。后来，作家、画家、书法家都没当上，却在学校里挂上了"杂家"的头衔，成了孩子们的朋友。

心灵震动，来自那声忘情的叫喊

任教之初，我严肃冷峻，常常板着面孔。我想用"虎威"镇住那些小调皮蛋。这法倒也蛮灵。我上课，学生老实规矩，一个个像小木偶人。我没有想过这样会压抑儿童的天性，损害儿童的身心。有件事我至今难忘：上课时，一个孩子突然哭起来。一问，才知道是尿湿了裤子……学生学得乏味，我也教得恼火。那时候，对学生，对学校，对教育，我哪谈得上"热爱"呀！把知识教给了学生，我就心安理得。然而，我的这种麻木的情绪，在天真烂漫的儿童世界没有继续下去。我，毕竟也是有感情的人啊！

　　一个秋日的下午，我组织"中队故事会"。在孩子们的欢笑声中，我举止潇洒，谈吐幽默，感情丰富地讲了一个妙趣横生的故事。孩子们高兴极了，笑啊，跳啊，小手拍得特响。

　　"妈，再讲啊！"一个孩子忘情地喊。声音里带着孩提世界特有的娇昵和烂漫。这声雅气十足的童音竟引起了我强烈的心灵震颤和冷峻的自省。我仿佛第一次才知道他们是刚刚离开母亲的孩子。他们是父母的"太阳"。在学校，他们需要爱啊！瞬间，我为自己铁硬冷峻的教学态度感到后悔，感到惭愧。

　　从此，我强迫自己放下师道尊严的架子，时刻提醒自己不要再发"虎威"。每节课后，我要问自己："你注意到了教态吗？"教师的情绪最容易感染学生。一段日子过去，我突然发现：上课时，同学们爱举手发言了，再不像以前僵手僵脚、噤若寒蝉的了。学生的作业本上，"百分"渐多起来。这引起了我的思考——对教育教学的第一次认真的思考：

　　"为人师者，首先要有爱心！"

　　　　　"要爱，但必须知道怎样去爱！"

　　我渐渐爱上了自己的职业。上课，我不觉得疲倦，常常拖堂。我想用自己加倍的努力补偿欠给孩子们的爱，发誓要用"辛勤的汗水"教出成绩来。于是，我劲头十足地跟班，课余时间对学生搞"全线占领"。我没有想到这样会造成学生对学习的畏怯和厌倦，导致学习兴趣的丧失；更没有想到这是对学生身心的另一种形式的损害。是事实教育了我。"跟班"跟了一段日子，班上学生迟到的渐多起来，还出现了无故旷课的现象。我于是在上学路上打"埋伏"，"逮"住几个在路上玩的学生，一问，他们"老实交待"：是怕来早了让老师叫到教室补课。好像是一瓢冷水泼过来，我的"热情"迅速降温，不得不开始反思自己的跟班死守满堂灌。

为了寻找"爱的良策"——符合教育教学规律和儿童学习特点的教学方法，我夜半挑灯，阅读了大量的教育专著，涉猎了古今中外教育家、心理学家和哲学家们的教育理论和教育主张。从春秋时代孔老夫子的"启发式"，到古希腊苏格拉底的"助产术"；从捷克教育家夸美纽斯"适应自然"的教育主张，到英国资产阶级教育家洛克的"白板论"及其"绅士教育"；从瑞士教育理论家裴斯泰洛齐的"要素教育论"，到德国教育家赫尔巴特"下意识"的心理研究和福禄培尔"恩物"对幼儿教育的创新；从卢梭的《爱弥儿》，到霍尔的"复演理论"；从美国杜威的"教育即生长""教育即改造""教育即生活"的教育主张，到前苏联马卡连柯的"平行教育影响原则"……古典的，现代的；唯物的，唯心的；宏观的，具体的……都潜心揣摩，细心体验，反复咀嚼、吸收和消化……同时外出听课，到兄弟学校向同行"拜师取经"。渐渐地，我的教学发生了变化，"跟班"状态"宽松"起来。我开始把课余时间交给学生，自己则充当"辅导员"的角色。班里又活跃起来，学生与我又亲近起来，上学迟到、旷课的也少了。

也就是从这时起，我开始了研究性的实验观测教学。我把自己的教学经历和体会诉诸文字，集成"教学手册"，以求自鉴。在学校同行和县教研人员的指导下，我开始了教学论文的写作，并有论文在《光明日报》《人民教育》《湖北教育》以及《湖北大学学报》等数十家报刊上发表。我的教学成绩也平稳上升，连年受到上级教育部门的表彰。

这使我明白了一个浅显而又深奥的道理：

教书育人不仅要爱，而且应当知道怎样去爱！

"要授之以渔，更要育人励志！"

边教边学，边学边总结，使我"教"的方法灵活起来。但是，在实验观测的教学中我却发现，学生"学"的效果并不佳。尽管我注意到了自学方法的传授，然而学生的"会学"问题仍未解决。我组织"探究"，学生能在小组中认真"研讨"，有时还能搞出一点名堂；我一放手，学生也就不想学习了。我曾作过这样一个实验观测：在一周内，第一次，我下午放学前布置了四十分钟的课外作业，并作了严格要求，经检查，学生都圆满完成了；第二次，布置二十分钟的课外作业，不作要求，学生做了，可是字迹潦草；后两天，我每天只布置五分钟的课外作业，并规定：这次作业不评分记载，结果，全做全对的只有一半学生。于是，我从培养学生的自学兴趣入手，运用竞争、榜样和说服等方法，砺学生自学之志，变教师"要我学"为学生"我要学"，在注意传授"学法"使其"会学"的基础上，培养学生的自学精神，使其"恋学""自愿苦学"。经过一个学期的努力，学生自学精神明显增强，自学劲头足了。班上一位名叫"明子"的学生就是一个"自愿苦学"的典型。他每天晚上，除完成老师布置的作业外，还坚持自学半小时。那时，银屏上的"武打戏"正在走红。夏夜，他的父母弟妹都坐在电视机看武打片，他却专心致志地在自己的书房里按计划读书或写作，其后，就独自就寝。这个例子使我确立了一种新的教学评价观：

"老师讲，学生玩"，那是放羊式教学；"老师来，学生怕"，那是家长式教学。二者皆不足取。"老师来，学生乐"，这是娱乐式教学；"老师去，还想学"，这是求索式教学。此二者的结合，方是理想的教学境界。

于是，我又悟出了一个道理：

为师者，既要"教好书"，把好知识传授关，使学生"学会"；还要"教活书"，把好能力培养关，使学生"会学"；而更重要的，是要把好砺志关，使学生"恋学""自愿苦学"，进而达到"终生好学"的最高境界。

"师者，必须慧眼识才，长善救失！"

有件事使我沮丧：我在班里树为"学习榜样"的一位绰号"小光头"的学生，小学毕业后弃学当上了"道士"。

有年春节，几位回乡探亲的学生到我的家里"探师"，我们又谈起了"小光头"当"道士"的事。我困惑，也很惋惜，责怪自己对"小光头"管得不严，没有尽到师者的责任。他们一听都笑起来。一个学生突然问我："老师，您知道我们为什么敬您？"他道出了一句我十分意外的话："就为您会画画儿啊！"这位当年与"小光头"同桌的学生回忆了一件"有趣"的往事。他说有一次他和"小光头"故意当着我的面用红粉笔在墙上画了一只小狗和一只猫，本来想得到我的夸奖，却被我当作不守纪律乱写乱画的典型在全班批评。从那以后，他俩一看到我就有些怕了……

我怔住了。这事我早忘得一干二净。但我记得"小光头"是班里的"小魔术师"，常玩"扑克法"，做"吹泡泡"游戏，还搞过"看相算命"……为了使他"成人走正道"，我禁止他在学校"乱说乱动"。后来，他"老毛病"有所收敛，但不久又犯了，我就把他作为"屡教不改"的坏典型在班上进行严厉的批评，弄得他灰头灰脑的，使他本来较好的数学成绩急剧下降……

我怎么只看到他"乱说乱动"的一面，没有发现其中可以利用的因素呢？为什么不发挥他爱动脑筋的长处，去弥补他的短处？他的学习兴趣是我打消的！他弃学厌学，尽管有其家庭和社会原因，在我看来都是很可惜的。

这件事，使我又悟出了一个道理——

为人师者，应有为人师"眼"：既能从学生行为中发现问题，又要善于从学生过错里抓住有利因素，长善救失！

"以'杂'之道，能出优生！"

要长善救失，为师者应该先长己之善救己之失。这是我从自己身上得到的体会。学生当了道士，使我苦恼，也大大地激发了我苦学书法、绘画和演讲等"杂门"技艺的欲望。我不是为了"成名成家"——尽管成名成家也无可指责，而是想多学几门"长善救失"的本领。我挤时间学书法、习绘画、练写作。在少先队活动中，我注意以自己的特长培养学生有益的兴趣爱好。对学生的长处加以鼓励，认真辅导。

一位名叫"银子"的同学爱画画儿，但缺少辅助材料，我便在星期天，走上十几里山道到县城，从新华书店为他买回几本有关绘画的书籍，利用课余时间指导他练习，并教他处理好课内学习与课外活动的关系。经过努力，银子画画有了长进。他的美术习作《吃不了顶着走》在全国"双龙杯"大赛中获奖。这件事对我鼓励很大。此后的几年，我自学技艺的劲头更足了，对学生兴趣爱好的激发与培养也进入到了一个新的境界。

有年我带五年级班主任并兼任数学教师，班上有位偏爱数学的学生老为写作文发愁，几次受到语文教师的批评。我意识到，如果不及时辅导，他的学习兴趣就会减退。我于是把自己已发表的文章送给他揣摸，并教给他作文的几种常用的方法，并特别注意引导他观察事物，指导他写自己亲历的事和有感受的经历。不久，这位学生把他放学后回家捡粪的事写成了一篇小记叙文。几经修改，这篇习作在省级刊物《苗圃》上发表。这对于一个偏远山区农村小学的孩子是一件很了不起的事。这位学生深受鼓舞，对语文特别是对写作的兴趣大增，后来成绩一路攀升，以优异成绩考上了大学。这件事，使我又悟出——

师者，应该多才多艺，具有"杂家"风格。身怀绝技的师者本身就是教育的一种力量。他将感召那些闪烁在迷茫的星空里的童心，使其发光，成为一个个独具特色的"太阳"！

　　光阴易逝，转眼又是十几个春秋过去了。这之间，我由"民办"转为"公办"，接着又从教学一线调到县教育局。但每当我忙完公务，独自坐在自己的办公室时，眼前就会浮现出当年生动活泼的教学情景，耳旁就会响起孩子们快乐的笑声。而每每至此，我对"素质教育"就会发出一声来自心底的呼唤。

阅读的天堂

阅读是一种快乐。

这种快乐的最高境界，就是阅读者将作品当作净化心灵的"天堂"。

一

那年，我在读了几家文学刊物的几篇小说之后败了胃口。此后，我的阅读兴趣遭遇障碍，对小说这个我原本至爱的文本式样产生鄙视和逆反心理，并且延续多年。我不再去书店购买文学刊物，不再把作家——当然是指那些活跃在当代文坛的"当红作家"以及他们的小说乃至"获奖作品"当回事了。某市作协的一位文友给我寄来的文学杂志，我甚至没有拆封就丢在一边。至于我的那个曾经高高擎起尔后又深埋于心底的文学之梦，也开始风化飘零并且渐行渐远。我变得浮躁，浅薄和孤陋寡闻，成了一个没有想象力和幽默感的俗人……

但我明白无误地看到了自己的堕落。那个埋头坐在办公室里做着官样文章的机关干部；那个汲着香茗瞟着报纸专看自己"豆腐块"的"笔杆子"；那个远离喧嚣却在孤独中沉默、彷徨、叹息和不知所措的人啊——这就是我吗？

当然是我。

这是离开文学阅读之后缺乏文学薰陶的我。

这是曾经鸡叫头遍就悄悄起床翻山越岭几十里饿着肚皮走到县城专为购买一本文学杂志的我。

这是曾把阅读当作最大快乐，把创作当做至高追求，把文学当做第二生命的我啊！

我为自己掩埋自己的理想感到痛苦，或者说是那个深埋于心底的文学之梦让我痛苦。人不可以没有爱好。人不可以没有追求。人不可以没有理想。我，一个脱了军装的退伍军人，一个农民的儿子，没有大款依靠，更无高官庇护。如果说人生还有起点的话，那么我的人生起点就是我故乡的烂泥田。因此我对自己这辈子应该能做什么，不能做什么；应该怎么做，不能怎么做，是再也清楚不过的了。我这辈子的最大爱好是读书，说得具体一点，是业余时间读读小说。我的最大理想，是在公开发行的刊物上发表小说，哪怕是百把字"微型小说"。我父亲教过书，说过书，对古典传奇情有独钟。我呢，当兵打靶写小说，力争来个"文武双全"。我自信我对文学的领悟决不亚于我对战争的领悟。事实上，我对文学的着迷已经超过了我对战史的着迷。并且，我在阅读之后开始了写作。在我这个偏远的鄂东小城，在那么几个默默无闻的文学爱好者中，我还是小有名气的。我怎么能够因噎废食，自暴自弃，自己埋葬自己的理想呢？我不能辜负朋友，更不能辜负自己。我必须重新拾起我丢失多年的阅读爱好。我必须继续我对文学的追求。我必须厚待我曾经拥有的那么美好的梦想。我必须以最大努力向着文学的巅峰攀越。

于是，在我获得了一份稳定的工作，也就是在解决了"吃饭"问题之后，我像个做错了事的顽童不得不回到老师身边那样，带着几许忐忑和几许期盼，重新回到了文学书房。我说服自己沉下心来去读文坛新锐的"获奖佳作"。我强迫自己认同、理解和欣赏一度盛行的"肢体写作""痞子风格"和"魔幻文学"。

但是我的努力一次次失败。我没有找到奥斯特洛夫斯基的永恒信念，也没有看到从孟伟哉到李存葆的惊心动魄。甚至，我连蒋子龙的机智，张贤亮的眷恋，从维熙的质朴，邓友梅的沉稳，冯骥才的幽默，刘醒龙的悲悯……都百寻不见。就更别说，契诃夫能够"变色"的人物语言，马克吐温虽败犹荣的州长竞选，以及莫泊桑的旷世无双的精美项链了。而对于我为之感动的红岩的呐喊，四世同堂的笑声，和青春之歌的动人旋律，那就更不敢奢望。打开眼花缭乱的刊物，我所见到的是小资情调，是争风吃醋，是"肢体描写"，是"阴私揭秘"，是一点正经也没有的"痞子文学"。然而这些都是"佳作"，其中不少篇目还走上了银屏走出了国门荣获大奖……可是我，我怎么就是读不下去了呢？

我想我一定是被这个物欲横流的世界"异化"了。我想我是被沉重的生活磨去了灵性，丧失了情趣，变成了一个不可救药的俗人。我想我的骨子里就没有艺术细胞和形象思维。对于这么"新潮"的东西，我居然不会欣赏，居然不会愉悦，居然不会感动。我几乎再一次地准备抽身，离开这个曾让我呐喊让我流泪让我欢笑让我沉思的地方。

终于有一天，一本书摆上了我的案头。

因为读了这部书，我打消了离开的念头。不仅如此，我的阅读渐入佳境，并且不可遏制地开始了我原本打消了的我对文学的思考。尽管我知道，我的文学梦未必能圆，我向文学巅峰的攀越未必能够成功。

但我不会后悔。

二

十年前，作为突击队员，我参加了在长江流域的抗洪抢险。那时我已远离文学，并且坚信我这辈子不会再与文学结缘。我的书架上没有新近出版的文学刊物，仅有的几本文学书尘蒙其上。然而具有讽刺意味的是，在此之前我完成了为期三年的函授学习，拿到了"汉语言文学"本科毕业证书和"比较文学"研究生毕业文凭。

真是徒有其名。一个鄙视甚至厌恶小说文本阅读的人，居然拿到了有多门文学课程的毕业文凭。不过像我这种徒有其名的人比比皆是。大家无非就是为了评职长点工资，当然还有人是为了仕途通达，谁也不会因为自己对于文学的陌生和拒绝感到羞愧。

就在这一年，在四川成都，一个名叫裘山山的人，开始了震撼心灵的创作之旅。次年十二月，一部三十四万字的长篇小说《我在天堂等你》诞生。小说问世后，被改编成了话剧、广播剧、电影和电视连续剧，并且获得了多个奖项。可惜的是，我不仅改编的话剧、广播剧、电影和电视连续剧没有看到听到，就连这本书和她作者的名字，我都一无所知。直到这部小说问世之后的第九个年头，孤陋寡闻的我才买到。但我买回这本书的真正目的，是想给正上大学的孩子阅读。我记不清是谁说过，这本书对教育孩子有用，所以就买了一本。遗憾的是，孩子们一听我说"很有教育意义"，就立即产生了抗拒心理，说什么也不看。无奈之下我说，你们不看我看。其实我也没有阅读的兴趣。但在孩子面前总得做做样子，我就漫不经心地翻了一下，随后就将她放到被我冷落多年的书架上。如果不是后来"天堂"发生骚乱，我想我至少在短期内是不会再读这本书的。我的确是个浮躁的俗人。

2008年3月14日，达赖集团在"天堂"拉萨策动骚乱，举世震惊。以喇嘛为骨干的暴徒手持长刀、棍棒和砖头等作案工具打砸抢烧，无恶不作，无辜平民血溅街头，妇女儿童惨遭毒手。而西方敌对势力巅倒黑白，指鹿为马，借机攻击我们的党和我们的国家。文明社会发展至今，居然还有这种没有人性的东西。是可忍，孰不可忍！

在异常震怒却又无处发泄的时候，我突然想到了那本被我束之高阁的书。

我在天堂等你？这个"天堂"，不就是那个被骚乱分子打砸抢烧的拉萨吗？我突然有了阅读"天堂"的渴望。

我重新从书架上取出这本大奖加身的书，一串疑问油然而生：高寒缺氧的拉萨也叫"天堂"？这种地方真的值得留恋？如果是，这里的过去又到底发生了怎样的故事？也许，我能在这本书里找到答案？

三

中国文坛在经历了上世纪八十年代异乎寻常的"繁荣"之后，开始了持续至今的低迷。文学期刊发行量逐年减少。有的停刊，摘掉苦心经营的文学品牌；有的转型，以拉赞助求得生存……

文坛何以落到这步田地？"专家"们将其归咎于读者阅读兴趣的蜕变。他们认定，是中国读者普遍存在的浮躁心理和媚俗心态，导致了纯文学的衰落。

专家之论不能说没有道理。我就是个极具浮躁心理的读者标本。但是专家们在抨击读者浮躁的时候却犯了一个致命的错误，这就是他们忽视了当代小说创作样式的迷乱、低俗和蜕化，忽视了创作主体道德认识和价值观念的整体蜕变，忽视了文坛主导群体对中国文学优良传统和中国读者阅读习惯的长久背叛。这才是真正的病源。正是这个一直未有根除的病根，才给中国文学的健康肌体以致命的侵袭。

不知从什么时候开始，在小说创作中有种奇怪的说法，那就是小说不能太好看了，也就是故事性不能太强。似乎故事性太强，小说就不是"纯文学"了。一些作者乃至名家的小说，普通读者看不懂。有的语言晦涩，有的结构松散，读了半天云遮雾罩，不知所云。你读不去了吗？你没有阅读快感吗？那是你不懂纯文学。那是你缺乏耐力。那是你浮躁。

但是读者不管这些。你的意识流，你的印象派，你的自恋情结，他们不感兴趣。这本杂志不好读，就挑下一篇吧；这篇小说不好看，就找好看的吧。我，还有和我一样的读者，就是这么做的。你有专家推荐又怎么了？你上《小说选刊》又怎么了？你得大奖又怎么了？我，还有和我一样的读者，对文学的疏远乃至鄙视和厌恶，就是这么来的。

所谓小说，按教科书上的定义，乃是一种叙事性的文学体裁。她以刻画人物形象为中心，通过完整的故事情节和具体环境的描写，广泛地反映社会生活。人物、情节和环境，是小说缺一不可的要素，否则就不叫小说。越过真理一步就是谬误。无论你形式上再耍多少花招，无论你把你的花招打妆得再性感和新潮，你的东西就不是好货。即使你的名气再大，即使你搬出专家给你撰写再有权威的论评，读者不认账。

于是，文坛中便有了"什么样的小说才是好小说"这样似乎是老生常谈的探讨。我知道，这是一种拯救，一种对当下文学荒原的一种难能可贵的重耕。这种思考和论讨的一个重要的成果，我以为是李建军所归纳的好小说的七个标准：一、好小说是能把细节写得准确传神、能把故事讲得引人入胜、把人物写得栩栩如生的小说；二、好小说是充满想象力和具有智慧风貌的小说；三、好小说是具有现实主义精神和底层关怀精神的小说；四、好小说是致力于发现并揭示生活真相的小说；五、好小说是在"世界上所有的夜晚"寻找光明、给人安慰的小说；六、好小说是富有"亲爱"的诗意、浪漫的情调和理想主义气质的小说；七、好小说是那种充满正义感和责任感并致力于向上提高人类精神生活水平的小说。

在此，我想对李先生的好小说做点补充。在我看来，一篇好小说，除了具备李先生所说的七点之外，还应达到这样的境界：既有纵横捭阖收放自如的宏观把握，又有清泉润肤的微观体悟；既有洋溢着历史诗情的沉郁柔丽，又有张扬着现代意识的高歌低吟；既有不动声色却又无限广大的内里乾坤，又有波涛澎湃之下的持重骄矜；既有天马行空大鹏翱翔的时空穿越，又有火烙铁铸的历史深沉……

这种小说有吗？当然有的，我国古典四大名著就是。

这会儿有人要说话了：我们要的是当代小说。当代人能够写出曹雪芹、罗贯中、施耐庵、吴承恩的小说吗？

这正是我要告诉你的：能。一定能！

在我淡出文学阅读的十几年间，中国文坛并非没有撼世之作。这些年，作为曾经的军人，我在回避诸如"美媚文学"的时候，对军旅小说也有过偶尔的浏览。但这不是真正意义的阅读。这让我丧失了对诸多军旅名篇的欣赏。比如北京军区兰小龙的《士兵突击》，我是看了电视剧才知道的。后来我在《解放军文艺》2007年第10期上，也只读到部分章节。

这让我感到遗憾。然而真正让我遗憾并且汗颜的，是我直到现在才读到九年前就横空出世的《我在天堂等你》。

我庆幸我读到了这部书。在这部小说里，我不仅看到了李建军先生所说的那种完美和精致，更是看到了当代军旅文学一飞冲天的奇观。

四

因为曾为军人的缘故，我承受过天涯海角排天巨浪的强大冲击，承受过西北大漠核爆之后的强光和飓风，体验过挑战极限命悬一线的生命幻觉；也经历过与我相依为命十几年形影难离的祖母一别永诀的悲痛，品尝过待我恩重如山的祖父、叔父、叔母、生母和姑姑相继逝世的辛酸。就像白雪梅一样，因为经历了一次又一次的生离死别，我的感情不再脆弱。

但是，我，在阅读《我在天堂等你》的时候，居然热泪长流。特别是我读到欧战军逝世的时候，读到木兰回家失声痛哭的时候，读到甘孜城里被土司头人挖去双眼砍掉双脚劓掉鼻子的乞丐的时候，读到辛医生把自己的一小块月饼悄悄塞给"我"的时候，读到管理员病逝之前掏出钢笔的时候，读到刘毓蓉牺牲后留下一摞没有寄出的家信的时候，读到通讯员小冯过恰巴山坠下悬崖的时候，读到翻越鹿马岭苏队长牺牲的时候，读到白雪梅找到虎子的时候，读到米拉山上的生命传递和欧战军遗书的时候……我已经泪流满面，不得不停了下来。我想这是怎么啦，一个大老爷们，感情居然这样脆弱？我想"麻木"不动感情都不成。这种阅读体验之于我绝无仅有。阅读之时的感动乃至流泪，我肯定有过。比如我读《官司》，看到等待四十多年的老谷最后跪在团长墓前的时候就怦然心动湿了眼窝。但是这种感动也就那么一瞬，悠一下就过去了，不像阅读"天堂"这样持久和强烈，更不会伴随文本阅读的始终。

这部小说带给我的心灵冲击太过强烈，乃至在我掩卷之后我仍"耿耿于怀"。我把书放在书架的醒目处，却有意回避她的存在。因为我的视线一旦触及，书中的人物和场面就会浮现眼前。我想我再也经不起这种感情的冲击了。

当初打开这部小说的时候，我没有想到会是这样。

五

一部作品的不朽，在我看来不仅"好看"——像俊俏的姑娘那样眉清目秀，苗条端庄，具有极强的"视觉效果"；而且具有超凡脱俗的内在气质，让人既亲切，又敬畏，成为倾诉的朋友和心灵的导师。

《我在天堂等你》就是这种不朽之作。

这部小说"好看"。

先说她的"眉目"——小说第一章，也就是小说的"开头"。

一篇小说的开头写得怎样，那实在是太重要了。我，还有和我的一样的读者，都是特别"浮躁"的家伙。读小说，往往先看开头。开头不好看，得，扔到一边。再优秀的作品也概莫能外。因为我们本来就是"俗人"。我们还要为生计奔忙，还要应对生活中的鸡毛蒜皮和尔虞我诈。我们还有老婆孩子和老父老母，许许多多的烦心事在等着我们，所以不能不"浮躁"。我们不是评论家批评家文艺理论家，不是为了鉴赏而阅读。我们的阅读，往往是寻求另类的放松，另类的疼痛，另类的解脱。我们想把那颗已经俗得不能再俗的"心"放在文学的琼浆里泡一泡，让它干净、高贵和超脱起来。如果开头不好看，我们极少有读到最后的耐心。

《我在天堂等你》的开头，一下子把我粘住了。作者构建这个开头可谓匠心独运。她似乎是"有口无心"地交待了欧家六个子女的性情现状，交待了欧战军要召开"家庭会议"的主要原因。就在读者为"家庭会议"的不欢而散或不以为然或扼腕叹息的时候，情节的发展急转直下，潜意识里的"男主角"突发脑溢血溘然长逝，连句交待的话也没有。这给读者以强烈的情感冲击，同时勾起了读者的阅读渴望。欧战军为什么最喜欢三女儿木槿？大女儿木兰为什么对自己的身世产生疑惑？还有老大木军、老四木凯、老五木棉和老六木鑫，还有作者以欧战军逝世之后梦回"天堂"的虚幻笔法所提到的老王、小冯、辛医生、苏玉英和尼玛，还有苏玉英那句"我的虎子怎么样了"的急问，显然内有乾坤。这既是不动声色的伏笔，又是吊人胃口的悬念。

再说她的"身段"——小说的主体部分。小说以十八军进军西藏为背景，以白雪梅参军、进藏、结婚和生养为线索，以时空转换双线并行的表现手法，对小说人物的心路历程进行了刻画。作者在不同章节采取的是不同的叙述方式，演绎"现在"用第三人称，演绎历史用第一人称。应该说，这种写法与不少作家的表现手法近似，也非贴入像我这样芸芸众生的阅读习惯，因此对于打动读者具有较大的风险。

裘山山的高明之处在于，她用传神的细节、引人的故事、生动的人物形象和明快的节奏，恰到好处地演绎了这个高难动作。在现实和历史之间，读者不仅没有茫然，反倒获得了攀登之后的瞰看和调整，为下一章节的阅读提供了难得的心理准备。通读全篇，一幅进军西南、解放和建设西藏的历史画卷已呈现在眼前。当一个又一个的迷团冰消雪释之后，留给读者的是泪水中的恒久感动。

如果说，一篇小说的好看是作者对艺术表现形式的独特创造的话，那么，一篇小说的气质则源于作者的文学使命。诚然，感动我的绝不仅仅是好看。在我看来，这篇小说真正不朽之处在于她的气质——革命现实主义和浪漫主义的完美统一。

这种气质，首先在于她的史诗一般的灵魂。她在交待大进军时的纵横捭阖，她在展现人物心路历程中的微观体悟，她在铺陈宏大场面中的历史诗情，她在叙说生离死别时的沉郁柔丽，她在揭开迷底之后的历史深沉……不仅充满了丰富的想象和两情相悦、爱意如蜜的浪漫情调，更洋溢着视死如归、前赴后继、守护天堂的革命英雄主义和理想主义的高尚情怀；不仅给读者以厚重踏实的心灵慰藉，而且向世人反衬了至今仍在伺机制造民族仇恨和血腥暴力的达赖集团的极其丑陋的嘴脸和险恶用心。

这种气质，还在于作者在作品中时时流露的感恩情结和献身精神。湖北作家刘醒龙在最近发表的《文学是一种感恩》一文中写道："历经沧桑不褪色的文学不是没道理地凭空而来……就像我们对着大海无缘无故就开始景仰她欣赏她的壮丽磅礴和深奥,可大海真的就这么一说就清,我们在潜意识里就没有别的什么想法吗!难道就没有因为人是从海里进化而来、所以人的基因里至今还保留着对大海的亲和性吗!"作者裘山山十八岁参军,十次进藏,屡经艰险,直达雪域高原的极顶深川,与驻藏官兵和藏族同胞结下了骨肉难分的深厚感情。我想,正是作者这种对于西藏的炽爱,对于建设和捍卫西藏的义无反顾的献身精神,才会有她在小说中所铸就的英雄情结和英雄形象,才构成了这部不朽之作的内在品质。

一个视文学如生命的写作者,应该像母亲呈献乳汁、像儿女反哺父母那样,让自己的作品肩负起拯救灵魂、陶冶情操的历史使命。裘山山正是这样的作家。

愿军旅文学的百花园里,出产更多这样的作家和作品;同时更愿像我这样的平民百姓,能够经常找到文学阅读的天堂。

对尴尬母性的悲情呈现
——浅谈三位女作家的"母系小说"

奥运来了，满耳朵拉拉队的加油声。突然觉得有些累了，便随手拿起最近一期《小说月报》。一打开，便看到了林那北的也就是北北的中篇小说《唇红齿白》。

如果拂去枝蔓，这篇小说的故事可以这样写：双胞胎姐姐杜凤的儿子李奋高考成绩出来了：四百七十三分，比三本线仅多一分。为了儿子能被第一志愿学校录取，杜凤不得不找妹妹杜凰的副市长丈夫欧丰沛帮忙。在录取的关键阶段，欧丰沛却趁杜凰出国的机会，将杜凤约到家里拉进卧室……为了儿子的前途，母性在这一刻忍受了凌辱。而结果是，她因此染上了梅毒，同胞姐妹因此反目，儿子因此骂她"脏肮"扬言退学。在失去最可宝贵的夫妻情、姐妹情和母子情后，极度绝望的杜凤走进了"打死都没想过"的离婚女人的行列，最后几乎是净身离开她生活了二十年的家。"她哭了，干瘪已久的眼泪终于重新落下，一滴滴砸在华丽的塑料袋上。"

读完之后，我就想起《小说月报》去年第七期转载的另两篇小说。

一篇是军旅作家裘山山的《花香催人老》。与杜凤近似被强奸的"出轨"相比，山山笔下的女主人公夏晓蕙更"无辜"。她与丈夫孙哲志是恋爱结婚。"虽然没有轰轰烈烈要死要活地爱"，但"她和孙哲志共同创作共同署名发表"了满满一箱子二百多封情书。若论"爱情基础"，她和孙哲志应是牢不可破的。结婚二十多年，作为妻子，她做得近乎完美，"承担了全部家务，承担了孩子的教育，孩子从小学到高中毕业的所有家长会，都是她开的"。她精心操持，相夫教子，任劳任怨，不折不扣的贤妻良母。如果硬要给她找出一点"过错"的话，那就是"进入更年期后，她的脾气似乎没有从前好。但仅是没有从前好，也依然是好的。每次发作难受时，她都只是默默睡在床上。"因为到了更年期，她对性生活没什么兴趣了，"有时候也看出孙哲志有那个念头，她总是装作没看见"。但这也算她的错吗？孙哲志也人到中年，女儿都二十二岁了。无论从哪个方面看，杜凤都是难得的好妻子，好母亲，好媳妇。

尽管如此，夏晓蕙仍然遭遇了作为妻子的最不可承受的创痛：官场得意的丈夫另寻新欢，跟她离婚。而让她最不可思议的是，她最爱的女儿竟跟父亲的同龄人结婚。无论作为妻子还是作为母亲，夏晓蕙都失败了，"她浑身哆嗦着，是那种从里到外的寒冷让她整个人止不住发抖"。"她真的没有理由再活下去了，这个世界把她逼到死角里了，一条路都没有给她留。她东闯西撞，已经尽力了，却没有找到一条走出去的路，她已经投降了，可他们还是在逼她，撕裂她，粉碎她"！

这就是母性的尴尬和母性的悲哀。

另一篇是湖北女作家方方的中篇小说《万箭穿心》。与裘山山、林那北笔下的"尴尬母亲"不同，方方呈现给我们的，是一个看似"咎由自取"的"尴尬母亲"李宝莉。

虽然买了房子，李宝莉仍是一介草根。她和她的父母都是下岗工人，父亲工伤内退后上街修自行车,唯有丈夫马学武是个干部。如果脾气好一点,李宝莉迁入新居的日子也许会好起来。

但是,不幸的是,李宝莉被沉重的生活脱去了女性的温柔,成了一个高声大嗓、唾沫横飞的女人,"遇上麻烦,暴喊一通,图个发泄",说起话来像打机关枪,完全不顾及别人尤其是丈夫和儿子的感受。她的这种男性化了的粗放性格,先是促成了在家庭生活中长期被压抑的精神极度空虚的丈夫的出轨,继而又促成了丈夫的自杀,从而,李宝莉也将她自己置入了一个万劫不复的悲惨境地。丈夫死后,虽然她一年四季拼死拼活地养家糊口,虽然把公婆侍候得好好的,虽然她含辛茹苦地把儿子送进了名牌大学,但结果是母子之间的恩断情绝,她的儿子和她的公婆结成统一战线,想方设法将她扫地出门。在小说的末尾,方方不动声色地呈现了这样一幅场景:

李宝莉用她讨生活十几年的扁担为自己挑了一次货。扁担的一头是装着她衣物的纸箱,另一头是一个编织袋,里面捆了一床被子。

读到这里,一个"尴尬母亲"的悲剧结局,让人怦然心动。

这三篇小说的一个共同点,是作者都将笔锋植入了中年女性的情感穴位。为了便于探讨,我权且将这类小说称为"母系小说"。

"母系小说"的核心人物是妻子加母亲。虽然职业各异,但都人到中年,上有老人下有孩子,既是家庭主妇,又是妻子、

2013年12月27日上午,与"神话大师"周濯街在团风

母亲和媳妇,最后都夫离子散,结局悲惨。作者在讲述她们故事的时候,几乎无一例外运用了现实主义的创作手法,以沉重的充满悲情的笔调展现了她们的艰难生活;都从不同侧面揭示了中年女性的爱情、亲情、婚姻、家庭和母子(女)关系、婆媳关系、朋友及同事关系的尴尬和危机,裸露了她们难以回避的生存困境。从选题上讲,"母系小说"具有非同寻常的标本价值:更年期女性有如马拉松赛场上的长跑者,身心俱疲,压力巨大,精神已近极点。这个家庭细胞的核心群体,理应得到当代作家的更多关注。

所幸的是,这类在社会转型期处于尴尬境地的人群,已经引起了我们作家尤其是女性作家的关注。这种关注的成果之一,是"母系小说"的派生和成熟。作家们通过意蕴深厚的小说文本,从不同侧面揭示了"尴尬母性"深陷困境的根源,为读者提供了不可多得的解读空间。

"母系小说"的突出贡献,当然是对"尴尬母性"的艺术呈现。在《花香催人老》中,女主人夏晓蕙的不被理解、同情的宽容、善良及其"苟活"的结局,似乎是对我们这个是非观念几近颠倒的肉欲过剩的病态社会的一种反讽。这个操劳俭朴的女人,当她发现丈夫有了婚外恋时,就作好了离婚的准备。所以当孙哲志提出离婚时,她就拿出了提前写好的离婚协议书。离婚后,她仍保持着二十年来形成的习惯,每个周末上菜市场买菜,去公婆家下厨做饭。她一如既往地关心着生活不检点的丈夫的身体,还替丈夫盖面子,以自己的痛苦维护着丈夫作为局长的应有的公众形象。她以母性的大度,容忍世间的恶,甚至连恨都不会。具有反讽意味的是,夏晓蕙的这种母性的善,得到的只是丈夫的反感,只是女儿的不解,只是弟媳妇和小姑子等人的莫名其妙和不屑。在世俗眼里,她成了一个十足的怪人。母性由此所遭受的嘲弄和打击,无疑是毁灭性的。正是这种尴尬的母性所构成的悲剧色彩,让母性的光辉以另类的状态折射出来,产生了强烈的悲剧效果。

"母系小说"的另一亮点,是作品中所着力刻画的男性形象。

林那北在她的《唇红齿白》中,成功塑造了两个男人——李真诚和欧丰沛。在这两人中,写得最成功的是后者。

二十年前,欧丰沛是"很平凡的一颗脑袋,往下看,背也无波澜,瘦削,干薄,大众化,至腰那儿还蓦地一窄,窄得近似于无","仿佛随时可能折断";他的脸在阳光的照射下,呈现出"苍白的平面,只剩下一对丰厚的唇,浮岛般凸立在那里,微微张着"。他身体虚弱,动作迟缓,下车像"昆虫般慢慢挪"。这种病态的俗相,让主人公杜凤"突然觉得有一股蚁虫似的东西,挤挤挨挨地向躯体的各个角落缓缓爬去"。然而二十年后,就是这个苍白无力的男人,却当上了大权在握的副市长,并像蚂蟥吸足了血一样"扩大了好几圈,他的腰不再细小,而是放肆地胀起来,前面拱出一座小山包。与之呼应,他的脖子也粗了短了,像文物一亲淹没到肉堆之下,几乎不剩残迹"。这种入木三分的外部形象的刻画,不仅十分生动传神,还别有一番深意,为主人公杜凤的悲剧性结局打下了伏笔。

欧丰沛原本是给杜凤介绍的,那时他只是一个普普通通的中学教师。杜凤嫌他太没男人的气质,就让妹妹代为出场。于是欧丰沛成了妹妹的丈夫。让杜凤没有想到的是,这个病恹恹的"昆虫般"的男人,竟让在医院接生的妹妹杜凰一步步送上了仕途,居然当上了副市长。而杜凰所得到的这个副市长丈夫,却是一个身染性病的道德败坏的淫棍和深藏不露的贪官。他对杜凤询问大学录取而发来的短信,表面上置之不理,实则成竹在胸。他打电话说录取的事情,本是杜凤接的电话,他却让李真诚接。由此可见这个官场色鬼的老辣。通过细节描写,作者成功地完成了对人物的刻画。

在中篇小说《花香催人老》中,小说大师裘山山运用国画的素描笔法,一句"把头上的毛移到了下巴上",即生动形象地揭示了孙哲志的内心已经腐烂，同时也预示着夏晓蕙悲惨命运的不可逆转。这种笔法在我看来是太传神了，太生活了。类似这种可圈可点的神来之笔还有很多，这里就不一一枚举了。

作为小说的新生态，"母系小说"仍有兼收并蓄的必要。在对小说人物命运的处理上，千篇一律的大团圆结局当然不可取，也不符合生活的真实。但是，我们能否在悲情呈现的同时，给读者透出一些亮色，给人一种希冀和鼓舞？

一孔之见，权作笑谈。

对"新闻小说"的成功突破
——青年作家易飞小说评述

青年作家易飞近百万言的新闻小说三部曲《无冕之王》《弥天大谎》《天上人间》的隆重推出，无疑是近年来中国文坛的一件大事。

然而，我在得知这一消息的时候，并没有急于阅读的欲望。在此之前，大约是几年前吧，我曾以极大的期待拜读过某位名家发在某名刊上的"新闻小说"。可是读过之后，却像喝了一杯不太干净的白开水，失望极了。由此，我对"新闻小说"这一独特的文本式样产生了难以消除的偏见。

因此，当易飞三部长篇摆上我案头的时候，我是以怀疑的目光打开第一页的。

第一部长篇是《无冕之王》。读了第一页，我竟眼前一亮。

这正是我所期待的小说语言。传神的文字不一定是好看的小说，但好看的小说一定拥有传神的文字。易飞的新闻小说行云流水，挥洒自如，却又凝练传神，极富张力。通览全篇，无一晦涩的语言，文段清亮见底，透视力强，字里行间弥漫着独特的"新闻环境"所特有的鲜活气息。请看这一段：

"平常，在稿子签发上栏等待大样的一段闲暇，是爷儿俩每天最惬意的'对炊'时间。这是他们一天之中最幸福的时光。他们已把三十二个版面的每一块责任田，种上了不同品种和花色的庄稼，掏烟互敬，最后是谁的好抽谁的。滨江市最合口味的烟是黄鹤牌的，慢慢他俩再不选择了。就像一篇新闻稿找到了一篇好的范文，无需再切磋了……这时的刘白华全然不是一个总编的样子，活脱脱的一个老小孩，他总是以最惬意的姿势放纵自己，捋起裤子，将一双大腿夸张地放在办公桌上，整个身子蜷缩在一张老式藤椅里。"

多么传神的文字！多么独特的描写！

这正是我所期待的故事风格。作者构建这个三十万言的小说文本，没有当下许多作家跟风追求而让读者——小说编辑和研究人员也许不在此列——所厌恶的没完没了的自我倾诉，没有打着纯文学旗号颠三倒四云遮雾罩而让小说丧失阅读引力的意识流。通篇是故事——环环紧扣的故事。寓社会生态于文本之中的故事。让人欲罢不能掩卷沉思的故事。让人读了开头就想知道结尾的故事。让人拍案

作者（左一）在《芳草》进校园捐赠仪式上，2014年2月28日摄于蕲春县张榜中心小学。

惊奇让人扼腕叹息让人扬眉吐气的故事。作为以小说阅读打发休闲时光的基层读者，我的阅读是很挑剔的。一篇小说，如果开头不好，我会毫不犹豫地丢到一边。易飞的这本小说，我读着读着就着迷了。这让我很是意外。我没想到这个名叫易飞的新闻记者，竟把"新闻小说"做得如此动人。

这正是我所期待的"小说大义"。大约从20世纪90年代开始，为数不少的小说家开始了让中国小说走向没落的"私人化写作"。一些作家对于琐碎、细杂的日常生活，对于物欲原生态表现出了超乎寻常的描摹热情，生孩子、换尿布、赶班车、夫妻吵架、豆腐馊了等人生场景不经提炼便堂而皇之地写进小说，热衷于表现缺乏诗意的庸俗生活，热衷于表现"人性的丑恶和复杂"。他们的小说着意避开政治，或是着意将尖锐的社会矛盾"人性化"。官员腐败，那是"人性复杂"；黑道横行，那是"人性复杂"。他们习惯在诸如"情人关系""性爱技巧"上重墨浓彩，不厌其烦。他们的小说写得腻气薰天俗不可耐，却成了"文本意蕴深厚""具有人文关怀""能够给人温暖"的"纯文学"标本，成为诸多名刊名编看好的"佳作"。易飞没有在那种灰暗的带着腻气的"私人化写作"上浪费太多的功夫。他以一个新闻工作者的敏锐视角，深层透视当下社会普遍存在的诸如权钱交易、官商勾结等事关国计民生和我党执政根基的大是大非问题，表现了一个作家的社会良心。正如《人民文学》主编、著名文学评论家李敬泽所言："易飞的小说是我们公共空间的悲喜剧……人必须为真实而战斗，人也必须为自身真实的生活而战斗而受苦和幸福。"

如果说，传神传情的小说语言、峰回路转的故事情节、直面真实的"小说大义"，是易飞新闻小说最大特色的话，那么，在我看来，对小说人物的成功塑造，则共同构成并集中凸现了易飞小说非同一般的艺术品味和艺术价值。

这是易飞对"新闻小说"的成功突破。三部长篇成功塑造了一百多个人物，编辑、记者、学者、教授、警察、法官、律师、保安、司机、官员、社区居民、企业老总、寺庙僧人等等。这些人物在小说中的地位各不相同，着墨或浓或淡，有的贯穿全篇，有的一闪而过。但无论"主角"还是"配角"，在小说中都有精彩的展现，由此可见作者在人物刻画上入木三分的功力。

在《无冕之王》中，作家以地处中原的"滨江市"作为演绎故事的舞台，以"红旗商场劫案"开局，在夜色和血与火的背景中展开故事，像电影的快镜头一样，给读者推出了一组可视性极强的小说人物：《滨江市场报》总编辑刘白华、记者部主任陈如风、摄影记者张领强、文字记者田飞等；《滨江都市报》"快枪手"方中欧、《滨江快报》"老枪"谢学安、《滨江早报》"八面风"梅可军、《滨江晚报》"魔女"林方怀、电视台女记者"红影子"，以及"中原大侠"欧阳雷等新闻传媒人物形象。

《滨江市场报》总编辑刘白华是作者着力塑造的人物。他出自山区农家，"骨子里一向疾恶如仇，正直和刚毅是他的秉性，'为民请命'是他几十年新闻思想的精髓，他在生活中可以委屈自己，但在新闻报道上却容不得虚伪和羞羞答答，说真话，说实话，是他坚守不移的职业操守"。他总是热血奔涌，豪情万丈，有极强的责任意识和奉献精神。他所主导的《滨江市场报》，"几年来发行量稳步上升，年广告收入一直维持在千万元左右"，他也因此"声名鹊起，在滨江市新闻界成了举足轻重的人物"。按读者的惯常思维，刘白华总编应是一位"政治强、业务精"的"德才兼备"的领导，理应受到主管部门的器重。然而，恰恰相反，这位总编又是一个老挨批评的人。"在陈也风的印象里，刘白华总编辑写检查早已是'老油条'了。并且，刘白华往往是未雨绸缪，很多报道在第二天发出之前，他凭感觉会有麻烦，当天晚上检查就写好了"。让刘白华总编"感觉会有麻烦"的报道，当是"负面报道"——《滨江市场报》每周都要搞几次大大小小的舆论监督报道。"批评人家多了，言多必失，来扯皮的人自然也就多了"。但是作为新闻媒体，老百姓的切身利益必须关注，百姓的心声必须传达，社会热点必须化解。仅从这一点上看，刘白华总编辑也是一位值得尊敬的人。但他却是靠写检查来过日子！"刘白华对写每篇检查的认真态度不亚于他处理一篇新闻稿，甚至有过之而无不及……有一天刘白华拿出一大摞检查对陈也风吹牛说，也风，你什么时候能像我这样写出这么深刻的检查，你就真正理解了当好一个总编辑的艰难，我这个位置你就可以来坐了……只要你是一个有责任心有正义感的总编，你就会像我一样去面对这个现实"。

这是一个什么样的"现实"？这个"现实"，尽管形形色色五花八门包罗万象，但其最终的指向往往是渗透到社会各个领域的腐败。在我看来，艺术揭示危害我们的国家和我党执政根基的形形色色的腐败问题，提醒执政者防范和根除腐败，让我们社会的肌体变得干净和健康起来，是作家艺术家们义不容辞的神圣责任。然而遗憾的是，腐败问题又是当下不少作家刻意回避的问题。封建王朝的"文字狱"，至今仍在不少人身上落下了病根。

易飞新闻小说的可贵之处，更在于其对腐败官员的焦点透视。在对腐败官员的刻画中，我以为《无冕之王》中的贪官"赖天山"塑造得极具标本价值。

赖天山是滨江市委副书记兼政法委书记。作者在刻画这个人物的时候，用了下面的一段描述：

"陈也风从窜进自己鼻孔的尼古丁的香味，准确判断出赖天山抽的是大中华烟。他这才打量赖天山的办公室，有趣地发现竟完全符合他头脑里当初设想的一个高层干部腐败的特征：办公室不算很大也就二十个平方左右，可以说得上简陋，当然一个书记应该配备的东西也是一应俱全的，电脑、沙发、茶几、衣柜，以陈也风看来，没有称得上奢华的东西；如果说要找一点特点的话，电脑旁边几大本厚厚的书——有一本还是敞开的像是主人正在翻看，说明书记日理万机之中仍然好学不倦；赖天山的穿着无可挑剔，上身穿的是一件棕色夹克，下身穿的是一般男士都喜欢穿的青色长裤，显得精干利落，给人的第一印象这是一位勤政爱民的好干部。言谈举止温文尔雅，不温不火，领导干部的身份表现得很得体，对年轻人的关爱和赞扬，证明他思想活跃，且宽宏大度，陈也风简直对这位书记印象好极了。"

正是这个"表现得很体"的人，却收受贿赂，包养情妇，与不法奸商紧密勾结，疯狂窃取国家和人民的利益。这个形象，很有警示意义。

此外，值得一提的还有"周全利""王建作"等反派人物的塑造。周全利的投机钻营，王建作的手眼通天，在现实生活中极具典型性，值得为政者警惕和防范。这也正是易飞对"新闻小说"的艺术贡献。

从一篇小说的发表说开去

《红指印》是我以鄂东地域风情为背景创作的《孔圣子孙》系列小说的第二个短篇。小说脱稿后，投了几家编辑部，未发。后来无意间看到《辽河》征稿，便按网上给出的邮箱地址将稿子发了过去。几天后，我接到一个陌生的电话，一问，才知是《辽河》主编白凤德老师。他说稿子看了，觉得可以，并提出了修改意见。我立即按白老师的修改意见对小说进行了修改，第二天就将小说发了过去。

这是去年3月的事情。去年5月，《红指印》在《辽河》5月号"大声小说"头条位置发了出来。小说发表后，受到网友关注。辽河文学论坛总版主安海先生还为这篇小说写了一篇评论。辽河文学论坛"主帅"毕晓纬老师也给予了好评。大家还对小说提出了很中恳的意见。

这是我第一次在公开发行的文学刊物上发表小说，终身难忘。

光荫荏苒，一年多时间转眼就过去了。昨天从一位网友博客上读到了这样一则文字："八九年以后的很长一段时间，文坛是暗哑的，几乎没有任何声音，大部分文学刊物虽然还继续在办，但刊物的编辑大都心灰意懒，一般不看自然来稿，选稿基本上在原来已有的小圈子内进行，几年前，一家刊物主编跟我说，从一九八九年到一九九九年，他们刊物从来不看自然来稿，像我这种文学青年的来稿，完全被取消了被看权。"

现在想来，《红指印》的发出是多么幸运，因为她是一篇"自然来稿"！至现在，我连白主编、毕老师、安老师的面都没见过。要联系，只能通过博客或者辽河文学论坛。

作为文学爱好者，我早在十几年前就开始了小说创作，只是后来觉得自己不是写小说的料，便不再写小说了。创作《红指印》，是另有目的。说白了，是为孩子。随着年龄的增长，孩子的叛逆性格与日俱增，两辈人间有很大隔阂，也就是"代沟"越来越大。作为家长，苦口婆心劝说不行，"举例开导"更不行。百般无奈之际，我想起了曾经采访的一个典型，用了一个双休日，写了《红指印》。

小说写了，没发出来，孩子们是不看的。因为孩子的"眼界"很高，只看发表了的。这时候，我就想到了投稿。

但是"不好意思"，这篇小说投了几家刊物石沉大海，音信全无。我正打算放弃投稿的时候，不经意间看到了"辽河文学论坛"，遇到了当下极其少见的看"自然来稿"的小说编辑，这篇小说才起死回生，得以发出。并且如我所料，孩子们看后，受到震撼。我的一位朋友还把这篇小说复印回家，给他读大学的孩子阅读。

《红指印》发出后，我就翻箱捣柜，去找那篇我自为写得好的小说《横肉》。《横肉》是《孔圣子孙》系列小说的第一个短篇，写于1989年。小说脱稿后，投了好几家，都石沉大海。那时我并不知道中国文坛正在沉没，并不知道文学编辑不看"自然来稿"。因此写了那篇小说之后，我有十多年没写小说。

可是《横肉》找不到。不仅《横肉》找不到，我先前创作的两部长篇和十多个短篇都找不到。那些小说都是手稿，有的投出去没留底稿，有的让朋友拿去看，张三李四王五，最后不知下落。这些曾经花去我很多心血的小说手稿，全丢了，一个字也找不到了！

我于是重写《横肉》，并将小说发到了《厦门文学》王滢老师的邮箱。为什么选择《厦门文学》呢？因为我看到了王老师这样一则留言："只要稿子可用，我都会用……发的稿都是不认识作者的，因为我不想利用这点破权利为自己图什么。"果然，这篇小说，在《厦门文学》9月号发出。到现在，我连王老师的面都没见过。

我非作家，写作只是业余爱好。但我想，当代文学要走出困境，就是要走出小圈子，少打或者不打"名人牌"，用一流的小说争取读者。

寄语老汪

二十五年前,"村里的娃娃正缺人教",老师的一句话让你毅然放弃名校回到故乡,从此变成了啼血杜鹃。你与青山为伴,以爱心为帆,默默传递圣火二十余载,在笔墨芬芳中为山区孩子奏出世上最美妙的乐章。

二十五年来,你过着清贫的日子。一支粉笔,一块黑板,一群孩子,构成你生命中年复一年的唯一。你情系百结,苦而无悔,靠微薄的薪水让求学路上的农家儿女梦想成真,耗尽青丝将莘莘学子的童年风筝升向蓝天……

我的华师校友,我的师兄——一名中学语文教师。今天五一,小长假的第一天。我遥看远山白云,又想到了你的花白头发,你的满面苍沧,你的普通平凡。

轻吟几语寄你——"大别山师魂"汪金权。

一

与汪老师的第一次谋面,是十多年前的事了。那时,我是教育局办公室"主管材料"的副主任。说是"主管",其实就是一个写材料的,开夜车写稿是家常便饭。

每年暑期,局里都要召开全县教育系统干部集训大会。那年的暑期集训,除了县四大家领导和教育局长要作报告以外,还安排了五位基层代表作"典型发言"。汪老师是这五名代表中唯一由学校推荐的"优秀教师代表",他要汇报的主题是"教书育人的作法经验"。我的任务,就是对包括汪老师在内的五位代表的发言材料进行主题创意与文字把关。

记得这天上午,局里钦定的"优秀校长代表""优秀教育组长代表"都把打印好了的发言材料送过来了,我提了一些处理意见,作了一些文字修改,就快中午十二点了。汪老师是最后一个赶到我的办公室的。看到他头发有些花白,加之风尘满面,我以为汪老师年纪好大,开口叫"您老人家"。汪老师不好意思地笑了一下,说:"别这么叫,我还没到四十岁呢。"这下轮到我不好意思了。我说:"对不起啊汪老师,我是真的没看出来。"我们的距离一下子就拉近了。我又说:"我也站过几年讲台,我们是同行。"汪老师说:"对对,我们是同行。"

汪老师拿来的是一份手写的发言稿。从飞舞的笔迹上可以看出,这是汪老师心急火燎赶写出来、并且未经学校领导审定和修改的草稿。这让我有些意外。我问汪老师:"这稿子,您怎么不打印啊?"汪老师说:"学校本来是要打印的,我不知道这样写行不行……如果不行我重写,又得打印一遍,又要花钱。"那时候,打字店不是很多,文印费相对贵些。交给打字员的,也大多是些敲定好了的稿子。我没想到汪老师为学校节约经费,都到这个份上,就耐心地说:"汪老师,您这是在暑期干部集训大会上发言,是全县教育系统的大事,多花点钱不要紧的。"

因为到了午饭时间,我让汪老师跟我一起去吃局里安排的午餐,然后再讨论稿子。汪老师抹着额头的汗,有些为难地说:"哎哟,我下午还有课。"他要我先看稿子,改好了拿去打印。见他如此坚持,我也不好再说什么,便开始看稿。本来,我是带着挑剔的眼光看稿子的。老实说,我就想给他挑出几个毛病。要知道,组长校长的稿子,那可都是单位笔杆子先写出初稿,再由组长校长本人字斟句酌,然后再修改润色,反复折腾好几次的打印稿,我都挑了不少毛病,有的还给"枪毙",让他们推倒重来。汪老师是自个儿赶写的没有修改的草稿,毛病肯定不少。我作好了大动甚至让汪老师重写的准备。可是,我看着看着,竟有些惊奇起来。这篇手写的草稿,不仅用词准确,结构严谨,文彩飞扬,而且立意新颖,特别是他列举的例子,都让我眼前一亮。我教书十余年,对教育学、心理学,特别古今中外的教育流派、教育理论诸如此类的东西,自信是个内行。但是,跟汪老师比起来,我自渐不如。外行看热闹,内行看门道。汪老师的育人理念,特别是他在教学中所采取的方法,我极少见。我分明看到了一个尚未被世人发现的育人专家,实实在在地站在了我的面前!

这样的发言稿,正是我所企盼的最佳文本!我说:"汪老师,您这稿子很好,就这么定了!"因为过了午饭时间,我坚持要他跟我吃饭,然后再回去。汪老师说:"稿子过了,比吃什么都高兴,我回去了。"我拗不过,只能眼睁睁地看着他空着肚子离开我的视线。汪老师赶到县城车站,搭车回学校去了。

从此,我们一见如

2010年6月2日,作者在蕲春四中采访"大别山师魂"汪金权老师(王万军摄)

故，见面时不免多了一些彼此都感兴趣的话题。我开始关注起这位堪称大师的文友了。在这之后，我到他的"陋室"去过两次，看到的都是没有什么改变的清贫景象。他安贫乐道的精神，让我自愧不如。

十多年前的那次看稿，让我产生了为汪老师写篇"人物通讯"的想法。因为忙于杂务，一直未能如愿。直到县里开展"党员先进性教育活动"那年，我才写了一篇人物通讯《溶入大山铸师魂》，却因篇幅太长，又未能深度发掘其感人事迹，未能发表。现在，汪老师终于受到了各级新闻媒体应有的关注。他的崇高风范，终于被世人所熟知和敬仰。

天道酬勤。好人好报。这话用在老汪身上，再好不过。在此，我要替老汪，替老汪乡下年迈的老娘和他患病的妻儿，替他的华师校友叶甲友他们，替那些受老汪恩泽感怀于心却又不知如何报答的贫困学子和他们的家长，感谢楚天都市报派驻鄂东的记者站长陈杏兰。正是这位踏地有声的新闻记者，以她透视大山的职业眼光，发现了地层深处被层层包裹的未经雕刻的一块玉石。感谢中央电视台派驻中南地区的记者站长王涵。正是这位敬业如命的新闻记者，以她发自肺腑的声音，向世界展示了感动中国的大别山师魂。感谢湖北日报的曾祥惠老师。正是这位对农村教育情有独钟的资深记者，以他透视内心的新闻视角，全面解读了汪老师二十二年的爱心坚守。正是他们，让我看到了中国媒体的良知，看到了山区教育的希望。

二

汪老师有一张珍贵的照片。那是华中师范大学中文系八七届毕业生的合影。星移斗转，转眼就是二十五年。岁月洗去了照片的色彩，青春的影像已经模糊。然而，几百名天之骄子的青春留影依然定格，青春的面庞依稀可辨。站在他们中间的汪金权，眉清目秀，满头黑发，是多么英俊和帅气。二十年后，正是男儿一枝花的壮年时节，汪老师两鬓染霜，满面苍桑……

毕业二十年，同学们汇聚在风光秀美的桂子山上，一个个衣冠楚楚，意气风发。汪金权含笑走去，却无一人认出他来。他与大家近在咫尺，却晃若隔世，仿佛来自两个世界。

你是汪金权？不会，不会。我们的汪金权不会变成这个样子。那你是谁？你是打扫卫生的清洁工？是从山区过来的农民工？想不到，想不到啊老汪，你就是我们的汪金权！

老汪，你怎么啦，怎么头发都白了，老成这个样子？

老汪，你不是毕业分配到黄高了吗，那可是名扬华夏的冠军摇篮啊！

老汪啊，你为什么要放弃条件优越的名牌学校，回到大山沟里，一去就是二十多年？

老汪你啊，二十多年扎根山乡，将一千多个山里孩子送进象牙塔；老汪你啊，二十多年省吃俭用，把你从教以来的一半工资——沉甸甸的十多万元，资助给了两百多个贫困学生！而你年迈的母亲，你病弱的妻子，你落下残疾的小儿，却生活在大山深处暗阴潮湿的土坯房里，生活在贫困之中。你受苦了，老汪！

同学们悲喜交集，感慨万千。几位做了母亲的校友见此情景，不禁泪水涟涟……

同学们，你们不要难过。你们知道吗，在贫困山区的孩子们的心里，你们的老汪啊，那是多么的美丽！每一个走进四中的孩子，都会发现汪老师的笑容，像轻轻拂面的三月春风；汪老师渊博的知识，像永不枯竭的山间清泉；汪老师关爱的眼神，象天上星星一样闪亮！你们的汪老师啊，他的心灵总是那么美丽，那么炫目，那么可爱。

三

在学生心里，汪老师是多么有魅力。原本枯燥的语文课，让汪老师讲得妙趣横生，精彩异常。面对每天书写一张钢笔字，面对每月一次课前五分钟演讲，面对教室读书角每月更新的书籍，同学们从不适应到离不开，从离不开到乐意做，从乐意做到争相参与。写字可以平心境、强毅力，课前演讲可以练口才、习风度，每月更新的书籍可以开眼界、明事理。汪老师的独特在于，循循善诱，积跬步以至千里。

在学生心里，汪老师是多么亲切可爱。放假了，同学们乘车回家，弯弯曲曲的山间公路，中巴车扬起漫天灰尘。车窗外，汪老师骑自行车回家，满头汗水，一脸笑容；校外的街道上，汪老师用自行车拉着柴火，准备平日做饭。汪老师生活清贫，心地纯净，乐哈哈的，和蔼可亲。

在学生心里，汪老师是多么善良。当学生迷惘于知识的歧路，汪老师来了，旁征博引，细心引导；当学生失意于人生的挫折，汪老师来了，平等分析，丝丝入扣；当学生彷徨于成长的关口，汪老师来了，慢语轻言，热情鼓励。汪老师在学校的三居室宿舍，常年有着自觉入住的学生，多时有七八个。汪老师的善良，让学生感同身受。

美丽的老师，独特的老师，可爱的老师，善良的老师，生动诠释着一个毕业于名牌大学、精心钻研教学、桃李满天下的中学名师的内涵与构成、师德与师道，怎不让人为之敬重、为之叹服、为之仿效？！

大别山刚劲雄奇，蕲水河蜿蜒曲折，见证了中国共产党领导人民风起云涌的换地改天。新中国鲜艳的五星红旗，有着这里前仆后继、英勇捐躯的万千英雄儿女的鲜血浸染。大别山，一座英雄的山，英雄的精神代代相传。

新中国创建六十多年，承平日久。没有了刀光剑影，没有了血雨腥风。社会主义建设与发展长路漫漫，今日的英雄，今日的模范，自有今天的风采，自有今天的特征：持久天长为他人谋取福祉的追求，默默奉献为社会营造和谐的精神；救人于急难，关爱于弱者；施恩于人不求回报，帮助于人不索赞美。汪金权就是这样一个英雄，这样一个模范。

四

一对兄妹，走进了蕲春四中的校园，然而，贫困的枷锁，却让他们步履蹒跚。汪金权不动声色地站到他们身边，让学校财务室，扣下资助他们的经费。一年又一年，一万余元有如雪中送炭，滋润着贫困兄妹顺利完成学业，为之铺设了一条全新的生活之路。

一名贫穷学子，手捧大学入学通知书，泪花闪闪，学费三四千元哪里来？汪金权不动声色地来到他身边，交给他一千五百元。还不够呀！汪金权辗转找到母校华中师范大学教过自己的老师，以个人的名义为之借款三千元。闪闪的泪花，激动的泪花，不再是无奈，不再是无助。

汪老师，我妈病了，看病的钱都没有了，我可能读不成了。

啊，不要急，不要急，我帮你想想办法，想想办法，千万不要辍学。

汪老师，我没钱吃饭了。

啊，没关系，没关系，我这里正好有一百块钱，你拿去吧。

从每月寄上两百元，到四百元、五百元、六百元，资助一个从山里走出去的男孩，从大学读到研究生。汪金权的话掷地有声："读博士，我一定帮你！"有人曾好奇地问："你那借出去的几万块都让人家写借条了吗？"汪金权一脸茫然，不知人言何言。"他们表示要报答你了吗？"汪金权还是一脸茫然，还是不知人言何言。

大别山里的农家学子，成了汪老师梦绕神牵的牵挂。随着岁月的流逝，汪老师负担日重，家里琐事常常丢三落四。但他却牢牢地记住了所带班级每位同学的家庭情况，记住了每位学生的音容笑貌和脾气禀性。

只要进了他的班，每名学生在他心中，都会占有一席之地。纵是十多年前的学生，汪老师还能清晰地忆起他们的名字，以及他们求学的故事。

一届接着一届的毕业班，一堂接着一堂的语文课，竟会在青涩嬉闹的年轮里留下一圈圈融入生命的闪光记忆，在漫长岁月里凝成一道永不消逝的彩虹，让天地感动，让世界震惊。

在汪老师班里，有这样一位学生，母亲早逝，父亲在外，衣食无着，从小落下病根，五天一大病，三天一小病，生命之火随时会有熄灭的危险。汪老师看在眼里，急在心里，课余时间为学生寻医问药，熬药送汤，调理伙食，百计千方，仍然无济于事。那位学生绝望了。

老师，我好不了，您不要为我操心了。

孩子，你没事，你一定能够好起来！

老师，我吃了这么多药，为什么没用呢？

孩子，可能是你体质太差，你的锻炼太少了。你能天天起早跑步吗？

老师，只要身体能好，我愿意。

可是第二天早晨，这位学生睡过了头，没有早起跑步。

老师，我一个人起不来，我要困。

孩子，没关系，我每天早晨起来叫你，我陪你跑！

为了不影响同一个寝室的其它学生，汪老师把这位学生的床铺调到窗户跟前。第二天一早，汪老师悄悄来到窗前，伸手往这位学生的额头轻轻一摸。这是汪老师与学生约定的起床跑步暗号。

汪老师温暖的手，成为学生强身健体的力量。

从这一天起，汪老师带着体弱多病的学生，开始了长达一年的晨练。每天早晨，都是提前一小时，都是汪老师的伸手一摸，都是师生俩不声不响的轻微动作，都是操场上一老一少形同父子的两个身影……

冬去春来，星移斗转。持之以恒的晨练，让这位学生的体质渐渐好起来。更重要的，是他在汪老师的鼓励中坚强起来，人也自信和快乐了。这是活着的自信，活着的快乐；也是学习的自信，学习的快乐。这是逃出了疾病魔爪扑向健康生活的快乐啊……

多少年后，这位考取大学又在毕业以后回到四中任教的学生，说起当年那段往事，禁不住泪水在眼里打转。

五

伟人毛泽东雄才大略，有穿透时空的壮阔胸怀："一个人做点好事并不难，难的是一辈子做好事。"年近五旬的汪金权，正是一个已做过半辈子好事的人。他做资助学生的好事，尽其所能做好这件功德无量的好事，未曾想到索取和回报。

大别山可以作证，蕲水河可以作证，汪金权有着一颗金子般的心。

漫漫人生长河，或波峰浪涌，慷慨高歌；或波澜不兴，歌舞升平。人生之无常，不以人的意志为转移；人生之态度，却可以自我选择。

三十而立，四十而不惑，五十而知天命。顺境之时的心态平和，大多可企及；逆境之时的心境安稳，则尤其难能可贵。正所谓高尚与低下有分野，积极与消极有鉴别，美好与丑陋有表征。

身处清贫、甘之如饴，不以个人境遇影响人生态度，乐观向上，是智者；乐于助人、扶危济困，撒雨露任阳光蒸发，启心智让学子前行，是贤者；淡泊明志、宁静致远，咬定青山不放松，任尔东西南北风，是哲者。

当下的世间，物质的世界精彩纷呈，利益的诱惑无时不在。每一个人，无论男女老少，无论富贵贫穷，都时时面临着灵魂的拷问：我们到底应该做一个怎样的人，到底应该怎样对待自己对待他人，到底应该怎样生活怎样工作？

汪老师描绘了一本人生的百科全书，窥探其间，可以读懂现实、读懂自己读懂他人。

什么叫大爱无疆？从最基础之处着眼，教会学生会说话、会写字、会作文、会考试，授业解惑，常教常新，让至爱之树，结满知识的硕果；从最急需之处着手，资助学生能读书、读好书，倾其所有，数年坚守，将爱的阳光，撒满贫困学子的心田。汪金权敞开一个人民教师博大的胸怀，将大爱无疆演绎得平实动人。其实，在我们的社会生活中，每一个人都有一份社会分工从事的工作，在我们的工作领域里，要像汪金权那样，心往业精于勤上想，力往关爱他人上使，让爱的阳光，撒满社会的每一个角落，照耀社会的每一个人。我爱人人，人人爱我，社会岂能不美满和谐？

什么叫社会责任？生活在当今的人们，有着多种色彩的人生际遇。富贵者自不待言，贫困境况之中的弱势群体，得到了政府的高度重视、多方关照。然而，社会生活中那些可以为弱者提供帮助的每一个人，其实都有着救助他人、扶危济困的天赋责任。一事当前，麻木不仁，冷眼旁观，漠然消极，如此等等，不一而足。对此种现象，人们往往慷慨激昂、痛心疾首。其实，我们生活得比别人好一些的人们，坐而论道不如起而实践。汪金权就是一个不论说是非，默默无闻，行使着自己一份关爱他人的天赋责任的人。

什么叫淡泊名利？生活在当今的人们，对此有着高度的认同。然而，现实中的一些时候、一些地方、一些人群，却也展现了知与行难于统一的种种怪象。跑官要官者有之，拉票贿选者有之，贪污受贿者有之。看看汪金权，二十五年前大学毕业分配当了老师，二十五年踏踏实实还是一个老师。他是全国模范教师，德艺双馨，却不是一个副校长、校长，甚至不是一个班主任。他无怨无悔，安之若素。这就是淡泊名利！

什么叫师道尊严？生活在当今的人们，有谁不望子成龙？一些人在对孩子寄予无限厚望的过程中，千方百计与孩子的任课老师接近，交流感情，以期获取老师对孩子的特别关照。这本无可厚非。但是，有的"人类灵魂的工程师"，却未能信守庄重的师道，以利取人，以好处观人，让成长中的孩子过早地心灵"被污染"。在一些人群中，对教师的非议，对教育的质疑，时有发生。为人师即要为人师表，与为人子需要尽孝道，为人父需要爱子女一样，都是人伦，都是操守，都是道德，都是做人的起码常识。汪金权就是一个信守师道尊严的老师！

二十多年的安贫乐道和爱心坚守，铸造了感动中国的"大别山师魂"。2010年9月9日，"全国教书育人楷模"评选结果揭晓，你成为湖北省唯一当选教师，受到党和国家领导人的接见。

2012年，汪老师不幸患上鼻喉癌，病倒在了他心爱的学校。他的病情牵动了社会各界众人心。省市县各级党政和教育部门的领导亲赴医院看望，四中师生更是焦急万分，争相去医院守护他们心爱的老师。经过武汉大学人民医院的精心治疗，汪老师病情好转，回到了学校。

2013年，我的第一本书《大别山师魂》，获湖北省第八届精神文明建设"五个一工程"奖。同年，又获"胡风文学奖"。得知获奖，我的第一感言，是你获奖了。是你的高尚品德，再次赢得了人们的尊重。

永远的"师魂"

即使是在接到汪金权老师病危的消息时，我仍然没有意识到，我和"大别山师魂"很快就要生死两别，阴阳两隔了。

2015年6月14日下午六时许，我刚下班回到家里，手机一响，收到一则短信："汪金权老师病危！"

短短七字，犹如一道闪电。

怎么可能？两个月前，也就是4月9日上午，出院三天的汪老师打来电话，说要过来看我。当时一听这话，我就惭愧了。他患鼻咽癌在武汉住院三年，我只去医院看过两次，而且还是跟着县里领导一起去的。他住院期间多次回来，或去四中为"金权励志班"讲课，或在郝子堡老家疗养，我竟一次也没有去看他。因此就很抱歉地说："汪老师，实在对不起，我没有去看您，怎么反过来还要您来看我呢？您莫来莫来，我这几天再怎么忙，也要进山去看您的！"汪老师说："我已经到漕河了。我最近出了一本随笔集，我要送你几本，一会儿我就过来了。"听这一说，我就高兴了，说："太好了，汪老师，真没想到您又出了一本书！"

汪老师住院后，只要人醒着，就念叨着他二十多年积累下来的教学心得、手记。凭着常人难以想像的意志，在此之前，病卧在床的他完成了《学林探步》《千家诗诵读》和《学会阅读》三部教学教研著作。我第二次去医院看他时，他就送我一本《学林探步》。我和汪老师都是文科出身，又都爱好写作。看到散发着墨香的新书，我真为汪老师高兴。而且我还相信，凭着这种兴趣爱好和坚强的意志，汪老师一定会战胜病魔，创造生命的奇迹。

我的办公室在四楼。考虑到汪老师的身体，接到电话后我就下楼去接。可是等了好长时间，仍不见汪老师的人影。是不是遇到什么事了？我有些担心，就打他手机，可是无人接听，只好返回办公室。等了一会儿，我又下楼，还是不见汪老师，打电话，还是无人接。这样来来回回跑了好几趟，直到上午十一点多，手机才又震动起来。汪老师说："我到楼下了。"

我急忙下楼，终于见到了一年多没见面的汪老师。

汪老师戴着一顶旅行帽子，穿着一件披风，看上去人挺精神，只是脸上有些浮肿。

汪老师一下子给我带来了十本《学林探步》。我一手提着书，一手扶着他上楼。到这时，我才发觉汪老师的身体不太对劲。每上一步台阶，他都十分吃力，不得不抓着楼梯栏杆。从一楼到四楼，他像上了一座山。

扶着汪老师坐下后，我还是忍不住责备了他。我说："汪老师，您也太大意了，您出院才三天就往外跑，这是不对的！"

汪老师却笑着说："书都出版了，不送来我都睡不着。"

他这一笑，让我的感觉又好起来。我想，他毕竟化疗三年，身体肯定虚弱，上楼吃力当属正常，只要以后好好调养，身体会好的。这样一想，我就笑了。我说："汪老师，我要是出了像您这样一本书，也会高兴得睡不着的！"

翻着汪老师送给的《学林探步》，钦佩之情油然而生。这本书有二十三万多字，收录教学手记、心得、随笔一百一十七篇，涉及治学、做人、交友等多个方面。能得此书，乃我之幸。我感到十分高兴，拿出笔来请他签名。汪老师提笔稍一思索，便在书的扉页上写下两句诗："无事且从闲处乐，有书时向静中观。"

2010年6月2日，作者与全国教书育人楷模汪金权老师（左一）畅谈教学心得（王万军摄）

见下班时间已到，我要带汪老师吃饭。他说，他还要去理工中专给李校长送书。我便扶着他下楼，招辆出租车，把汪老师送到理工中专。

路上我说："汪老师，您往后可得注意休息，等把身体调好了再写别的。"汪老师说："是的是的，等身体好了，我还想把励志班再送一把。"

下车后，我见汪老师有很长时间没理发，就带他到学校外面的理发店理了个发，之后把他送到学校……

仅仅过了两个多月，汪老师竟然病危。我一个电话打过去，才知前一天医院就下发了病危通知书，昨晚回到老家郝子堡一直昏迷。接电话的周老师说，汪老师刚才还醒了一会儿。我大声说："周老师，您对他们讲，不要放弃，只要有一线希望，就要争取啊！"

两小时后，汪老师逝世。

噩耗传来，我潸然泪下。悲痛之余，吟诗一首：

苍天不佑吾师魂。
雨倾盆，泪纵横。
今生往后，知音何处寻？
百万书稿病中成，
字字血，寸草心。

一生无愧小山村，
妻儿病，老母亲。
安贫乐道，大义助学生。
蜡炬成灰情未尽，
遥相祭，哭英灵。

蕲艾的恩泽

母亲离去那年，尚在襁褓之中的我，一度命若游丝。

苦命的母亲坐月子不几天就患上了恶性乳痈，痛得她死去活来，就更甭说给我喂奶了。祖母年迈多病缠身，祖父河西摆渡早出晚归。而在我六个多月的时候，为我熬糊喂汤的父亲，被一堵齐根倒下的火砖山墙砸成重伤险些死去……接二连三的变故，几乎给我以灭顶之灾。

然而，我却活了下来。

我的生命奇迹，当然是恩者所赐。他们之中，有一步三喘白发飘忽的祖母，有粗手大脚风来雨去的祖父，有左邻右舍的叔伯婶娘，有蕲水河畔正值哺乳期的素昧平生的乡女村姑……

除了这些，我还有个特殊的恩者——村前垸后的艾草。在田头，在地角，在山坡，这些默默的精灵不避春寒，不嫌地瘠，在风雨中吐芽，在雷电中拔节，绽绿色于乡野，溢芬芳于村舍……

我的故乡蕲春县，是大明医圣李时珍的故乡。家乡的艾草叫蕲艾，是天下艾草中的珍品，与蕲竹、蕲蛇和蕲龟并称"蕲春四宝"。据《本草纲目》记载："艾叶本草不著土产，但云生田野……自成化以来，则以蕲州者为胜，用充方物，天下重之，谓之蕲艾。"既可入药驱蚊散瘟避毒祛邪，又可食之饮之壮骨强身。我们乡下，婴儿出生后要用艾水洗澡，并要喂一汤匙艾水为婴儿洗口，名曰"洗礼"；女人坐月子要用艾水洗擦身子一个月，名曰"暖身"；男儿结婚姑娘出阁，必不可少的一道婚前礼仪，是用陈年老艾烧水洗浴，名曰"净身"；老人逝世后，亲人们要用艾水为其洗抹全身，并在孝衣的衣领、袖口和荷包等处放进几片艾叶，名曰"洗尘避邪"……而在人们的日常生活中，艾就更不可少了。

我满月后，曾有一段时间夜啼不止，整日滴水不进。那时农村卫生条件不比现在，村里没有诊所没有医生，仅有一个卫生员只管接生。当时母亲的乳痈还在溃烂，见我命悬一线急得直哭，恨不能上天入地以命换之。危急时刻，是祖母的一招化险为夷。

祖母方氏，年轻时经历过战乱和饥荒，流离失所飘泊异乡受过太多苦难，人至中年就落下了咳嗽、哮喘、肺气肿等诸多顽疾，但她一生却从未去过医院。她说她的病只有她能侍候，只要有艾，就大不了。在我的记忆里，祖母一年四季都艾不离身。

那天，祖母取出家中陈艾，取其艾叶捣成艾绒，置于棉纱之内，缝成一个巴掌大的艾绒香囊，贴在我的肚脐眼上。当天晚上奇迹出现，我不仅停止了哭闹，而且喝下了半碗米糊糊。从此以后，每年冬天，祖母都会精挑细选上好的艾叶捣成绒绒，给我做艾绒香囊或是艾绒兜肚，助我进入梦乡。

我的母校是蕲春一中。读高二这年夏季，学校举办运动会。经过激烈角逐，我被选为田径运动员，并成功打入百米决赛。比赛前一天，学校加餐，我因吃肉喝汤又喝生水吃坏了肚子。我的数学老师邓楚华，也因肠胃不好常年吃药，自称是"半个肠胃病专家"。听说我拉肚子，他就从备课本上扯下一页纸，提笔一划拉，很有把握地写了几样西药的名字，让我拿着单子去学校卫生室找校医。校医问明病情后，果然就按邓老师的方子给我开了药。但是不曾想到，这药对我竟然无用。回寝室后，我遵医嘱服下大大小小的片剂，病情不但没有好转，反而更严重了。当天中午我又找校医开了新药，也是西药片剂，服用后依然没有效果，拉到下午甭说跑步，就是走路都摇摇晃晃的了。班主任王梅英老师得知情况后，就着急起来。她是我母亲的结拜姐妹，对我关爱有加。她说一场比赛误了事小，害了肚子就是一生。也不知她从哪里弄来一把艾叶，用温开水洗去叶面的尘垢，然后一片一片地揉成艾球。在她的叮嘱下，我用温开水一连服下七颗艾球，不多时腹泻症状竟然消失。当天晚上，我还吃了王老师特意为我做的一碗青菜面条。第二天决赛，我虽然没有取得好名次，却收获了运动场上的欢呼和掌声。

参军这年，故乡的蕲艾再次为我解了燃眉之急。我是家中独子。按当时县里的规定，独子不能参军。但当时，高中毕业后我在公社当通讯员，跟"苏蛮子"也就是公社的武装部长老熟。为了当兵，我苦磨硬泡死缠烂打，硬是把他给说服了。苏部长拍着胸说："只要体检过关，什么话，保你当兵就是！"

入伍体检在寒冷的冬季。因为部长的"法外开恩"，我高兴得一蹦三跳。也许是高兴过头，就在体检的前两天，我居然感冒了，发烧，怕冷，头痛，还不住地打喷嚏。这还了得！我慌忙跑到大队卫生室诊治，赤脚医生给我打了针，又开了几样药。我服用后，当天退了烧，可是鼻塞和咳嗽的问题没有解决。我又心急火燎地跑到卫生室，赤脚医生却笑着说，感冒这病不是说好就好，恢复有个过程，等过几天鼻塞咳嗽自然会好。我说后天就要体检，我等不及。赤脚医生想了想，就说了一个祖传秘方：烧艾水泡脚，擦背，薰鼻子。他还说，艾是越陈越好。

于是我就急急忙忙地回了家。本想问祖母家里的陈艾放在何处，但一进家门，我就犹豫了。其时，待我恩重如山的祖母已经病重，一年中大半时间卧床。那时当兵不比现在，一旦入伍就是四年。病卧在床的祖母自知不久于人世，她哪舍得从小带大的独孙儿远离故乡去当兵？也正是因为有这顾虑，我没有把应征体检和感冒的事情告诉她。

好在我知道艾草存放的地方。每年端午这天，祖母总要趁着正午的日头割回几把艾，在家里的门楣、窗棂等处插上几根艾条，余下的放在通风处，晾干后一束束地扎起来，整整齐齐地码在仓房楼上，以备平时之用。我没有惊动病床上的祖母，蹑手蹑脚地搬来梯子，上到仓房楼上找艾。因为天长日久，艾草上落满了灰尘。我拿起几把看了看，颜色差不多，一时无法辩别。

正犹豫间，祖母来了。她虽病卧在床，却能听出家里细微的声响。

祖母将肥大的棉袄扎了扎，扶着梯子问我找什么。事已至此，我不得不如实相告了。

祖母听了我的话，半晌没有吱声。我怕老人伤心，就说当兵先要体检，如果体检不合格，兵就不当。没想到祖母突然一伸手，指着楼上说："陈艾，墙角那边！"

原来祖母洞若观火。我报名体检的事她早知道，只是故意装糊涂，不说而已。待我搂着一把陈艾下了楼，祖母才埋怨我说："我昨天就说你伤风了，你还不信！"又说，"你要是早说，这点毛病早就好了！"祖母不顾我的劝阻，当即拿过陈艾去了灶房，亲手为我熬制艾汤。她一边烧火一边说："这是十年陈艾，我都舍不得用，别说头疼眼热这点毛病，就是人被阴兵捉去，也能起死回生！"

祖母的这个"迷信话"是有来历的。我的祖父姓熊，字久如，名常青，是父亲的继父。我的亲祖父也就是祖母的第一任丈夫叫高滋润，是个文盲，村人称之为"聋子爹"，不到四十就病逝了。聋子爹十多岁时为避战祸，跟随我的曾祖父逃到江西，以做米粉为生。十几年后，同样为避战乱又回到故乡，寄居在蕲州纯阳阁。纯阳阁又名纯阳寺，相传是八仙之首纯阳子吕洞宾赐名。这年冬忽有一天，聋子爹直挺挺地躺在床上昏迷不醒，犹如谢世了一般。祖母天塌地陷，正哭着准备料理后事，寺庙长老却拦住说，聋子爹是被阴兵捉去，他会作法换魂重生。但见长老每日烧艾水为聋子爹洗浴，并在床边点燃陈年老艾为其薰染。第七日傍晚，聋子爹果然醒来，只是落下耳聋的毛病。长老大声问其阴间之事，他竟能道出七日之中发生在寺庙内外的种种情形，而且声音全变，且能提笔写字，会打算盘，能做简单的加减法运算，能打欠条、借条和收条，一时传为奇谈。我当然不信寺庙长老的"换魂"说法，却从此对艾草心生敬畏。

　　且说祖母烧好艾水，又授我洗浴按摩和薰蒸之法。至此我才知道，赤脚医生的祖传秘方，原来祖母早就知晓。在她的张罗下，我用艾水泡了脚，又用艾叶搓团按摩了几处穴位，鼻塞病状顿时减轻。父亲收工回来后，又在祖母的指点下，用滚热的艾叶团子为我揉搓后背肺俞穴，其后又用烧开的艾水为我薰蒸。就是这么几招，我的咳嗽症状也减轻了。到第二天午后，感冒后遗症状完全消失。第三天征兵体检，我不仅顺利过关，而且成为村里十五名应征青年中唯一的体检合格者。这年二月，我穿上军装远走"天涯"，成为一名海军战士。

　　在部队当兵的日子里，有时也会因为蚊蝇叮咬或是暑热风寒而患疾。每到这时，我会想起故乡的蕲艾，想起艾草的种种神奇。艾草遍天下，独是故乡珍。后来，我从一份科研资料中得知：蕲艾不仅比普通艾草植株高大，而且内含挥发油更多，香气更浓，叶质更厚，制成艾条具有更为持久的热力，特别是蕲艾所含精油的化学成份，普通艾叶无法相比，其多种药用成份是普通艾草的两倍。更有甚者，蕲艾中诸如侧柏酮、异侧柏酮这样的微量元素，则为天下艾草所罕见。

　　故乡的人，神奇；故乡的艾，神奇。他们都是我的恩者。远离故乡行走于异域山水之间，我会身不由己地蓦然回首，为神奇的故乡砰然心动。恍惚间，我看到了一道奇异的风景——北纬三十度线。在这条神奇而又优美的弧线上，有绚丽多姿的四大文明古国，有神秘莫测的百慕大魔鬼三角区，有雄伟壮观的埃及金字塔，有白雪皑皑的地球之颠珠穆朗玛峰，更有故乡的蕲艾美丽的蕲春……

岁月悠悠，一晃三十多年过去了。我的祖母、祖父和父亲，还有许许多多的恩者已成故人，凝成望南坡上一座座坟茔。

逝者默默，坟草青青。

我的恩者啊，一如漫山遍野的艾草。

且说"大别山师魂"的"医道育人"

很少有人知道,全国教书育人楷模、已故"大别山师魂"汪金权老师,其实是个极重医道的师者。他在二十多年的教育教学生涯中,研读了大量医书,并融入到自己的教学实践中。他在《学有所思》(华中师范大学出版社出版发行)一书中,多次提到健康、养生和教书育人之间的辩证关系。

在《健康》一文中,他这样写道:"健康不仅指身体好,还包括心态良好。身心合一,能胜任繁重的工作,这才是身心和合的真正意义的健康。"汪老师认为,青少年由于课业负担、社会焦虑及浮躁心理、睡眠不足及睡眠质量不高严重地危害了身心健康。因此,他在教学中,总是想方设法减轻学生的心理负担,倡导快乐教学,在激发学习的极积性、主动性、创造性和传授学习方法、养成良好的学习习惯上狠下功夫。对那些身心状况不好、特别是患上了疑难杂症、身质极差的学生,汪老师更是以其独到的医学养生理念和爱生如子的高尚情怀,予以有效的帮助,助其战胜疾病,强身健康,形成独树一帜的"医道育人"方法,留下了脍炙人口的育人佳话。

汪老师班上，有个名叫戴鑫的学生，因为患有严重胃病几次休学，三年高中休学时间竟达一年多。

戴鑫家在偏远的檀林镇大王山。这是一个命苦的孩子。九岁时，爱他疼他的母亲因病逝世。从此，他带着小他三岁的妹妹，跟着风来雨去的父亲开始了饥餐渴饮的生活。因为饱一餐饿一顿地落下胃病，身体瘦弱，到高中时还是个"病秧子"。小戴也因此情绪低落。在课堂上，他常常发愣。他是想到了阴阳两隔的母亲，想到了自己弱不禁风的病体。在疾病的折磨中，他有时连活下去的勇气都没有了，这书还能读下去吗？

汪金权从一接手这个班，就注意到了戴鑫的异样。经过了解，洞悉了戴鑫的病情和不幸身世。"戴鑫啊，不要灰心，你还年轻，只要注意锻炼身体，你的病会好的。"汪老师这样鼓励学生。

那时候，高中的体育课上得很少。从老师到学生，都背负着沉重的高考压力。农家孩子能不能跳出"农门"，就看高中这三年了。

老师的鼓励，让戴鑫心里多了一丝温暖。但他还是缺乏信心。"老师，我身体太差，能不能把高中读完我都没把握，上大学我就更不敢想了。"

汪老师听了这话，心情也很沉重。他想了想，说："戴鑫，你愿意听我的话吗？"戴鑫说："老师的话，我当然听……"汪老师说："我俩每

作者与汪金权老师在一起，探讨语文教学（王万军摄）

天早上提前一个小时起床，去操场跑步怎么样？"戴鑫一下子心就明白了。汪老师是要带着他锻炼身体，促进身体发育，增强体质，提高抵抗疾病的能力。他点点头，又摇摇头。汪老师带了两个班的语文课，办公桌上的学生作文码得老高。他曾看到汪老师批改作文到深夜。每天提前一个小时起床，那不是耽误汪老师宝贵的睡眠时间了吗？

汪老师像是看出了学生的心思，就笑笑说："你放心，我睡长了也不舒服，提前起来跑跑步，锻炼锻炼身体也有好处嘛！"

戴鑫含泪点头，同意了。

为了不打搅同一个寝室的学生，汪老师把戴鑫的床铺调到靠近走廊窗户的地方。

第二天一早，他提前一小时起床，悄悄来到戴鑫的宿舍外面。天未大亮，学生还在梦乡。他从窗户伸进一只手，在戴鑫的额头上轻轻摸了一下。这是他跟戴鑫约定好的，是去操场跑步的暗号。

年轻人贪睡，如果不是汪老师这伸手一摸，戴鑫还真睁不开眼睛。

汪老师温暖的手，成为戴鑫强身健体的力量。

也就是从这一天起，汪老师带着体弱多病的戴鑫，开始了长达一年的晨练。每天早晨，都是提前一小时，都是汪老师的伸手一摸，都是师生俩不声不响的轻微动作，都是操场上一老一少形同父子的两个身影……

冬去春来，星移斗转。持之以恒的晨练，让戴鑫的体质渐渐好起来。更重要的，是他在汪老师的鼓励中坚强起来，人也自信和快乐了。这是活着的自信，活着的快乐；也是学习的自信，学习的快乐。这是逃出了疾病魔爪扑向健康生活的快乐啊……戴鑫后来梦想成真，被大学录取。多少年后，说起这段往事，他来禁不住感动的泪水在眼里打转。

说起来，汪老师关注医学，早到二十多年前就开始了。1992年，因为生活和工作两副担子的长期挤压，住在乡下的妻子康姣生精神失常。那是一种什么样的心灵之痛啊！

闻讯赶回枫树湾的汪金权，发现妻子披头散发，正要把襁褓里的小儿子往地上扔。他抢步上前，把小儿接了过来。"姣生，这是你骨肉，是你儿子，你不认识啦？"妻子双目呆滞，自言自语地说："儿子？那是棉花，一坨子烂棉花！"汪老师一把抓住妻子的手说："你醒醒啊康姣生，我是金权，你不认识我了吗？"

妻子神智混乱，哪识得爱人的声音？她谁也认不出了。

汪金权心如汤煮，欲哭无泪。

大家七手八脚过来帮忙，把康姣生送到医院。医生说，这是"精神分裂症"。经过一段时间的治疗，康姣生的病情才稳定下来。但是从此落下病根，平时一副痴呆模样，生活勉强能够自理。发作起来见啥摔啥，大呼小叫，出门后连自家的屋都摸不回来，眨眼不见就无影无踪。一年四季都依赖药物维持，隔一天不吃药就会发作。

为了不误教学，汪老师把妻子接到学校宿舍住了两年。这两年，他一面精心照料，细心护理，一面求医问药，带妻子去医院治病。为了获取精神病人的护理知识，汪老师跑遍了县城书店，还去了省城书店，购买和阅读了有关精神病治疗的大量医书。几年下来，他都成了半个"精神病康复专家"。

在汪老师同一栋小平房里，隔着几间房住着教师家属小张。小张说："汪老师是个很细致也很有耐心的人。他爱人再怎么胡闹，他也不发火。一次，他爱人拿走了我放在窗台上的雨伞，他给我送过来。他爱人一连拿了五次，他就一遍遍送了五次。他就像哄孩子一般哄着他妻子。"

在汪老师的照料下，妻子病情逐渐好转，明白的日子也多一些。有一次，汪金权正为妻子穿针引线缝补衣服，愣愣怔怔的康姣生突然开口说话了："对不起啊老汪，我连一只扣子都没帮你缝过。"听了妻子这话，汪老师的泪水夺眶而出。他这是高兴啊。能说这种体贴的话，说明妻子康复了许多。

十几年后,汪老师读大学的大儿子汪品超写下了这样的文字:

父亲对家十分关心,为了家付出了很多。我老家离父亲所在的学校远,父亲不能天天回家。父亲在周末忙完工作后,就会骑着自行车回家来。其实他是惦记着家里做农活的奶奶和妈妈,担心年迈的奶奶身体健康,惦记妈妈的病情,惦记那个简陋贫穷但却有爱的家。父亲回到家帮奶奶种田种地,有好几次见到父亲肩膀因为挑东西压得有些红肿,奶奶看到都心疼不已。

父亲为母亲看病也付出了艰辛。在我幼年时,父亲有一段时间带着母亲到处求医,去过很多地方。记得有一次父亲带母亲去一家医院看病,母亲当时病情不稳,走到路口突然甩开父亲的手就想跑,父亲赶紧抓住母亲的手,不断地劝说、安慰。父亲带着母亲回到家里几乎站不起来了,第二天他的脚就肿了。虽然我那时年幼,但父亲对母亲的关爱,让我记忆深刻。那是人世间的患难与共,生死难分。

汪金权老师虽然离开了我们,但他留下的师魂精神,将永远激励着传道授业的师者。

极纯至爱的一曲挽歌
——裘山山中篇小说《琴声何来》读后

猴年春节，禁了一年的鞭炮又响起来，原本清静的小区复又烟雾弥漫。身居闹市，几乎难以找到一方静土享受这一年一度的假日时光。无聊之际，信手打开搁在书桌上的一本文学杂志。

这是一本《长江文艺》，新年第1期。发在头题的是军旅作家裘山山的中篇小说《琴声何来》。我这个退伍老兵，一向偏爱军旅，以为"琴声"来自战地，便好奇地看起来。然而看了一页，却发现是"百姓情感"。这个裘老师啊，军旅小说写得好好的，嘛又改弦易辙了？

这更激起了我的好奇。我倒要看看老兵的"情感"有多丰富，老兵的"琴声"从何处来。

因为家里来客的缘故，这篇小说我是断断续续读完的，掩卷之后却留下了较为完整和深刻的印象。作品之中的许多细节，还像电影镜头一样老在眼前浮现。

小说的开篇，作者通过"雨夜救人"给读者形成了这样一种心理暗示或曰审美错觉：这是一部关于"丑女"与"帅男"的爱情故事。

小说中的"丑女"名叫吴秋明，是"帅男"马晓驭的大学同窗。她是"班里九个女生里最不好看的那个，左脸颊靠下巴的地方，还有一道伤疤。这伤疤让她的嘴显得有点歪，把她划入了丑女子的阵营"。除了"成绩不错"这个优点外，她在班里男生眼里简直就是一无是处了。

而"帅男"马晓驭，"在大学里是风云人物，班长，校篮球队队长，文学社社长，最重要的是，他很帅，帅而高，帅而聪明，帅而有教养，是女生们梦寐以求的白马王子"。

也就是说，在二人所在的那个班里，马晓驭和吴秋明是一正一负的两极，二人根本没有谈婚论嫁的可能。

进入大四下学期，马晓驭身后的求爱者排成了一大串，而吴秋明无人问津，孑然一身。班里有个没谈女朋友的男生，满怀信心地去找吴秋明表白爱情，原以为对方"会惊呆，会羞涩，会感激，会不知所措"，唯独没想到对方会拒绝，而且拒绝得那么淡定。于是尴尬，于是生气，于是拂袖而去，"一个晚自习都在郁闷，都在想不通"。

同样想不通的还有一个自负的男生。这男生因为女朋友的父亲是高干，被同学们称为"快婿"。骄傲的"快婿"得知此事后好奇心起，决定亲自出马会会"丑女"。他"趁着女朋友在不身边"，悄悄找到吴秋明假惺惺地表白爱情，原本只想证实一下自己的魅力，搞个恶作剧而已，结果竟然还是遭到了拒绝。"快婿"鄙夷地问："你也喜欢马晓驭？"吴秋明仍然淡定地看着他说："喜欢，又怎么样？"

于是乎，"丑女"暗恋"帅男"的消息在班里传开了。在同学们看来，吴秋明喜欢马晓驭是极其可笑的，是决难实现的最不靠谱的单相思。事实上，马晓驭是在听到"丑女"暗恋自己的传闻后，"才去注意这个叫吴秋明的女生"。到毕业，他和她也没有正面"交锋"过。出于尊重，马晓驭假装不知道，像对待其他同学一样对待吴秋明；而吴秋明，"好像也从来没说过喜欢马晓驭这样的话，偶尔照面也没有任何表示，"不要说眉目含情，连笑意都没有"。就这样毕业了，各奔东西。

作者写到这里，给读者吊了一个很大的胃口，那就是：二人毕业后，会因某种际遇，最终相亲相爱走向婚姻的殿堂。而从接下来的故事中，似乎也印证了这种猜测。

吴秋明单身一人，四十多岁始终单身。而马晓驭，也离婚独居。雨夜救人，便理所当然地成了读者隐隐期待的二人最终牵手的最要契机。果然，接下来便有了吴秋明对马晓驭的家庭答谢宴，有了马晓驭对一个个追求者的逐次排除和权衡对比，有了马晓驭对吴秋明的美的发现和情投意合，有了马晓驭要与吴秋明牵手终生的毅然决然。

小说如果以此为结局，在我看来也相当圆满。越过重重壁垒，跨过世俗鸿沟，经历种种磨难，去掉奢华到达本真，这种"百姓情感"仍然值得点赞。

然而，故事走到这里急转直下。深思熟虑的马晓驭在向吴秋明郑重其事地表白爱情之后，原以为对方"会惊呆，会羞涩，会感激，会不知所措"，唯独没想到对方会逃离！

为什么？这是为什么！马晓驭百思不解，读者也会跟着惊诧莫名。而谜底，是吴秋明留给马晓驭的一封信。正是这封信，揭开了"丑女"暗恋"帅男"的真相。

吴秋明生在一个极贫之家，因为家大口阔，母亲的脾气十分暴躁。吴秋明的童年，是在母亲的无端打骂中度过的，时时被打得头破血流，不知爱为何物。在极度恐惧和无助之中，她得到了同村会计家的大女儿"荷香姐"的真情关爱。有次母亲打她，荷香过来阻拦，并把她抱在怀里，让她第一次感受到了怀抱的温暖。从此，她就变得越来越依恋荷香姐姐，认定这个世上只有荷香才是亲人。她像影子一样跟着荷香，甚至就连荷香去河边洗衣服她也跟着。总之，只要跟荷香在一起，她就感到幸福。然而这种幸福感不久就没了。荷香二十岁时，嫁给了大山里的一户人家。她的嗓子都哭哑了。"荷香姐也哭，不想嫁给那个陌生男人"。但是，她和她的抗争都徒劳无益，二人彼此失去了亲人。吴秋明下巴上的伤疤，也正是那个时候为了留住荷香姐撞到砍树人的刀口上才留下来的。

荷香姐出嫁后，吴秋明因为脸上的伤疤变成了丑女。她除了埋头读书，没有任何想法。她盼有朝一日出人头地能把荷香姐救出来。

考上大学后，吴秋明给荷香姐写信，却一直联系不上。暑期时，她按捺不住跑山里寻找荷香姐，看到荷香姐"正在地里干活，面容憔悴，眼里没有一点儿光亮"，并且得知荷香姐受到了丈夫和婆家的种种虐待，不由心痛万分。她带着荷香姐逃到县城，却仅过几天就生活不下去了。因为她只是个连自己都养不活的穷学生。她只得把荷香姐送回娘家。可是不久，娘家人又把荷香姐送回婆家，荷香因此受到了变本加厉的虐待，不久便喝下农药，服毒身亡。吴秋明因此自责，并且因为荷香姐的死去，她的心里再也无法接受任何人。

写到这里，作者终于揭开了"丑女不嫁"的生活真相：原来，当年吴秋明两次拒绝同班男生的求爱，并不是因为暗恋马晓驭。这么多年，她对马晓驭的平淡相处从不言爱，并不是有意而为。因为，她在大学里压根儿就没想跟班里任何一位男生包括马晓驭谈情说爱！

在我看来，这部作品的不朽之处恰恰在于：成功塑造了吴秋明这一独特的艺术形象。"丑女"下巴伤痕，为其独特的性格及不可理喻之行为埋下伏笔，开场的雨夜救人，即是最后结局的预示。还有文本中"丑女"淡定回应求爱者的细节描写，看似闲来之笔，实则内有乾坤，都是不可或缺的重要伏笔。最后一节的信，完成了人物的最后塑造，可谓画龙点睛。吴秋明这一艺术形象的完成，无疑对当代文学的重要贡献。

也正是因为吴秋明这一艺术形象的成功塑造，小说文本便无可遏制地突破了寻常意义的爱情纠葛，而将锐利的笔锋刺向社会底层和人性深处。透过字里行间，作者的悲怜情怀如滚烫的岩浆喷薄欲出，以其特有的热力撞击读者的心灵。可以想见，作者在创作这部小说中所投入的情感何其炽烈！

　　我历来认为，无病呻吟者写不出撼世之作。虽然这是一篇非军旅作品，我却读出了铁血军人的慷慨悲歌。在这篇小说中，我读出了裘山山老师系列军旅作品中一以贯之的艺术风格。

　　小说的高明之处还有很多。比如将两个完全不同或曰最不可能相爱的两个人，通过一系列情节的设置与推进形成了可能，结局意外又在情理之中。比如背景人物荷香姐虽只在最后出现，却又具有撞击心灵的重感等等。

　　小说中，作者借用了一个具有象征意味的物件——口琴。吴秋明看似没有任何爱好，却会吹口琴。文本中，在多个关键节点上，都别有深意地提到了琴声。第一次是同学聚会。"她演奏了《千与千寻》《红莓花儿开》《梁祝》，还有《千里之外》"；第二次是马晓驭大学毕业后第一次去吴秋明家，吃答谢宴后开车离开小区的时候，"一曲《千里之外》，把他送出了大门"；第三次是马晓驭求婚之后次日一早给吴秋明打电话，"结果没打通，连那个悦耳的口琴声都没听见，那个他已听熟了的《千里之外》"；而最后一次是马晓驭求婚无应后，带着二十个口琴找到吴秋明家。"走进小区，他一下就听见了琴声，口琴声，《千里之外》"。"可他走上楼，按门铃，无人应。琴声也消失了"……

　　掩卷之后，笔者恍然惊觉。

　　琴声何来？或换言之，美妙的爱情、完美的婚姻、高雅脱俗而又尊贵优越的物质与精神生活从何而来？作品揭示了一个触底的真相：出自底层且遭遇至命伤害的人们，这些美好的东西只是一种奢望。

　　琴声何来——一曲极纯至爱的人生挽歌！

古田圆梦

　　马年岁末，笔者有幸成为"湖北长篇小说重点项目主创作家采风团"的一员。2014年12月10日，在省作协机关会议室履行了签约作家手续后，我们去天河机场搭乘飞往福建的班机，参加由湖北作协组织的赴福建龙岩、漳州、泉州等地的采风活动。是日晚飞抵福州，小住一晚，于次日上午出席"闽鄂作家文学交流座谈会"，见到了杨少衡、陈毅达、陈希我等著名作家和文化名人。当天晚上，采风团一行二十余人，未及饱览榕城福州的美丽风光，就迫不及待地乘坐动车，直奔闽粤赣三省交界的闽西地区，来到了有着光荣革命传统的龙岩。12日上午，采风团进入上杭，我终于看到了向往已久的古田会议旧址。

　　读小学时，"古田"二字就在我的心灵深处刻下了难以磨灭的印记。十八岁参军那年，我在"天涯海角"新兵训练营里听到的第一堂课，就是"古田会议"的讲座。指导员声情并茂的演讲，让我对人民军队有了全新的理解。一晃三十多年过去了，我也早早地脱下了军装，从海防前线回到了我的故乡大别山南麓。这些年来，无论是在偏远的山村小学当孩子王，还是在党政机关任组工干部，指导员讲古田会议的情景，常在我眼前浮现；古田会议的那座小院，常常出现在我的梦乡……

而今，当我真的站在古田会议旧址前，激动的心情难以言表。

怀着崇敬的心情，我走进了这座见证了共和国及其军队缔造者在开天辟地历史拐点扭转危局的农家小院。衣着朴素的女讲解员，满怀深情地讲解着八十五年前发生在这座小院的故事。因在

2014年12月12日，作者在古田会议旧址前留影

部队就对古田会议的相关文献有过专门的研读，后来又在创作小说《格桑花》时对古田会议的相关背景有过较为详细的了解，所以我对解说员的讲解倍感亲切，也对这位八零后凭添了几分敬意。因为，她的讲述不仅准确无误地复制了教科书上的经典内容，而且对鲜为人知的历史故事也有提及。

早在古田会议召开的两年之前，也就是1927年10月，毛泽东率领秋收起义余部进驻宁冈茅坪，创建井冈山革命根据地，将中国革命重心由城市转向农村，点燃了"工农武装割据"的星星之火，创建了载入中国革命史册的"朱毛红军"即红四军。

然而，正当红四军发展壮大之际，1929年4月，远在白区上海的中共中央却捎来了"二月来信"。捎信人是中央派来的特派员刘安恭。刘安

215

恭十八岁时前往德国留学,在比利时加入共产国际,回国后曾与朱德一起在四川军阀杨森部从事秘密工作。后参加南昌起义,起义失败后被派往苏联学习军事。1929年初学成回国,即被中央作为高级军事人才派到红四军工作。刘安恭虽然是个坚定的布尔什维克,却对中国革命的实际情况不甚了了。他所信奉的是"首先夺取大城市进而夺取全国胜利"的苏联革命模式,激情万丈却思想极左,一到根据地就指责苏区工作右倾,矛头直指毛泽东。刘的极左言论在红四军内部引起混乱。因为刘的"钦差"身份,红四军领导层出现盲从,而毛泽东的正确主张却被否决甚至受到责难和批判。

是年6月22日,红四军前委在龙岩城内召开第七次党代表大会,形成了"七大"决议案,指责毛泽东犯有"英雄主义""集权制""家长制""小资产阶级色彩浓厚"等错误,并给予毛泽东党内"严重警告"处分。会议改组了红四军前委,毛泽东失去了对红四军的领导权。"七大"后,毛泽东离开前委,前往上杭蛟洋指导闽西地方工作,红四军由此陷入被动。

是年8月,新任红四军前委书记陈毅赴上海向中央汇报。中央及时发现了"七大"错误,强调指出:"红军采取比较的'集权制',党的书记多负责'绝对不是家长制',如果每一件事都要拿到支部去讨论,去解决,这是极端民主化的主张。"陈毅的上海之行,为纠正"二月来信"的错误认识,制定"九月来信",恢复毛泽东的红四军前委书记职务,让革命重新走向正确轨道,立下了卓越功勋。

正如解说员所讲解的那样:"古田会议总结了南昌起义以来建党建军的经验教训,确立了红军建设的基本原则,重申了党对红军的绝对领导,规定了红军的性质、宗旨和任务。由毛泽东起草的古田会议决议的第一部分——《关于纠正党内的错误思想》,成为中国共产党及其领导的人民军队建设的纲领性文献……"

正是因为古田会议的召开,"朱毛红军"才重振军威,才在后来不到两年时间里四次粉碎数十万国民党军对中央苏区的"围剿"。

站在青青的田野间,遥望古田会议旧址——那座饱经岁月沧桑的农家小院,我仿佛听到了毛泽东那带着湘味的声音。毛泽东不是神仙,可他每每在中国革命的生死关头挽狂澜于既倒。究其奥妙,其实也简单,这就是将马克思主义的普遍真理与中国革命的具体实践相结合,形成了毛泽东思想的活的灵魂——实事求是、群众路线和独立自主。中国革命不能照搬照抄,必须一切从实际出发,任何教条主义和本本主义都是害人的,在血雨腥风的战争年代是要命的。任何科学理论的诞生,都离不开具体的社会实践。用句乡下的"土话",就是"接地气"。

由此,我想到了已经签约的长篇小说《资教生》,想到了正在行进的文学创作。纵观古今中外的文学名著,虽然在表现手法上各有千秋,但在小说三要素即人物形象、故事情节、典型环境的构建上,莫不与特定的社会现实相衔接,莫不与社情民意相吻合,莫不折射出人类所共有的真善美价值观。

这次采风,不仅圆了我儿时的梦想,也让我感受到了闽西文化的悠久与厚重,看到了古闽人图腾之地的美丽风光,目睹了河洛人的祖居天堂,见证了世界上独一无二的客家土楼奇观……

一抹受伤的乡愁

　　前年秋天，在黄冈重点作家改稿会上，何存中老师提出了一个"新乡土小说"的创作倡议，以此形成类似于"山药蛋派""荷花淀派"的具有黄冈地域特色的小说流派。我认为这个倡议很好，值得黄冈作家们身体力行。因为只有这样，才可凝聚和整合整个鄂东地区文学创作的力量，形成群团效应，提升黄冈文化品位。最近读了团风作家邹文倩发表在《问鼎》头条的短篇小说《彩头》，我感觉何老师的乡土梦大有希望了。

　　《彩头》这篇小说八千多字，故事不复杂。国庆放假，女主人公巧玲回娘家枫树塆，见证了一场"旷古绝今的婚礼"：喝喜酒"不随礼还得钱"，还能抽到牙膏牙刷甚至电视机这样一些"彩头"。

　　这场婚礼的女主角赖三三是个贫寒农家女，只读过小学，十四岁就外出做"美容师"。因为嫁给了一个有钱的老板"贾董事长"，立马咸鱼翻身，身价百倍。虽然新郎又老又丑，比新娘的父亲义胖叔年纪还大，但仍受到巧玲母亲和众位乡亲的热捧。然而最后，看似幸福的赖三三因为生的不是男孩而是女娃，被那个有钱的老男人无情地抛弃了。

小说写得很质朴，也很生动，字里行间散发着一种浓郁的乡土气息。在我看来，这种乡土气息体现在以下几个方面：

一是典型环境描写富有乡土气息。展读文本，一股乡土气息迎面扑来。"这时节，一块块稻谷正黄，稻香满畈。不远处清水河的水闪着熠熠的光，几只白鸭在水里浮着，河岸边两棵歪脖子柳树还在那张牙舞爪"；"塆子头那棵大枫树，枫树叶已是透亮的红，树身差不多要三四个人合抱"；"树丫上挂满红布条，红红的一大片，树身因烟熏火燎业已发黑发亮"。又比如婚礼现场的描写，如同一幅幅素描的乡村水墨画。"来的宾客都聚在戏场，戏台搭在三三家不远的稻场上，红红绿绿的幕布很醒目。除了几个年岁大点的婆婆爹爹在看戏，其他的都聚在戏场外看热闹，有人摆着大桌子摇色子，大大大小小小的声音不绝于耳，也有人拿着扑克斗地主。小孩子在人群中穿进穿出，婶娘、细嫂子们聊着天"；"几只狗从巧玲脚边窜了过去，不时丢下几声犬吠。也不知道是谁家的小孩跟着狗跑，也从巧玲身边跑了过去，略微有点吃惊地回头看了巧玲一眼，又转身跑了"。这种描写不仅生动，而且对于推动情节的发展具有不可或缺的作用。

二是人物形象刻画富有乡土气息。人物是小说三要素中的首要元素。在我看来，一篇小说能够写出一个让读者记得住的有特色的人物，就算成功了。这篇小说，在刻画人物上是有特色的。比如对翠菊母亲的刻画就很传神："曹大姆穿得一身花，上身大红花下身小碎花，走起路来身子扭成了花。"这让我想起鲁迅先生在小说《故乡》中对杨二嫂形象的刻画，着墨不多，却淋漓尽致的展现了人物性格。作者通过对曹大姆外在形象的描写，较好地烘托了这个人物爱慕虚荣的性格。比如对新娘的描写也很生动："她穿着滚花边的大红旗袍，化着浓妆，浓妆下根本看不清楚她的本来面目，只看见毛茸茸的两只大眼睛眨呀眨，小麦黄的头发绾起，发间带着金光闪闪的头饰。脚上的红皮鞋，跟又细又高"，"宽松的大红旗袍掩饰不了三三凸起的小腹，三三也不掩饰，还把胸脯挺得特

219

高"。对新郎的描写更是传神。"随着轿车门打开，一个西装革履的男人从车里滚了出来"；"这个男人圆脸圆头圆身子，顶着'四周铁丝网，中间溜冰场'的发型，挥着圆滚滚的手，笑容可掬地朝围观的乡亲挥手"；"胡须剃得青光，稀疏的'铁丝网'服帖在'溜冰场'四周，一根不乱"。对于背景人物的描写也很生动："赖要金眼睛瞪得铜铃大，一改往日猥琐样，腰杆迅速挺直，大头上的几根头发根根竖了起来，嘴巴都咧到耳朵上。"把乡间的小人物写活了。读过之后，给我留下了很深的印象。

三是故事情节设置富有乡土气息。这篇小说，以主人公巧玲为叙事视角，以接母亲电话为切入点，从婚宴之前的母女对话和众人抽奖，到婚宴之中热闹场面，再到婚宴之后的渐次冷落和意外收场，整个情节的安排较为紧凑，乡土气息贯穿始终，通篇浑然一体，一气呵成。

四是人物语言富有乡土气息。在抽奖情节中，当兴奋的母亲领了两百块钱被女儿巧玲数落时，回女儿的话很能折射母亲的心态。"塆里自古到今有哪家喝喜酒不随礼还得钱的。这是头一遭，稀奇得很。这钱是发财钱，等你回去你带着，沾沾财气。"还有光棍汉赖要金抽到头等奖大彩电时，乡亲们的打趣取乐也很精彩。"狗日的大头，真走狗屎运。""出裸奇，偏偏这个老光棍有财气。"小说中，像这样带有鄂东地域特色的鲜活语言随处可见，就不一一细说了。

最后，我想说说这篇小说的乡土风格和主题揭示。一篇好小说，在我看来是有气场的。这个气场就是作品内在的一种可以感动读者并引起读者共鸣的东西。在《彩头》里，无论是典型环竟的描写，还是典型人物的刻画，都充盈着我所熟悉和怀念的鄂东乡土气息。作品以贴近乡土的白描式书写，勾画出了当今社会被扭曲的世道人心，并通过种扭曲，传达了一种有被世俗伤害、被物欲侵蚀了的乡愁。而作品结尾新娘的结局，既在意料之外又在情理之中，给物欲横流的拜金世风以有力一击，从而使小说文本有了向上的力量。

淘尽泥沙始得金

至今尚未谋面的青年作家程多宝，让我记住并引为知己的，是他的一篇小说。

因为曾为军人的缘故，我对军旅文学情有独钟。在《解放军文艺》2014年第10期上，多宝的《关键时刻》引起了我的注意。

这是一部两万多字的中篇，讲的是送老兵退伍回乡的故事。大凡当过兵的，对"退伍"二字不会陌生。退伍期间，那些曾经令行禁止的军人，会因或这或那的种种缘故性情大变，甚至做出让人匪夷所思的出格事来。我参军的第一年，就见过一名退伍老兵喝完酒后打连长的事情。后来听说，这个打人者原是连里的军训尖子，一向表现好，深受连长器重，直到宣布退伍的前一刻，都是全连上下公认的好兵。然而最后，他却向连长挥出了拳头。正是因为这段时间战士们思想情绪波动大，营区不稳定因素多，所以才被视为部队思想政治工作的"关键时刻"。

一篇好小说，在我看来，首先好在典型人物的塑造上。程多宝在他的中篇小说《关键时刻》中，塑造的几个人物形象极具典型性，于当下部队思想政治工作无疑具有难得一见的标本价值。

小说的"男一号"胡达明，是某集团军教导大队训练处分管军务和内勤的正连职上尉参谋。教导大队驻扎在大山洼子里，只有二十几个干部编制，营区文化生活枯燥，训练任务却很繁重。胡达明所在的教导大队训练处，说起来是个机关，却"连个岗位津贴也没有"，一年下来辛苦不说，"屁事干了不少，却没落什么好"。

胡达明在老兵退伍的关键时刻，摊上的第一件倒楣事是被本大队的夏助理打成了"熊猫眼"。或许因为心情不好，因为一点琐事，他与挨过处分的夏助理发生口角，"两人没几句话就毛了，愣神的工夫，他的眼眶就成国宝了"，一只眼被对方打成了黑圈圈。他的窘迫之处还在于，老婆月底要带儿子来队。老婆要是知道他在晋职的关键时刻，"三十好几的人了居然还和人家动拳脚，不骂个狗血喷头才怪"。再就是，这事说大不大说小不小，上面要是追究下来给个处分也有可能。真要这样，那他老婆孩子随军的事就会泡汤。

也许正是摊上了这么一档倒楣事，胡达明才又摊上了另一档倒楣事——送老兵刘喜文退伍。这年头，恐怕连傻子都晓得，接新兵跟送老兵是天上地下的两码事。接新兵"好处多，油水重"，人人趋之若鹜；而送退伍老兵，则是一件吃力不讨好的差事。更何况，胡达明受命陪送的这个退伍兵刘喜文，是连送两次都没有送出去的"问题兵"。

早在刘喜文之前，一个名叫徐东德的"问题兵"已让大队领导"麻头"。为了骗取伤残证退伍证回去好安排工作，徐在训练中假装受伤，"白天里还好好的他，谁知一觉睡过来，说是一条腿就没有任何知觉了"。即便是使劲挠他的脚掌，也是没有一点知觉也没有，"除非是乘他睡熟之后才有点反应"。从此徐就瘸着一条腿走路，装废。而他那条原本没有毛病的腿，也因长期没有锻炼，渐渐瘦如麻杆，仿佛一阵风就会吹断一样。如此一来，徐东德也就蒙住了所有人，就连"军区医院赶来会诊的那位头

222

发花白的主治医师也叹气歇手了"。复员之前,"终于评定了一个较高的伤残等级,还得到了一枚安慰性的军功章,最终地方上也给面子,照顾性地将他安排进厂工作"。后来,徐东德以厂推销员身份回到老部队,"两条粗细不一的腿跑得比兔子还快"。至此,教导大队的人才知上当受骗,一个个都"麻了头"。

正是因为有了徐东德这样一个让人"麻头"的反面典型,在教导大队,谁都不愿摊上送"问题老兵"退伍的差事。而胡达明因为自己的"熊猫眼"和即将来临的上级检查,加之夫妻两地分居的亲情渴望,几乎是无可选择地摊上了这档送老兵的任务。小说通过胡达明的坎坷经历,生动呈现了基层官兵真实生活和成长之痛。

小说成功塑造的另一位男主角是退伍老兵刘喜文。这是一个不同于徐东德却更让大队领导"麻头"的兵。

刘喜文当兵的第二年,老家的一个表妹自作主张来部队探亲,住在部队家属招待所。"据他的时任班长说,半夜里刘喜文瞅了个空溜到了家属招待所,最终还是班长带人给喊回来的,为此大队还对他进行了批评教育,刘喜文也心服口服地做了一次检讨"。这事原本风平浪静地过去了,没想到后来横生枝节。起因是:集团军保卫处范干事和军区报社记者汪跃中来教导大队采访,想找一个会做战士思想工作的好典型。汪记者跟教导大队江政委当年在理论培训班里同过学,还都是能说会写的优秀学员。汪记者从老同学口中听了刘喜文"半夜瞅个空"的那档事,"眼神为之一亮":他要导演一场戏,"在军区推出一个能做思想工作的干部典型"。在江政委等人的积极配合下,"戏"演成功了,汪记者在军区报纸上如愿以偿地发了一篇大稿,教导大队江政委等人也因此出了个风头。

正是这篇"演"出来的大稿,刘喜文"半夜瞅个空"的事情传到了家乡。如果不是表妹母亲的突然造访,成天在伙房里忙碌的刘喜文还蒙在鼓里,直到姨妈的一个巴掌打过来时,他才如梦方醒,才知自己稀里湖涂地成了大队领导的"拯救对象",才知自己"半夜瞅个空"闹到了家乡,才知自己成了玷污表妹清白的"色狼"。本想出名的江政委,没想到刘喜文的姨妈会打上门来,没想到刘喜文会无比愤怒,更没想刘喜文的三姨妈正是当地民政部门的一个副局长。正是这个县民政局的副局长看到军区报纸,把刘喜文"半夜瞅个空"的事告诉了自己的姐姐,表妹母亲也就是姨妈才赶到部队"要个说法"。尤其"倒楣"的是,愤怒的姨妈还恰巧堵了前来检查工作的集团军机关的二号首长车,当众喊冤。由此,军报记者和江政委联手"导演"的这出"好戏"终于露底了,假典型终被曝光。在这起新闻造假事件中,刘喜文是受害者。也正是因为这个缘故,两年退伍他不走了。大队领导因是过错方,早就"麻了头",只能"陪着笑脸说好话"。再后来,刘喜文在县民政局当副局长的三姨,一方面私下怂恿,一方面拒不接收,让外甥赖在部队。这么一来,刘喜文便成了教导大队的一颗"定时炸弹",随时随地会给部队"抹黑添乱",大家都有意无意地回避着他,提防着他。"大队领导一见他,头都大了"。他成了一块烫手山芋,没人管他,仿佛不在大队序列一般。他想养猪,不准;他想下炊事班,不准。"甚至于大队还担心他成为徐东德第二",私下里悄悄派了一个名叫王松勇的老兵跟踪监督刘喜文。

然而,正是刘喜文这颗让大队领导"麻头"的"定时炸弹",在"关键时刻"——最后一次退伍回乡显现了军人本色。

在回乡的列车上,当他看到三个贫困女娃吃着馊了盒饭,便主动给孩子送面包,并愤怒地追问女娃父亲是不是人贩子,同情弱小的善良本性闪出了光芒。

在老家县城的宾馆里,当他和送兵干部胡达明拒绝色情引诱之后遭到威助,他"捡起胡达明扔在床上的墨镜戴上,一副江湖老大的气派,一手指着李经理的鼻子,发出了一连串短促的吼声……如同点中了来人的穴道",凸显了他爱憎分明而又随机应变的战士性格。

当送兵干部胡达明与民政局副局长也就是三姨陶小水反复协商无果,眼瞅着第三次送兵又将失败的"关键时刻",程多宝终于托出最后的谜底。

小说首先对刘喜文作了一个简单的勾画:他"穿着一身洗得干净的冬常服军装,虽说没有领花和帽徽,风纪扣可是扣得严严的。"

接下来端出了刘喜文的一串掏心窝子话:

"这两天里,我真的想通了,也做通了家里的工作。这几年的兵虽说当得不大痛快,到底也没有白当。他们不通是他们的事,反正以后的日子是我过的,与他们无关……

"我想好了,这次就办退伍手续,不再给大队找麻烦了。这两年老是这样耗着,真的耗不起了。现在地方上也没有什么好安排的,大不了领一笔优抚费,我自己外出打工。

"我认了,这是我自己的事,与家人无关。就像陶局长,我的三姨,她考虑过我的感受吗?她要求我走的每一步,都是为她着想,为她的名声着想,为她的虚荣着想,她想过为我着想吗?

"胡参谋,别再浪费军礼了,像我这样的兵,不配享受这个圣洁的军礼……我很惭愧,你快把军礼收了,回到大队向政委敬礼时,别忘了带句话给他,当年他们把我的照片上了军区报,也是想为大队挣一份荣誉,当年是我自己的脑子没有开窍,老是想着狭隘的自己,现在我想通了,我不会怪罪他们……"

然而,作者并没有满足于谜底的交待,而是通过小说人物之口,揭示了当下部队思想政治工作的一个普遍存在的问题。

得知刘喜文想法之后,喜出望外的胡达明责怪对方没有早说,害得大队领导担心害怕,害得自己提心吊胆。写到这里,作者精心设计了刘喜文的真心话：

"不是我不早说，而是大队早就不让我说。这些年，你们有谁认真地听我说过？每到关键时刻，你们总是提防着我，总是在揣测我的心思，总是不想让我说出来……这几年我说过什么吗？你们又有谁听我说过什么吗？你们总以为我是后进兵，是事故隐患，是定时炸弹，只有你们才是拯救我的。可是，你们心里想的能代表我吗？你们怎么知道我成天想的就是要与教导大队对着干？"

此外，可以说，刘喜文形象的标本价值，丝毫不逊色于胡达明，甚至更有典型性。一篇小说能够推出两位"男主角"，彰显了程多宝的非同一般的表达功力。

在这篇小说里，他还成功塑造了副大队长高贵、大队江政委、军报记者汪中跃中、军官二队教导员郑兵、替人受过的夏助理和退伍老兵曹锐等人物形象，有的虽是寥寥几笔，却勾画得传神生动，在此就不一一枚举了。

祝愿程多宝的文学创作再攀高峰，推出更多军旅佳作！

逆光反照的悲剧英雄

他叫杨志广，人称老杨，是个孤儿，走南闯北转了大半个中国，吃百家饭长大，他不知道哪儿是他的故乡。老杨出了学堂门便走进了军营，在对越自卫还击战中英勇负伤，是一名伤残军人和战斗英雄。

在老山前线的野战医院里，老杨对护士小汤蒙生了爱意。那是老杨这辈子至圣至洁也是唯一的一次铭心刻骨的初恋。为了小汤牺牲前的一句话，老杨转业到了小汤的家乡大崎乡，为的就是寻找和赡养小汤唯一留在世上的母亲。

为了寻找汤母，老杨一次又一次地参加县委下派的农村扶贫工作队。二十多年后，身为商业局副局长的老杨再次住村，终于打听到了汤母的下落。当他兴冲冲地带着历年备下的一大包物品找到汤母所在的漆家村时，却意外得知烈士的母亲已经去世，而且还是孤身一人无人救济在贫病饥饿中死去。老杨为此失声痛哭，发誓"把骨头烧了当肥料也要让漆家村富起来"。老杨没日没夜地"跑乡政府，下到村组，找了乡长找村长，就像村前河里那架水磨"。

为了完成土地二轮延包任务，让抛荒的土地重新长出庄稼，老杨"像大集体时小队长派工一样"安排工作队员，"把外出人口统统追回来"。然而村里的青壮年回来后，"忽啦啦来了一二十个老太婆"，全都扑嗵扑嗵地跪在他面前，哭哭啼啼要求放她们的儿子孙子出去打工；当漆家村遭遇暴雨田地庄稼严重受灾，单个农户无力抗灾自救时，老杨自作主张承诺减免农业税，逆着分田单干的大气候，组织互助合作组，但是他的努力却泡汤了，原因是分田单干后人心都散了，互助合作难以激发农民的生产积极性，大家表面应付暗中偷懒，谁也不愿出力，结果老杨减免农业税的承诺没有兑现。

老杨在村里组织农民办豆腐坊，为村集体赢得了利润，但在节骨眼上豆腐坊的家当底——八十多斤黄豆被人偷去。村民们为了找出盗豆者，误将村民"大牛"打死。因为死了人，身为工作队长的老杨挨了处分，先是被县委撤职，接着是党内严重警告，最后是降级使用。老杨主动要求到大崎乡工作，还坚持要把户口一同迁到乡里去。"他说他还是党员，还是国家公务员，还能立功赎罪"。然而老杨无论如何也改变不了大崎乡贫穷落后的面貌，因为分田单干的局面无法改变，散了的人心无法收回，集体经济不复存在，大牛的母亲大年初一就去出要饭。老杨为此自责不已。

在此后不久的一个寒风凛冽大雪纷飞的黑夜，老杨为大牛母亲送衣物，从桥上掉到河里。"因为是夜间，没有人看见他掉下去，就这样，他死了"。人们在他淹死的地方，发现了一个包袱，一些老太婆穿用的围巾、帽子和一双尖尖的小脚鞋……

读完华杉的中篇小说《老杨住村》，我的心情久久不能平静，几次砰然心动，落下泪来。

我读小说一向苛刻，故事不好特别是开头不吸引人的，扔一边去；婆婆妈妈家长里短小资情调的，扔一边去；暴露隐私写性写丑厚颜无耻的，扔一边去；格调低下善恶不分甚至吹捧邪恶的，扔一边去；东扯西拉层次混乱云遮雾罩玩意识流的，扔一边去。我可不管那种所谓的纯文学所载刊物的级别有多高，所获奖项的名气有多大，更不管名人名家给出过多么权威的论证。没办法，我草根一个，大土大俗，就这臭脾气。

华杉老师的小说，我这不是第一次读。在此之前，他发表在2015年第2期《芳草》上的中篇小说《明月几时有》，发表在2016年第3期《芳草》上的中篇小说《我想出本书》等，我都一一拜读过，并且留下了较深印象。然而，刊发在2015年第3期《江南风》、当年入选《湖北网络文学选》的中篇小说《老杨住村》，较之发表于《芳草》等名刊大刊的诸多作品，带给我的阅读体验就强烈得多了。

华杉在这部两万多字的中篇小说中，沉着冷静却又满含深情地塑造了一个我所熟悉的艺术形象——老杨。这个老杨，甚至与我的生活经历颇有几分相近。

像老杨一样，我也当过兵，并且也是对越自卫还击战的参战者。虽然没有奔赴战场参加战斗，但我真切地感受到了战争的血腥与残忍。当我身着军装坐在参战部队方阵中观看中央慰问团的精彩演出时，我还想着一个多月前战友的话别和立在他们骨灰盒前面的一排花圈。那种体验，非亲历者无法感受。像老杨一样，退伍后我也进了县局机关，虽然不是局领导，但我也是县委下派到偏远乡村扶贫工作队的一名队员。再加之，我对参军后溘然长逝的祖母感情极深，回乡后，也像老杨一样，我对年迈的奶奶凭添了一种特有的敬重。华杉所刻画的老杨，在我看来是极真实也极典型的一个艺术形象。在这个人物身上，浓缩了我们五十年代这辈人尤其是退伍老兵的情感成色和心路历程。

"一部作品的不朽，在我看来不仅好看——像俊俏的姑娘那样眉清目秀，苗条端庄，具有极强的视觉效果；而且具有超凡脱俗的内在气质，让人既亲切，又敬畏，成为倾诉的朋友和心灵的导师。"这是我评价军旅作家裘山山长篇小说《我在天堂等你》中的一段话，现在用来形容华杉的《老杨住村》，同样是贴切的。

《老杨住村》这部中篇，首先是"好看"。

先说她的"眉目"——小说的"开头"：

> 那一年，农村土地二轮延包。我参加县里的工作组，住在一个偏僻的村子里。有一次夜间，我和组长老杨穿过漆黑的田野往住处走，碰上露水大得出奇，满世界都是一片滴滴嗒嗒的声音，凝重、缓慢、节奏分明。老杨忽然停住脚步，低声叹了口气，说，真沉啊！
>
> 好多年过去了，不知怎么，我总是记得这句话，记得老杨说这句话时的那种抑郁、苦涩、无可奈何的声音。我总觉得，是他说过这话之后，他的身上就带上了一层死亡的阴影，一种沉重和令人窒息的气氛。终于，没过多久他就那样死了，死得叫人好生奇怪。

由是，我的脑海中便有了这样一个悬念：老杨为什么说过"真沉啊"这句话后，没过多久就死了？我的阅读兴趣，一下子被激发起来。

再说她的"身段"——小说的主体部分。小说从"我"第一次见到老杨展开故事，通过农村土地二轮延包工作组集训会，对老杨这个人物作了第一次"逆光反照"。摄影行业有个"逆光摄影"技术，旨在增强被摄体的质感，使同一画面中的透光物体与不透光物体之间亮度差明显拉大，明暗相对，增强氛围的渲染性，使作品的内涵更深，意境更高，韵味更浓，视觉冲击力更大。显而易见，华杉恰到好处地借鉴了逆光摄影的手法，以逆光反照的艺术手段，对老杨这一文学形象作了多侧面的立体雕塑，从而使小说文本构建具有了更为强烈阅读效果。

在《老杨住村》这篇小说中，作者运用"逆光反照"的手法刻画老杨这个人物时，大量运用了国画山水的"留白"技法。也就是说，作者写老杨往往是"留着一手"的。比如二轮延包工作组的集训会，身为组长却缺席了。按马书记的说法，是"局里有点交接工作没弄完"，但是随着情节的发展和人物性格的揭示，老杨缺席两天似乎是个"态度问题"；比如写老杨生平有两怪，"最爱抽烟，最恨喝酒"，也给读者留下了一个阅读空白，或者说是埋下了一个伏笔，为后面的故事作了必不可少的铺垫；比如对老杨形象的刻画，更是采取了逆光式的留白手法：

老杨是个五十多岁的大半老头子。身量不高，但挺壮实，却微微佝偻着腰。国字脸，脸上刮得光溜溜的，下巴甚至光滑得有点发青。眉毛黑且长，一直插到鬓角，眼泡上的皮肤松松地挂下来，把眼睛遮了一半，所以，那眼睛看人时总好象有点阴沉，有点叫人寒战地不舒服。

这种外形的描写，对老杨的刻画可谓是画龙点睛。他"眼泡上的皮肤松松地挂下来，把眼睛遮了一半"，这可看作是"虎虎生威"的虎面形象，也可看作是命运多舛的硬汉形象。

如果说，上述的"逆光反照"只是一种技术层面的话，那么在接下来的文本叙述中，这种刻画人物的手法就有了更高层次的表达。如对大崎乡贫穷落后面貌的描写，如对召回青年农民后婆婆下跪尴尬场面的描写，如对抗灾自救互助合作难以成事的描写，无不在更深更广层面上揭示了中国农业、农村和农民所面临的不容回避的困局，都为后来中央在农村所实施的一系列改革作了艺术诠释，因而也就更加增添了老杨这个人物在当时所处环境中特立独行、不合时宜、英雄无用武之地的悲剧色彩，给人以深深的惋惜与思考。

再看小说的结尾：

　　好几年过去了。我那年栽在老杨坟前的树，怕也有一两丈高了吧？大树底下好乘凉，我常想象着收工回来的村民会坐在他的坟前歇息。有时我也忍不住地想，当微风掠过树梢，树叶在人们头顶沙沙叹息的时候，有人会偶尔想起树下躺着的老杨吗？

　　不过漆家村的生活毕竟是富裕起来了。社会已经前进到了这个阶段，一切过去被视为异端和禁区的，现在已经逐步变成了现实。农业税不是全都免了吗？农村不是成立了农业互助社吗？土地不是集约承包了吗？粮食不是能自给并还有结余的吗？豆腐坊不是仍旧包给个人了吗？山石不是得到有效地开发了吗？新楼房不是连成片了吗？我的老杨，我的老组长，现在还有谁在闲暇之余记起你曾经做过而没有做成的一切呢？

　　还有那露水，那夜半三更沉重的露水，满世界滴滴嗒嗒的声音，总使我心中萦绕着一种悲壮、凄凉、慷慨的情绪。我不愿意常常碰见这种自然现象，我希望一切都如小说里描写的清晨的露珠儿那样晶莹美好。

　　这是一种革命浪漫主义与现实主义相结合的写法。掩卷之后，我忽然想起了朝鲜影片《一个护士的故事》的结尾：女护士姜连玉牺牲后，那些被她掩护得救的伤员们迎来了解放，参加阅兵的女兵们列成方阵，踏着正步，英姿飒爽地走过广场。《老杨住村》以这种方式收束全篇，犹如晨钟响起，日出东方，给读者以希冀和力量。

　　一篇好小说，当然不仅仅是要"好看"。在我看来，最为重要和关键的，是其塑造的人物在文学百花园中具有独特性，成为某类人群的标志性符号，如《红楼梦》的林黛玉和贾宝玉，如《三国演义》中的诸葛亮、关公、张飞和曹操，如《水浒传》中的一百单八将，如《西游记》中的唐僧、孙悟空和猪八戒。人们只要一提这些小说人物，就会想到这些人物的与众不同。《老杨住村》中的老杨，已经具备了这种独一无二的人物标志了。

典型人物的刻画得益于生动的细节。《老杨住村》这篇小说对老杨这一艺术形象的刻画，在细节上可谓亮点纷呈，值得一提。

小说写老杨和"我"下乡走访，在一农户家见到一位满头白发的老太婆在捻麻搓绳子。老太婆起身给二人泡茶。因为家穷没钱买茶叶，老人只能泡竹叶。老杨和颜悦色地跟老人聊着家常，接着便有了这样一段细节描写：

> 说着话，老太婆一眼发现老杨上衣的扣子掉了，连忙跑回屋里拿了针线笸箩，找出个扣子，硬是要老杨让她给缝上。老杨要脱了衣服，她还不肯，说怕着了凉。就这样，老太婆趴在老杨面前，眯缝着眼睛，一针一线给他把扣子钉好，完了还凑过去，用仅有的几颗牙齿把线头咬断，伸手把针脚刮得平平整整。她那白花花的头发触着老杨下巴的时候，我看见老杨脸上的肌肉一个劲儿扯动，眼皮眨巴眨巴地直想说出什么来。

如果没有细致入微的生活观察，这些细节是写不出来的。正是这种细节描写，将老杨与人民群众的深厚感情烘托得分外鲜明，也给读者留下了难以磨灭的印象。

又如写到老杨得知自己找了二十多年的汤母已经逝世时，小说作了这样的细节描写："抱在胸前的包包软软地滑到了膝盖旁，老杨的脸一下子变得灰白。""老杨那厚重的眼皮又沉沉地垂了下去，眼皮下面的目光灰暗得像雪天阴霾，叫人看着浑身发寒。""过了好久，他扑通一下朝那个小坟包包跪下去,两手抓满了坟上的泥草,放开声音痛哭起来。顷刻间,泪水像江河一样在他脸上淌。一边哭,他一边用劲捶打着地面,声嘶力竭地喊着,她不该这么死!她不该饿死呀!"

视觉语言的成功运用,是这篇小说的又一亮点。如上面提到的诸多细节,再就是在开篇和结尾中对露珠的描写,宛如电影画面一样,交织着动感与声响。

华杉与我分属两县,彼此交往虽然不多,但是我们有着诸多的共同点。我们都是五〇后,都曾当过教师,并且都是县局机关工作人员。除了小说,我还从朋友圈的微信中看到了他的值得称道的价值取向和社会担当。身为一县文联主席,华杉更是当地文坛的伯乐,他慧眼识才,倾心尽力扶助后辈,深受全县文学青年和业余作者的敬仰和爱戴。团风文学事业在他的引领下成绩斐然,涌现了梅玉荣、邵火焰、刘耀兰、王广宏、邹文倩、紫嫣、王丽、叶蒙、龙沛妍、童薇、徐帅等一批文学新锐,成为荆楚文学百花园中的一道奇观。

在此,我想借用省作协一位领导的话做为结尾:作家拼到最后,拼的是人格和境界。华杉的作品之所以如此强烈地吸引和感动着我,最根本的还是他溶入作品之中的人格魅力和精神境界。愿华杉的创作之路越走越宽广,佳作连连发,桃李满天下!

神奇的金沟

第一次听到"金沟"这个地名并被其吸引,还是二十多年前因为采访一个人。

那年秋天,从浠水师范"民师班"毕业的我,刚由县函授站调入县教委。从学校到机关,我的工作之一就是写材料,比如领导讲话,比如各类通知、报告和内部简报等等。除此之外,还有一项重要工作,那就是宣传报道。这项工作虽无硬性指标,而且还被定性为"业余爱好",但领导却非常重视。一段时间新闻稿子没有见诸报端,领导会皱着眉头踱到办公室,问是怎么回事。

初来乍到,接触面窄,进机关两个多月,我的"业余爱好"一无所获。正犯愁时,一位朋友提供新闻线索,说县青少年艺术学校校长陈保国是个传奇人物,他的事迹不仅值得一写,而且见报的可能性也非常之大。

就这样,陈保国成了我进机关后的第一个真正"业余"的采访对象。也正是因为这次"业余采访",我对金沟产生了浓厚兴趣。

金沟是陈保国的家乡，位于大同镇大桴冲西北的一个大狭谷中，北临英山南河，西与仙人台接壤，东临田桥，南倚大同水库，山高林密，相对海拔高度一千两百多米，号称"一线天"，山上人家终年生活在云雾之中，有人一生到老也没有走出过山门。最奇的是，这里一年四季都有野蔬野果。春天里，随处可见的小竹笋、花儿菜和野蘑菇自不必说，风味特独的四月籽、野樱桃等在山外难得一见的野果，在这里乃是寻常之物。夏日消暑，这里有野生猕猴桃、麦泡儿、毛桃等各色野果。到了秋天，山上的野果野味就更多了，八月札、山楂、山毛栗、野葡萄和野生花椒随处可见。至于金樱子、地茄子、野杨梅、楼豆、拐枣、杜梨、乌金子、乌饭子、柿枣这样的野果子，金沟人都懒得摘了。即使是在大雪纷飞的寒冬，在金沟山里也可采到野核桃、野山药等稀有之物，碰上运气好的，采一株野山药就有三十多斤……

出生于金沟山中的陈保国，曾是一个绝症患者，从十四岁开始连续十三年不能自然饮食，靠拼命蹦跳、跌坐、摔碰，才能将母亲熬制的一点米汤糊儿"摔"进胃里。为了咽下一口米汤糊，他有时要跳上百次。最邪乎的一次，是喝一口米汤糊爬上屋后山，从几米高的山崖往下一跳，结果是，米汤糊儿没能"摔"进胃里，倒是把他摔昏几个小时才醒过来。陈保国就是靠着这种意志求生自救，被媒体称之为"鄂东奇人"。1991年，他在县医院接受了全国首例"贲门切除"手术，死里逃生……

在面对面的采访中，我为陈保国的传奇经历所震撼，也为他念念不忘的故乡金沟而惊奇。直觉告诉我，遥远的金沟注定是个神奇的地方。也就是从那时起，我有了走进金沟的愿望。

果如朋友所言，我对陈保国的"业余采访"获得成功。我的第一篇人物通讯《生还者传奇》终于见报，并且是在《黄冈日报》头版头条发表。按理说，我更应该去探金沟，亲吻这片神奇的土地，然而一连数年却未能如愿。这正应了"人在江湖，身不由己"那句话。在此之后的若干年中，我被"借用"或被"上挂"。

在我行踪飘忽的日子里，走出故乡的陈保国又回到了金沟，开始了他人生中最为灿烂、也最具有挑战性的"反哺行动"。在此之前，他凭着过人的才智和顽强意志，实现了求学、创业、回报社会三级跳，被誉为"爱心天使"和"弱者知音"。《中国教育报》《人民代表报》《湖北日报》《统一战线》、湖北电视台等多家新闻媒体对他进行过专题采访和报道。他被评为"黄冈市新长征突击手""蕲春县十大杰出青年"，还被评为县优秀人大代表、优秀政协委员和创业履职模范。

上个星期天，也就是2017年4月23日，我终于在陈保国的引领下，走进了向往已久的金沟。

车从蕲春县城漕河镇出发，一路向北，经芝麻山、长林岗、瓮门龙头、石马、刘河、青石和张榜，在两河口叉道往左进入大同地界，行数里，穿过大同小镇闹市，沿着大同水库大坝北上，进入库区和山区。这条崎岖的山道，我在教育局工作期间下乡督学，不止一次走过，但此次进山却别有一番感慨。山还是过去的山，水还是过去的水，但是沿途的村落，已由过去的土坯房、砖瓦房变成了漂亮的楼房，乡亲们的脸上也满是快乐的笑容。

越过几道梁，绕过几道弯，车子进入大枰小镇。这儿原是大枰乡政府的所在地，撤乡并镇后，虽然没有往日的繁华，但仍是山里乡亲购买生活用品的首选之地。

车子拐进大枰小镇的一个叉路口，往北，出现在我眼前的，是如九寨沟一般的奇特地貌，又如张家界那样的奇峰异岭。陈保国一边驾车，一边做起了解说员，这是什么山什么树，那是什么花什么果，说得我既兴奋又担心，要他好好开车。因为这路起伏跌宕七弯八拐，像是一条被人挥舞的丝带。

上午十一时许，我们到达金沟。抬头望去，峡谷两旁峰峦叠嶂，直插云天。驻足之处，一条小溪于乱石之中蛇形穿过。

车子在山坳的一块平地上停下来。下车一看，噫嚱，山梁上，溪沟里，瀑布前，到处都游人。

这次与我一同进山的，除了来自武汉、黄石的几位驴友，还有年已七旬的民间文学家郑伯成老师和檀林镇教育工会的田志松主席。这两位都是我至交，一同出游，执手登山，好不快哉。我的妻子和二丫头也慕名同往。毕业于川外的二丫可是个户外探险者，游过国内无数名山大川，到了这里也连声惊叹，说金沟山水之妙，一点也不亚于张家界和九寨沟。

陈保国当起了我们的导游。在他的引领下，我们观光的第一处景点是金沟河。这条贯穿峡谷的小河，是金沟的母亲河，汇集了千山万壑的溪水，水质清洌，透明如玉。最奇的是河道中的石头，那是被溪水打磨千年的花岗，大的如卧牛，小的如鸟蛋，青的如刺绣，黑的如墨染，黄的如龟板，或曲或直，或棱或圆，千姿百态，构成了一幅幅奇妙的图案，给人以无限遐想。郑伯成老师在河道中捡到一块石头爱不释手。那石光滑圆润，纹理分明，如雕刻而成，众人连连称奇。

游完金沟河，我们开始登山。

金沟的山虽无泰山之雄伟，也无黄山之峻峭，却别有一番奇异的景象。进入山中，如同到了一个奇花异草的世界。这里的树木，或刚劲挺拔，直指苍天；或藤树缠绕，相连互抱。林木山石之间，生长着各色花草，一丛丛，一片片，开着五颜六色的花。从山谷里吹过来的风，清凉而芳香。深吸一口，顿觉身轻气爽，心旷神怡。

最为奇异的是禾雀花。这是一种蝶形花科藤本植物，又名雀儿花，串状花穗从藤蔓上长出，向下垂挂。花茎如鸟喙，花瓣如鸟身，每朵花有两片花瓣拢成翅状，酷似一只翘着尾巴的禾雀。我们登山之季，正是禾雀花盛开之时。但见藤蔓之上花团锦簇，或高悬于树冠，或低垂于草丛，或白或绿，或红或紫，结成串，聚成丛，极像结群啄食的禾雀，栖息于肆意伸展的藤蔓之上，宛如万鸟集会，蔚然壮观。

金沟禾雀花的藤蔓，有的粗如水桶，长似蛇龙；有的穿岩洞，过石壁，蔓延于灌木丛中，宛如渔翁撒网，结成一张张紫色罗帐。二丫说，她去过那么多的名山大川，还从未见这种奇异的景象。从事地域文化研究的郑伯成老师，更是兴奋不已。跋涉途中，他依据禾雀花蔓延缠绕的不同形态，分别将其命名为"花龙腾飞""禾雀皇后""卧龙岗""神女下凡""八仙过海"等等。他这一说，还真起到了画龙点睛的观赏效果，大家再看那片片花海，莫不喝彩称妙。

我们一路观赏，一路拍照，在山中流连忘返，不知不觉游了四个多小时，下山时已是下午两点多了。我们在当地村民家里共进午餐。野干菜、土豆干、野山菇、小竹笋、鲜地菜，还有腊鱼腊肉小鱼小虾摆了一大桌，让我等大饱口福。

趁着饭后闲聊的当儿，我与一位老汉拉开了家常。他说这两年，来金沟观光的人越来越多，村民们也跟着沾光，家家户户都办起了农家乐，呆在家里就能做生意。春游旺季，来金沟的游客有时一天就有千把多人，户户设席，家家客满，小车接成长龙，路都让不开人。现在的金沟，真的变成了金沟。说着说着，他还给我讲起了禾雀花的故事。他说很久以前，铁拐李腾云驾雾飘游到金沟，按下云头一看，噫嚱，我的一个天，一群群禾雀正在稻田里啄谷。农夫拿着竹竿儿去赶，禾雀们呼啦一声飞到田那边。农夫跑到田那边赶，禾雀又呼啦一声飞到田这边。农夫无可奈何，眼巴巴地看着禾雀啄食谷子，急得直跳脚。那些顽皮的禾雀们，反而叽叽喳喳地嘲笑农夫没本事。铁拐李一看，就将拐杖一指，那群顽皮的禾雀便都沾在拐杖之上，变成了禾雀花……

下午，我们去了陈保国的云上果园，那儿是他的出生地，是他走出大山的起点。现如今，又成了他回报家乡的创业基地。

站在白云缭绕的土屋门口，所有人的目光不约而同地聚集在陈保国身上。这个曾经十三年不能自然进食的金沟人，这个看上去依然瘦弱的金沟人，不仅创造了生命的奇迹，还让他的故乡见证了奇迹。

春来了，春满金沟。

神奇的金沟，神奇的人！

连部门前的那排椰树

十八岁那年,我应征入伍,从千里之外的大别山来到"天涯海角"。

离家之时,我的鄂东故乡天寒地冻,到了这里,却见山青水秀,万木葱茏,春暖花开。高大的椰子树挂着硕大的果实,一丛丛,一片片,遮掩着美丽的村寨。

连队驻扎在老兵崖下。老兵崖,当然是兵们的叫法,是营房后面的一座山。山不太高,却怪石嶙峋,树大林深。新兵下连后,我们的武装越野对抗演习就在这里进行。在离连队不远的地方有片椰林,林中村舍井然,炊烟缭绕……

新兵训练结束后,我被分到一排一班。我连是特种部队,直属基地司令部。一排是侦察排,是连队的拳头;而一排一班,则是连队的刀刃。因此,一排一班还有一个名字:"尖刀班"。我的连长和排长,都曾是"尖刀班"的兵。能进"尖刀班",那是一种荣誉。

但是进班不久,我就闹了一出"笑话",险些毁了这个荣誉。

和平年代,虽说很难遇上敌情,但营区警戒一刻也没有放松。作为新兵,站岗放哨是必修课。

记得我第一次持枪站岗的时候,排长是这样交待我的:你的任务,是防止一切可疑人员进入营房。所有进入营地的陌生车辆都要检查,并向连部值班首长报告。除此之外,连队的车库、猪圈等等,也要加强警戒。下午离岗之前,挑水冲洗厕所。

连队的厕所建在营房旁边的山坡上,芭茅盖的顶,泥糊的短墙。因为连队没有女兵,所以就没有分隔,门也没有,风挺大的。海南岛蛇多。有一回,一位新兵刚蹲下,就看见一条老粗的蛇从茅草顶上伸出半个身子悬在半空,吓得那位战士提着裤子就往外跑。

一个周日的午后,战士们都午休了,营地四周静悄悄的,只有木棉树上的知了不知疲惫地叫唤。按照排长的要求,我背着枪绕着营房转悠。转着转着,我就来到连队的猪圈外面。高大椰子树遮挡住了日光,投下一片浓荫。猪们吃饱了食,躺在栏里睡觉。返回时经过厕所旁,忽然听到厕所后面有响动,便警觉起来。过去一看,发现一老一少两个人正在粪池边往粪桶里舀粪,后来知道他们是父女俩,黎族老乡。老人穿着黑布衣裳,赤着脚,头发花白,衣衫被汗水浸湿;而他的女儿十八九岁光景,眉清目秀,穿着白衬衣,跟我年纪相仿。见到我,女孩儿有些慌乱。

我大喊一声:"住手!"大步走上前,夺下姑娘手中的粪勺子。

那姑娘慌忙退到一旁,满脸绯红,一绺绺儿刘海让汗水浸湿,散乱地贴在脑门上。看样子,她是被我吓着了。

我可不管这些,我义正辞严地指着粪桶,对父女俩说:"你们怎么能够趁着我们午睡的时候来偷粪呢？我跟你说，我们连里的菜地也要施肥，浇粪。不然的话，我们菜地里的菜就瘦死了，你们知道吗？"

女孩的父亲抱歉地笑道："小同志，我们这是头一次，以后不来，再也不来了……"

"你说不来就不来啦？你这是偷盗，性质是很严重的，你知道吗？"我扔下粪勺，紧紧肩上的枪带子，严肃地说，"今天幸好是我，要是被我班长逮着了，他一巴掌就把你们打出老远！怎么处置你们，我要请示连长，你们就在这里呆着不准离开，明白吗？"

女孩有些害怕，可怜巴巴地望着她的阿爸。老人倒是坦然，笑眯眯地对我说："小同志，你去报告吧，我们不走就是了。"

我背起枪，急急忙忙地跑回连部。

这天连部是指导员值班。他是湖南人，下连之前是基地司令部的新闻干事，说起话来文绉绉的，是基地有名的"军中秀才"。他微眯着眼靠在长椅上，手里还拿着一张报纸。看样子是来了睡意，小憩一会儿。

"指导员！"我连报告也没喊就直接闯进连部，气喘吁吁地咋呼起来，"不好了，有紧急情况！"

我的这声喊，着着实实地把指导员吓了一跳。他像被开水烫着了一样，猛然站起身，将报纸往桌上一扔，瞪着眼连声问："什么情况？什么情况？"

因为紧张，我有点语无伦次地说："坏人，两个坏人……"

坏人，还是两个，这还了得！在我入伍之前，我们舰队与越南西贡的海军发生了海战。身在海防前线，严防敌特潜入是驻岛官兵的使命所在。下连后，连长、指导员都对我们讲过同样的内容。指导员果然警觉起来，马上打开身后的柜子，取出一把手枪握在手里，声音低沉却又果断地对我说："在哪里？快，带我去看看！"

我生怕偷粪的两个人溜了，顾不上解释就往外跑。指导员跟在我身后边跑边问:"小高,那两个坏人带家伙了没有?"

指导员所说的"家伙"当然是指武器,但我当时却理解为粪桶扁担粪勺子之类。我头也不回地说:"带了带了!"

指导员一听,警惕性就更高了。恰巧一班长午睡起来洗脸,指导员一招手,可着嗓子说:"快,带几个老兵跟我来,有情况!"一班长瞧我一眼,张张嘴却没有出声,就领着班里的几个老兵跟了过来。

我把大家带到了厕所后面,那父女俩还站在原地,我悬着的一颗心才落下来。我指着父女俩对指导员说:"就是他们,他们偷粪!"

指导员一看,嘴一咧,笑了。他收起枪,往后一挥手,说:"都回去吧!"班长瞪我一眼,扭头就走了。老兵们却对我伸舌头,挤眉弄眼做鬼脸。

指导员走过去,对年长者笑道:"陈阿叔,太阳这么大,您怎么不在家里歇息歇息呀?"

那叫"陈阿叔"的人不好意思地笑了笑,指指身旁的女孩说:"今天阿香学校放假,她要给家里的菜地施点肥,我们贪路近就到这儿舀了桶粪,没想到被这位小同志逮着了……"

指导员回过头来看我一眼,指着年长者说:"小高,陈阿叔是椰林寨里的拥军模范。上次打靶连里奖你的三个椰子,就是阿叔送的!"说到这里,指导员伸手一指,"看,连部前面的那排椰子树,也是陈阿叔亲手种的。小高,陈阿叔是我们的亲人,以后遇到这种事,就不要大惊小怪了!"

啊,原来陈阿叔是拥军模范,连部门前的那排椰子树,居然是他种的。记得新兵下连第一天,连长领着我们来到连部门前,指着壕沟外边的一排树问是什么树,我们说是椰子树,连长用力挥着手说:"对,椰子树,但不是一般的椰子树!你们看,他们长得高,果子大,像哨兵一样守护着我们的营房,是我们连队的一道风景!我告诉你们,这排椰子树,是十多年前一位黎民老乡亲手栽的,所以这排椰子树,是拥军树!以后,这排树上的椰子,你们只准看,不准摘,因为它是老百姓的!我们是革命军人,不拿群众一针一线,这是纪律!"

听指导员这么一说,我不由脸一红,羞愧地低下了头。

这时只听陈阿叔说:"指导员,这位小同志是个好兵,你就不要责怪他了。不管怎么说,今天的事是我们不对,我们不该只顾路近啊!"

阿香红着脸对指导员说:"阿爸本来不同意的,是我要来,都怪我……"

"算了算了,"指导员挥挥手,对阿香说,"我知道,你是怕你阿爸累着了,没关系的。再说,你家菜地就在猪圈下边,舀桶粪没问题!"又对我说,"小高把枪给我,给阿香帮忙,把这桶粪抬到菜地里去!"

我忙把背着的步枪取下来交给指导员,想过去,却见陈阿叔摆着手说:"不用不用,小高同志你值勤去吧!"

当天值勤结束回到班里,发现二排和三排的几个老兵正跟我班兵们眉飞色舞地侃大山。他们一见我,"哄"的一声笑,如鸟兽散。我知道自己给班里丢脸了,想说几句抱歉的话,却又不知从何说起。班长拍拍我的肩说:"以后训练场上多用点功,再把面子争回来!"

这之后,我在训练场上更加努力,舍得玩命,军事技术不断长进,特别是在实弹射击上技压群雄,成为连里的"神枪手"。几个月后,我被任命为一排一班副班长。

"一班副"在我们连里有特定含义,就是后来走红电视银屏的"兵王"。正是因为干过这一角色,我的名字进入基地首长的视线,一年后被抽到舰队司令部执行任务。应该说,干到这个份上,我为"尖刀班"算是争得了荣誉,一雪前耻了。

然而不幸的是,没等连里嘉奖表扬,我又出丑了,并且这回闹的不是"笑话",性质比上次要严重多了。

事情的起因，是给班长送礼。这年底，班长没像他的前任也就是我的排长那样如期提干，要退伍了。朝夕相处两年，我是在班长的一手栽培下，才由一个普通士兵成为班副，成长为连里的军事骨干。他是我的偶像和恩人，也是我的战友和搭档，我真的舍不得他离开。班里有人悄悄给班长送笔记本、送钢笔做纪念，我送什么呢？思前想后，我突然冒出一个荒唐的念头：送椰子。班长是河北人，几个月前，也就这年的七月中旬，班长探了一次家。回来时我听他说，他捎回去几个椰子让全庄人开了眼，乡亲们一辈子都没见过这玩意，更甭说喝上椰子汁了。班长还说，因为椰子个大不好带，他只带了三个回去，不少乡亲都没尝着，太遗憾了。

这个念头一出，我又犹豫了。连队驻地附近，到处都是椰子树，并且树上大多挂有椰子，但那是乡亲们的。军人不拿群众一针一线，何况是椰子？

鬼使神差，我忽然打起了连部门前那排椰树的主意。那排椰子树又高又粗，结出的椰子又多又大。而且就在前不久，我曾亲耳听到陈阿叔跟连里几个老兵拉话，他说壕沟边上，也就是连部门前的那排椰子，不仅个大，汁水也比矮树椰子甜，还叫兵们摘几个尝尝。

听说班长明天就走，我决定当天晚上采取行动。我安慰自己说，反正是送给班长，让他带回家乡给乡亲们尝个新鲜。

促使我下定决心的，还有一颗"定心丸"。打从"捉偷粪"那件事后，我与陈阿叔不仅没得罪，反而成了忘年交。一班的菜地，离陈阿叔的菜地只隔着一条沟。每次轮到我给菜地翻土、种菜或是浇水，陈阿叔只要在他的菜地里，都会过来搭把手，或帮我铲地，或教我种菜。这正应了那古老话：不打不相识。我想，就凭我跟陈阿叔的这层关系，摘他几个椰子也没事儿。

那天晚上，恰巧是我的流动哨。依班里的岗哨安排，我是熄灯哨子吹过之后的第一班。这班岗哨对于贪睡的兵们当然是最好的，但对我摘椰子却不利，因为熄灯哨子吹过之后还有人躺在被窝里打着手电筒看书，或是写写恋爱信什么的，连长指导员也多挑在头班检查岗哨。我于是就跟班里另一个战士换岗。我即兴撒个谎说，班长明天要走，我要找他谈心。那兵自然乐意，连说好好。

凌晨一点我接岗后，便到连部外边巡视。这排房子，住着连里的领导和事务长、文书、通讯员、卫生员。我蹑手蹑脚地走过一扇扇紧闭的门。侧耳细听，每扇门里传出轻微的鼾声。

机不可失，可以动手了。我背起步枪越过壕沟，施展攀援绝技，像猴子一样爬上椰子树，挑成熟个大的椰子摘。爬了三棵树，摘了十个椰子，又来来回回地将椰子抱到连队后山老兵崖下。这儿隐蔽，又远离营区，安全。

放好椰子后，我又做出巡逻的样子，背着步枪来到炊事班。确认周围无人后，我到柴房取了一把柴刀，快步回到老兵崖下，就着朦胧的月色削椰子皮。我摘的椰子一个四五斤，如果不削皮，甭说让班长带十个，恐怕五个也难。因为天暗用刀不准，两个椰子被我砍破，汁水溅了一地，让我好不心痛。

削了皮，椰子变小也变轻了。我将剩下的八个椰子装进塑料袋，蹑手蹑脚地提回班里，悄悄放到床下。

第二天起床后，我趁大家出去洗脸的当儿，将一袋椰子交给班长。班长亮着眼问："哪来的？"我可着嗓子说："昨天晚上放哨，闲着没事摘的。"班长一听大了眼，问："哪儿摘的？"我说："连部门前。"班长"哎哟"一声，苦着脸说："班副，你这不是害我吗？我当兵四年，就没有犯过一次群众纪律！"我说："椰子是我摘的，要说违反纪律也是我呀，与你无关！"班长嗓门一高，说："你偷摘的，我收下的，都是群众的财产，性质还不都一样吗？"我说："那排椰子离连部那么近，本来就可以摘，就连陈阿叔也让老兵摘，我亲耳听他说的！"

班长瞪着我问："那你说说，连里哪个去摘了？"

班长这一问，我愣住了。

班长不由分说，拉着我，提着椰子来到连部。连长、指导员都在。班长说："有个事情我要汇报一下，小高犯纪律了，昨天晚上他偷摘了连部前面的椰子！"

指导员一听，脸就沉下来。"小高，我早就跟你讲过，这排椰子是陈阿叔亲手栽的，你怎么不长记性，私自去摘啊？"

我面红耳赤，羞愧地低下了头。

班长说："指导员，这个事情我也有责任。退伍名单一宣布，班里就有人给我送纪念品，我见是些笔啊本子什么的，就没有拒绝。如果一开始我都不收，小高班副就不会摘椰子送给我了……"

指导员用手托着下巴，皱着眉头，在连部踱开了步子。看来，他是真的伤脑筋了。

倒是连长摆了摆手，笑着对班长说："算了算了，按市场价给老乡点钱，拿回去吧！"

"不能给钱了事！"指导员较起真来，"我的意见，一，给钱，要高于市面的价格；二，上门检讨；三，小高要汲取教训。"他瞪着我说，"以后记住，光军事好是不行的，还要作风好，讲纪律！"

当下，指导员带着我和班长来到椰林寨。陈阿叔住在寨子西头，泥糊的墙，草盖的顶。

听完指导员的叙述，陈阿叔嗑嗑大烟袋笑了起来。他对指导员说："你们部队纪律严，我是知道的，但也不能这么严啊！"

指导员掏出钱说："陈阿叔，我们部队有纪律，不拿群众一针一线，八个椰子我们按十个付钱。市场价一个三毛，您的椰子长得大，我们按五毛一个，十个椰子五块，您看这样行不行？"

247

"不行不行!"陈阿叔连连摆着手说,"这些椰子就算是小高替我摘的。我现在就把它送给这位班长,这总可以了吧?"

指导员执意要送,陈阿叔故意做出不高兴的样子,说:"首长啊,都说军民一家亲,你这样不就生分了吗?你再要给钱,我就生气啦!"

话都说到这个份上,再坚持反而不好,指导员只得收回钱,又说了一些感谢的话,才跟陈阿叔握手告别。回来的路上,指导员对我和班长,也像是对他自己说:"有这样通情达理的老百姓,我们不把军民关系搞好,没理由啊!"

参军第三年春,我被任命为连部文书。这年夏天,连长交给我一项特殊的任务:参加高考。

就凭在动乱年月糊上去的那点墨水儿也高考?乍听,以为是连长开玩笑。确知有这么回事,我不得不有些伤感地推辞。因为,我怕出丑。但连长的态度很坚决。他说:"小高你是怎么啦,没上阵就怯了场?"指导员说:"你是文书,连里的秀才啊,你不去谁去?"连长又劝我,说参加高考的事是经过连党支部研究才确定的,要我打消顾虑,并鼓励我说:"现在离高考时间还有一个多月,你瞅空到附近的学校借几本书看看,会有希望的。"末了,连长还"将"我一军:"当兵的连打仗都不怕,还怕赶考不成?"

军人以服从命令为天职。何况,这种"命令"其实是对我的信任、爱护和关怀。我满怀感激之情接受了参考的任务,并有一种巨大的冲动。我决意拿出军训场上摸爬滚打的拼劲,奋力一搏。这天夜里,我失眠了。我想起大字不识一个的长病卧床的祖母,想起仅上过四十夜"扫盲夜校"而被抽到村小学教书的父亲,也想起连长指导员和战友们那热切期待的目光。我激动地给远在大别山的蕲春老家写了封信,报告了我将参加高考的消息……

第二天午后,处理完连部的日常杂务,我便到连队驻地附近的学校去借书。经过一片山坡地时，见陈阿叔戴着草帽在地里锄草。午后骄阳似火，我就喊："陈阿叔，太阳这么大，当心中暑了！"陈阿叔挥着草帽说："没事，锄完这块地，我就回去！"又大声问，"小高，这大中午的，你去哪儿啊？"我指了指不远处的椰林寨说："连里要我参加高考，我想去学校借几本书。"陈阿叔"啊"了声，说："你走错了小高，那是小学，中学在那边！"中学我打听过，在海滨渔场附近，离这儿远，因此就说："我还是去小学吧，能借一本算一本，万一借不到就算了。"陈阿叔拄着锄头说："那怎么行？去中学吧，我带你去，抄近路！"

　　陈阿叔丢下锄头为我带路。翻过两座小山，陈阿叔伸手一指，说："呶，那就是公社中学！"

　　我高兴地说："陈阿叔，天这么热让您受累了，您回吧，我去试试看！"

　　陈阿叔搓着手，笑了笑说："好吧小高，我也只能把你送到这儿了，免得阿香说我老往学校跑！"

　　"阿香？"我一愣，"您女儿是这所学校的老师啊？"

　　"是的。"陈阿叔点了点头。

　　想起三年前那尴尬的一幕，我忽然打起了退堂鼓。我装作突然想起一件事，说："陈阿叔，我差点忘了，连部今天是我值班。这书呐，下回再借吧！"

　　"来都来了，为什么还要下次借呢？"陈阿叔眉头一扬，忽又笑了，说，"小高，你是怕阿香还记恨你，是不是？"

　　我尴尬地笑了笑，摆摆手说："不是不是，我只是觉得……"

　　"没得事的！"陈阿叔说，"那次指导员带你登门道歉，阿香听说都笑了，说你指导员小题大作——她早就不记恨你了！"

　　在陈阿叔的劝说下，我才打消了退堂鼓。

　　"快些去吧小高，你就找阿香，让她帮你借！"转身走几步又回过头

249

来说,"别说是我带你来的!"

来到学校,各班学生还在午睡,校园一片寂静。

正茫然四顾,忽听身后有人问:"同志,你找谁?"

回身一看,正是陈阿叔的女儿阿香。我马上立正敬礼,说:"阿香老师好!"

"是你啊,小高同志!"阿香"扑哧"一声笑起来,"别这么隆重——你是找我吗?"

"是的,"我点点头说,"连里让我参加高考,我想请你帮帮忙,借几本书……"

"这个好啊!"阿香果然爽快地答应了。她把我带到教师办公室,对几位正在备课的老师说:"这位解放军同志想借几本书复习考大学,大家帮个忙!"老师们一听都站起身,纷纷从抽屉、木箱、柜子等处寻找我要借的书,还有人还跑回宿舍里找。尽管老师们搜集到的只是几本初中课本,但对我来说却非常宝贵。正是有了这几本书,我在那年的高考中,总分名列基地部队考生第二名。

然而,我还是落榜了。得知落榜,我倍受打击。那天中午,我揣着父亲的来信只身跑到连队后山老兵崖下。高考前夕,祖母逝世。我未满周岁便失去了母亲,是祖母将我一手带大,对祖母感情极深。想起高考落榜和祖母逝世,我再也忍不住泪水,一个人在树林里抱头痛哭。

忽然有人拍我的肩膀,抬头一看,是陈阿叔。他从地里收工回来路过此地,听到哭声便寻过来。见是我,便问发生了什么事。得知我祖母逝世,他安慰我说:"人活一百岁,也要走这条路的,你不要太伤心了。"因为难过,我并未对陈阿叔的安慰表示感谢,甚至连他什么时候离开也不知道。

在山中呆了两个小时,悲痛的心情才平静下来。我擦干眼泪回到连部,通讯员指着墙角几个椰子对我说:"文书,这是老乡送给你的,他人刚走！"我一时没有反应过来，就责备通讯员说："不拿群众一针一线，这是当兵的纪律，你怎么能够替我收下老乡的东西呢？"指导员这时走过来，说是他让通讯员收的。他拍拍我的肩，语重心长地说："陈阿叔说得对，人活一百岁，也要走上这条路，节哀吧小高，高考的事也不要放在心上……"

几年后，我退伍还乡，接过父亲曾经执过的教鞭，当上了一名山村教师。我发誓洗雪天涯落榜之耻，教学之余开始了艰苦而漫长的自学历程。在学校那间四面透风的土屋里，我日复一日、年复一年地挑灯夜读，温习了从小学至高中的全部课程，自修了大学中文专科至中文本科的全部科目，自费参加了全国首届研究生函授班并毕业。在天涯落榜的十四年后，我终于以总分第二、与当年高考名次巧成对照的成绩，在全县"民转公"考试中一举中榜，被转为公办教师。后来，又从学校调到县教育局，成为政府机关的公职人员。

回首自己的成长之路，我的思绪总会飘向"天涯海角"，总会想起连部门前的那排椰树。那是老百姓对子弟兵的情深守望，那是军民一家的历史见证。

与梦想同行
——我与《鄂东晚报》的故事

　　二十二年前的秋天，我从县函授站调到县教委办公室，从事文秘工作。除了编发《教育信息》，起草各种计划、方案、总结、报告和领导讲话之类的公文，还有一项"副业"——下乡采写新闻稿件。

　　当兵的时候，我曾被连队派到基地司令部参加过新闻培训班。遗憾的是，培训一结束，我又投身于紧张的军训之中，上五指山，下万泉河，其间还几次跨海北上，去广西、新疆等地执行任务，直到退伍也没有在报刊上发表过只言片语。因此，在报纸上发表"豆腐块"，是我多年以来的一个梦想。现在，我终于有机会来圆这个梦想了。

　　当时的教委办公室，有几位大名鼎鼎的"笔杆子"，不仅在全县，而且在全省教育系统都很有名。我到办公室后，虚心拜他们为师，他们也乐意指点，把多年积累的写作经验毫无保留地传授给我，并字斟句酌地为我修改稿件。在办公室同行的热心帮助下，我的新闻稿终于见报。随着采写的深入，稿件质量不断提高，见报率不断上升，上稿媒体也越来越多，上稿篇幅越来越大，由最初的"豆腐块"到后来的整版头条，多次在国家和省市获奖，成为《湖北日报》《湖北教育报》《黄冈日报》的优秀通讯员，并被《鄂东晚报》和《教师报》（陕西）等媒体聘为特约记者。

2003年8月，我得知已被黄冈师范学院录取的贫困学生郑云芳面临辍学。郑云芳出生在严寒的冬季，未满月就被亲生父母遗弃，丢在寒风凛冽的县城车站，被好心人余绿叶救起。余妈妈是个文盲，丈夫也认不了几个字，老两口靠驮包拉车做苦力维持生计。虽然家庭生活拮据，他们却把这个捡来的闺女当成宝贝，含辛茹苦养育十九年，历尽千辛万苦，供其读到了高中。而他们的两个亲生儿子，因为家贫，初中没读完就辍学了。郑云芳没有辜负养父母的如海恩情，在校发奋学习，终于考取了大学。然而此时，这个家庭已经一贫如洗，学费成了一家老小最焦急的问题。

我被这个家庭的爱心故事感动得热泪盈眶。经过深入采访，写出了题为《19年前的遗弃女婴，今日能圆大学梦吗？》的长篇通讯，被《鄂东晚报》全文刊发，引起广泛关注，社会各界纷纷为郑云芳捐款。时任黄冈市委常委、市委秘书长的王顺华同志，看了报道之后，心情久久难以平静。"真是一位伟大的母亲！"他这样对他的秘书小余说。

这年8月28日，王秘书长将余绿叶母女从蕲春乡下接到黄州，对云芳在校学习和家庭贫困情况进行了详细了解，对余绿叶的义举给予高度评价和赞扬，并从工资中捐出一千元，亲自交到余绿叶手上。"学费问题会有一个解决的办法。"望着这对贫寒的母女，王秘书长安慰说，"云芳大学四年，我每年资助一千元钱，直到云大学毕业。请您放心，党和政府不会让任何一个贫困大学失学。"王秘书长还说，市工会已将云芳作为救助对象。

时任黄冈师院党委书记的高向锋，院长尚钢等院领导，密切关注郑云芳的入学问题。学院经过研究作出决定,将郑云芳纳入学院救助贫困大学生的"绿色通道"。

2003年9月8日,余绿叶老俩口送女上大学。在黄州客运站下车后,正愁找不到师院的路,早已专程等候在此的《鄂东晚报》记者,立即上前接送。原报社领导蔡群特意安排专车,将云芳和她的父母送到学校。师院分管学生工作的纪委书记龙政,热情接待云芳和她的父母,并为云芳安排入学事宜。办完入学手续后,龙书记高兴地与云芳一家合影留念。大学毕业后,郑云芳结婚生子,并考取了公办老师。

《鄂东晚报》,不仅成就了我最初的梦想,也圆了一位贫困女生的大学梦。

厚土之上的那片森林

作家何存中曾言：一个作家的成长，往往得益于故乡的山水。比如河流、湖泊，比如土地、山峦乃至草木，比如民俗、风情如此等等，莫不影响乃至决定着作家、作品的格调与式样。

我的故乡蕲春，不仅山奇水秀，有着北纬三十度区间所特有的神奇与美丽，更是一方养精蓄锐、藏龙卧虎的文化厚土。千百年来，美丽的蕲河，滋养的学界泰斗、文化名人灿若繁星、层出不穷。由是，蕲春便成了隆师重教，名师辈出的"教授名县"，成了学堂繁兴、名家荟萃的"文昌之乡"。宋代学者吴淑，以其参与纂辑的《太平御览》《太平广记》等经典之作领风气之先，而被载入文学史册，终成一代文学巨擘；明代落弟秀才李时珍，因跋山涉水遍尝百草编著《本草纲目》誉满世界，终成闻名世界的医药学家和"医中之圣"；明末贡生顾景星，因著《白茅堂集》《南渡来耕集》等百余卷本，一举奠定文坛大师之位，并以其博古通今的才学和大起大落的身世，催生了不朽名著《红楼梦》；清代进士陈诗，辞官后主持鹿门、荆江和江汉书院，陈沆、陈銮等三楚名士皆出其门,而被称为"楚北大儒"。及至当代,又有文艺理论家胡风、训古学家黄侃等学界泰斗,成为文化巨星……

不能不说,是故乡蕲春点燃了我的文学梦想。

父亲是名满鄂东的鼓书艺人,年轻时曾被县文化馆借调。父亲说,文化馆是培育和发掘民间文艺人才的地方,不少说书的、唱戏的民间艺人,都是通过文化馆的舞台扬名于世的。

由是,从儿时起,我便对文化馆充满了向往。我的文学梦,在父亲的鼓点中悄然绽放。读一中时,我便成了校园里小有名气的"板报诗人"。

第一次走进县文化馆,是在我退伍之后。这年,二十三岁的我,应父之约写了一段"书帽"。父亲看后给予肯定,并鼓励我向刊物投稿。于是,我便将"书帽"改成快板书,以《倒楣大娘》为题,投给县文化馆刊物《蕲竹》。不久,我便收到了参加全县创作会议的通知。正是这次文艺盛会,让我的文学梦扬帆起航。在此之后,业余时间,我开始了小说创作。

然而,我的作品屡投不中。面对一封接一封的退稿信,我开始怀疑自己不是写小说的料,毅然搁笔,直到二十年后"复出江湖"。

一个写作者的成长,需要文学的熏陶,需要热心的鼓励。

2007年,我的短篇小说《红指印》发表在《辽河》文学

作者与郑维森老师在湖北通山

月刊5月号上。其后,《蕲春文艺》又予转载。这篇小说的主人公马大娘的生活原型,来自我在教育局工作期间采写的一位收养遗弃女婴并养大成人送进大学的文盲母亲。这篇小说,我几乎是含着眼泪写的。初发作品,而且所载刊物"级别"不高,是"地市级",且未被《小说选刊》等知名选刊转载,稿子虽发,我却心中忐忑,不敢声张,担心难以得到同行的肯定。忽有一天,接到时任县文化馆副馆长郑维森老师的电话。他在电话里大着嗓子,没头没脑地说:"永祥老弟,你把我看哭了!红指印,好好好!"当天上午,他把我叫到他家书房,又是一番推心置腹的交谈,就这篇小说的优点与不足作了认真的分析。交谈中,我在心中暗暗称奇,平日里嘻嘻哈哈的郑老师,竟对我的创作了如指掌。当天中午留我吃饭,拿出珍藏佳酿,大叫着要与我来个一醉方休。我不会喝酒,但盛情难却,硬是拿起酒杯喝了一口,竟被呛得眼泪直流。郑老师见状,乐得哈哈大笑。

从此,我们一见如故,大有相见恨晚之感。得益于郑老师及众位师友的鼓励与期待,其后几年,我一直保持着良好的业余写作状态,陆续推出了"孔圣子孙系列小说""老兵崖系列小说"和"革命战争系列小说",作品在《解放军文艺》《北京文学》《长城》《中国铁路文艺》《神剑》《延安文学》等刊发出后,引起关注,不少作品在全国和省市获奖。每有新作问世,郑老师都给予了及时关注和热情鼓励。

2008年秋,我的短篇小说《成名状》发表在《芳草小说月刊》第9期上。这是一篇讽刺小说,正题反说,与我以往的小说风格大相径庭,有文友打来电话表示质疑和忧虑。让我意外的是,郑老师看了小说之后却大加赞赏,并约我到他书房一叙。我如约而至。见面后,郑老师说:"你这个小说,把文坛里的那点事都抖了出来,锋利,痛快!"我如实道出文友质疑之声,并说:"这是我的一个尝试,不足之处肯定不少,还请您一针见血,直言不讳!"郑老师挥着手说:"我看好!不管别人怎么说,你都要相信，你这个小说是成功的！"

2009年春，我的中篇小说《兵歌》发表在《解放军文艺》4月号上。一天上午，又接到郑老师电话，他仍大着嗓子说："永祥老弟，《兵歌》我刚看完，你这个中篇写得好啊！"在电话里，他来一番读后感，我来一番创作谈，从小说语言到谋篇布局，从人物形象到主题揭示，时不时的开心大笑。这个电话，他一打就是四十多分钟，打到最后手机一响，没电了。一会儿，他又打来电话，让我到他办公室里坐坐。那时文化馆尚在原址，离教育局仅几分钟的路。我如约而至，接着聊文学，聊创作。至下班时，郑师娘打电话叫他回家吃饭，我们的交谈才告结束。

几年前的一个冬天，我的一位下海经商的老战友找上门来，要我给他的企业做个策划，出一本书。因为这个事我不会做，只得如实相告，要他另请他人。战友却苦磨硬泡，硬是要我推荐一位写手。因在教育局和组织部做的都是文字材料工作，我的文友圈中多有写手，推荐一人不是难事，但战友所托之事时间紧，任务重，要求高，得有笔力老到且又才思敏捷的写作高手方能胜任。此外，还有两点也颇为难，一是战友请托纯属友情，"谈报酬就见外了"，"好酒一杯就行"，写稿是没有"润笔费"的；其二，战友的企业远在咸宁群山之中，路途遥远山高路险。接了这个活，就得亲往之，在大山里住上几天。经筛选，我给几个自以为合适的文友打电话，诚恳相邀，结果他们一一婉拒。无奈之下，我思量再三，才试着给郑老师打电话。问明我意，郑老师没说二话，一口应承下来。后来战友对我说："你推荐的这位郑老师很了不起，会写不说还讲义气，够朋友！"

君子之交淡如水。与郑公交友，确是人生快事。文友集会只要有他在场，就会趣闻多多，笑声不断，其乐融融。

这两年，文友集会没了郑老师的身影。经打听，才知他在自家楼梯摔了一跤，手臂骨折住进了医院。本想探之，却听人说已经转院。后来又听人言，郑老师伤口发炎去省城医院做了截肢手术。我给郑公家里打电话，想登门看望，得到的答复却是：郑老师需要静养，不宜探视。年前，我对新任作协主席江清明说，等郑老师病情好转，我们作协几个人一起去看望。

几天前一个晚上，手机一响。我点开微信，竟然看到郑公去世的消息。我深感震惊之余，愧疚之情油然而生。直到这时，我才意识到，我与郑老师，已是阴阳两隔，无缘再见了。

早春二月，乍暖还寒。立在寒风之中，望着静静流淌的蕲河，望着蕲河两岸的青山，望着风雨之中林海，我分明看到，蕲春文学天塌一角。

比之顾景星、陈诗等先贤名士，郑维森老师只是一个默默无闻耕耘者。然，正是他，和他一样的耕耘者，才有荆楚文学的这方厚土，才有厚土之上的文学森林。

父亲说书的一段往事

我父亲高应云是名满鄂东的鼓书艺人,也是当地有名的沙酒坛子。沙酒坛子是我老家的土话,指酒量大又喝不醉的人,带有调侃的意味。

在我的印象中,父亲饮酒的确与众不同。农村红白喜事,相互敬酒是传统习俗。如果敬酒不喝,对方会觉得没有面子。即使不会饮酒,也得抿上一口以示尊重。酒宴上,父亲敬酒或是回敬,从来都是一饮而尽,有时一席宾客醉得东倒西歪,喝得最多的他还好好的,从未有过醉态。大暑天里挑谷把,气温高,劳动强度大,汗出得多。每到这时,祖母会在堂屋大方桌上备上一壶茶和一壶酒。汗浸全身的父亲路过家门,会放下冲担进屋喝杯茶,再饮一碗酒。父亲说,光喝茶腿脚会发软,喝了酒,挑谷把与雷阵雨赛跑才有后劲。

父亲说书,就更不离酒了。农忙时节,他总是白天劳动,夜里说书。有年双抢,一位名叫"五代通"的鼓书艺人,一大早来找父亲救场。救场是说书人的行话,就是接板顶替。老艺人说,他在太湖的一个婚礼场子,与他亲家侄儿并了场,太湖那边的场子因为收了订金,去又去不了,辞又辞不得，万般无奈之下，才来般救兵。老艺人是父亲的前辈，也是父亲的忘年之交。如果是农闲时节，父亲自会毫不犹豫地应承下来。但时值七月下旬，正是农村双抢活路最紧的时候，父亲一时难以决断。老艺人以为父亲嫌路远。从我家乡县城车站坐车到太湖，行程是一百二十公里。老艺人掏出十元钱说："请你救场，车费我出！"父亲摆摆手，说农忙时节不好意思向队长请假。老艺人一听就笑了，说："你是记工员，给队长打个招呼就行，还用请假？"父亲解释说："这是队里的规定，谁都一样。"老艺人"哦"了声说："那好吧，你带个路，我去找他！"在父亲的引领下，老艺人找到生产队长如此这般一说，没想到对方还真不给假。队长说："不是时候啊，您老。这两天队里要大割，两垄三塝一百多亩，割谷挑草头都缺人手！"老人一听生了气，就挥着手说："那就不请假了，我出两个主劳力，换他，这总行了吧？"队长一听喜出望外，连连点头说行。

安徽太湖，与我家乡蕲春相邻，中间隔着泗流山。几年前，父亲曾受朋友之邀，去太湖弥陀镇——那时叫弥陀公社的一个大队说过《全唐卷》。那是冬闲时节，每天下午一场，晚上一场，早晨上午休息。这是父亲说书的习惯。五代通提供的救场地址，与父亲说书的地方同属一个大队。

接了场，就得按时赴约，这是说书人的规矩。别过五代通，父亲就背上行囊出发了。

父亲学过岳家拳，身手敏捷，体力过人，挑百斤担子翻山越岭是家常便饭，行十几里路都不歇肩。也正是因为有这千锤百炼的功夫，父亲才没去县城搭乘班车，而是顺蕲河而上，步行去太湖。

但是父亲没有想到，他的这次出行历尽坎坷。早晨出门蓝天如洗，没有一丝云彩，到响午天就变了，巨大的云团被呼啸的狂风撕扯着，在蕲河上空翻滚，弥漫，将炽热的阳光遮住，天气变得凉爽起来。父亲开始还蛮高兴，心想天助我也，不由加快了脚步。然而没过多久天就暗了，像是夜幕突然降临。忽地一个闪电，劈雷震得大地抖擅。眨眼间，狂风裹着豆大的雨点倾盆而下。

父亲出行从来都是"晴带雨伞饱带干粮"。他忙撑开雨伞，刚举起就听"咔嚓"一声，伞柄被狂风吹折，断成两截，大红伞盖卷到空中。父亲扔掉半截伞柄，想找个地方躲雨，无奈此地前不着村后不着店没有藏身之地，只得又戴上草帽冒雨前行。

几年前步行去弥陀，太阳没落山就到了。这一回，父亲拼尽全力，至晚上九点多才找到救场之地。

迎亲户主是一位须发皆白的老者，姓陈，年已七旬，与五代通是八拜之交。这天晚上是他长孙结婚。喜宴之后开场说书的消息，半月之前就已传开。眼看客人陆续到齐，垸前稻场也挤满了来听说书的人，而说书人却迟迟未到，老人为此焦急万分。忽听一声喊："说书的来啦！"老人大喜，马上过去迎接，却见我父亲泥汗全身，身子一软跌倒在地。

老人急忙叫来几个年轻后生，将我父亲扶到屋内休息。又吩咐家人烧艾水，让我父亲洗了个艾水澡。父亲换上干净衣服出来，又喝了碗姜汤，可仍然没有缓过劲来，只觉全身酸软，四肢无力，头重脚轻。他知道，这是大热之身淋大雨的后果。不少人因此一淋，患上风湿心脏病，甚至因此丧命。

陈老先生见多识广。得知我父身体不适，便问会不会喝酒。父亲点头回道："不瞒您老，我是沙酒坛子！"老人一听就笑了，说："这就好！"转身去后房拿来一瓶酒，启开盖儿递给父亲说，"我保你喝下之后病症全消！"

父亲接过酒瓶，见是陕西凤翔酒厂的西凤酒，不禁双目一亮，就立起身问："弥陀怎么会有西凤酒啊？"

陈老先生笑道："我孙儿娶的是凤翔柳林的姑娘。西凤酒，全大队也只有我家才有！"

父亲说："那太好了，恭敬不如从命！"

父亲举起酒瓶，"咕噜咕噜"一饮而尽。

果如陈老先生所言，饮了这瓶酒，父亲顿觉神清气爽。当晚说书神采气扬，赢得的掌声经久不息……

这次救场，尤其是陈老先生的那瓶西凤酒，给父亲留下了终身难忘的印象。

"鄂东怪杰"熊常青

我的祖父熊常青,身怀绝技,勇猛过人,走汉口,下河南,闯荡江湖声名远震,年纪轻轻就被众兄弟推为汉流帮分支"花车帮"大哥,却极少有人知道他的另一身份——中共鄂东地下党的秘密交通员。在抗日战争和解放战争期间,他凭着"江湖老大"的身份,交结三教九流各色人物,来往于敌营虎穴之间,获取了许多对于新四军、共产党极有价值的情报。他曾只身夜走数十里,给后来当上国家主席的李先念送过信;他曾穿过敌人的封锁线,给后来当上省长的张体学送过情报。虽然立下奇功,却从不提及往事,也未要过任何待遇,直到1967年才公开秘密。

熊常青,字久如,湖北省蕲春县八斗丘乡熊家垸人(今漕河镇刘榜村9组),生于1908年8月19日(即宣统元年7月23日),逝于1984年1月19日(即阴历腊月17日晚),享年七十五岁。

也许是前世缘分,熊常青先生在他三十八岁的时候,成了我父亲的爷(鄂东乡人对继父的称呼);在他四十九岁的时候,成了我的爹(鄂东乡人对祖父的称呼）。因为这层祖孙关系，我才知道了"鄂东怪杰"鲜为人知的故事。

在讲爹的故事之前，先说一下我的家世。

我的祖籍在大祥垸（今湖北省蕲春县漕河镇高德畈村），祖上原本富甲一方，在蕲州、漕家河、高新铺开有店铺。至我曾祖那辈，不知何故家道败落，举家迁往江西兴国定居，以做米粉为生。至我祖父那辈，又举家迁回湖北，具体时间为"民国二十四年"，也就是我父亲出生之后的第二年。

带着妻儿返回故乡，生祖父并没有回到大祥垸，而是在距大祥垸十几里外的"山旮旯"菜油铺落脚，寄居在油坊旁边的一间草棚子里，一家人一贫如洗。

生祖父名叫高慈富，因为儿时用银器掏耳，弄破一边耳膜，听力受损，未成年时人称"聋子伢"，成年后人称"高聋子"或是"聋子爹"。但他聪明好学，才艺出众。在江西那边做米粉时，"聋子米粉"走俏乡里。回乡路过蕲州，不知何故没有继续北上，而是隐居在纯阳阁中。纯阳阁又名纯阳寺，相传是八仙之首纯阳子吕洞宾赐名。住下的当天晚上，聋子爹忽然直挺挺地躺在床上昏迷不醒，犹如谢世了一般。祖母天塌地陷，正哭着准备料理后事，寺庙长老却拦住说，聋子爹阳寿未尽，误被阴兵小鬼捉去，尚在黄泉路上，他会作法换魂，七天之后还阳。但见长老每日烧艾水为聋子爹洗浴，并在床边点燃陈年老艾为其薰染。第七日傍晚，聋子爹果然醒来，只是耳朵更聋了。长老大声问其阴间之事，他竟能道出七日之中发生在寺庙内外的种种情形，而且声音全变，且能提笔写字，会打算盘，能做简单的加减法运算，能打欠条、借条和收条，尤其不可思议的是，他还能画地图，一时传为奇谈。对于"聋子爹"的这些变化，寺庙长老解释说，是"换了一个秀才的魂"。

关于"聋子爹换魂"的故事，是祖母讲给我的，而且不止一次。儿时自是深信不疑，上学之后就不信了。我想，那是祖母哄我玩的。

1967年，我在肖坦小学读三年级，忽有一天放学回家，兴高采烈的我听到一个令人震惊的消息：我爹熊常青是"国民党特务"，当天一大早就被人押到公社审问去了。祖母没有像往常一样做饭，坐在灶门口哀声叹气；父亲愁眉苦脸，进进出出一言不发；我更是害怕，望着大人六神无主。如果爹是特务，我还怎么去当好学生呀！

然而，出乎所有人的意料，在太阳将要落山的时候，爹回来了，而且是大摇大摆、谈笑风生地回来了。有两个公社干部跟在他身后，一人提着一块肉，一人提着一壶菜油。爹接过肉和菜油，请他们进屋坐坐，二人却毕恭毕敬地说："不了不了，熊老爹，我们还要回去交差呐！"走出不远，其中一人对围观的人说："是这样的父老乡亲，我们听信了谣言，对熊老爹产生了一点小小的误会，不过已经澄清了，他老人家的历史是清白的，他是个好人，大好人！"又返回身对爹鞠了一躬说，"今天的事儿我们多有冒犯，还望您老人家不要见怪！"爹朗声一笑，摆摆手说："没事没事，去吧去吧！"

回到家里，屋里早已挤满了人。在大家的追问下，他才道出了未曾公开的身份。

原来，我爹熊常青是中共鄂东地下党的秘密交通员。他凭着汉流帮分支"花车帮老大"的身份，交结三教九流各色人物，获取了许多对于新四军、共产党极有价值的情报。他曾只身夜走数十里，给后来当上国家主席的李先念送过信；他曾穿过敌人的封锁线，给后来当上省长的张体学送过情报。假如当年没有爹提供的情报，很多中共党人早就不在人世了。

但是爹，解放这么多年，却一字未提当年的功劳。

爹的红色历史从此公开，再也没有人敢说他是特务了，再也没有人敢说他是汉流帮了，再也没有人敢说他年轻时是个"鹿角"（鄂东方言，指天不怕地不怕爱惹事生非的人）了。

因为爹的特殊身世，我的家庭享受了只有那个时代才有的荣光。每年底，大队干部都会上门慰问，老书记锦秀伯更是对爹敬仰有加。受爹之托，身为大队书记的锦秀伯，平生第一次，也是一生中仅有的一次，亲自出马为我父亲说媒提亲。

1976年，我应征入伍。听说我当兵的地方是"天涯海角"，爹就带我去蕲河看水。看水是船工行话，即识水流的缓急、深浅及其水下的流沙、沟壑和暗礁。路上，我忽然想起"聋子爹换魂"一事，就问爹是真是假。爹沉思良久，终于说出了"换魂"的真相。

民国二十四年，也就是公元1935年，聋子爹携妻带子举家回迁，其实是避战难。在江西那边，因家道败落没有上学的聋子爹，参加了当地的红军夜校，由此成了"文化人"。但在江西读红军夜校的事情，回到湖北这边决不可以泄露半点，否则不仅自家性命难保，还会祸及家人及亲属。那时的蕲州，是国民党蕲浠黄广（即蕲春、浠水、黄梅、广济）统治区域的老巢，反共势力猖獗。谁亲共，谁与红军往来，不管是不是共产党，一律格杀勿论，甚至满门抄斩，正是老蒋所推行的"宁可错杀三千，不可放掉一个"的极为血腥的白色恐怖。

聋子爹离开兴国，走的是水路。事有凑巧，船夫正是"花车帮老大"熊常青。原来年轻时的爹，除了推花车，还从事过多个职业，如撑船摆渡，开豆腐铺子，烧窑卖碳等等。爹对我说，他与高家也是前世的缘分。那年，花车帮临时散伙，他重操旧业撑船摆渡，来往于蕲河及长江两岸。

在回乡的小船上，聋子爹听说撑船人是"花车帮老大"，出于自保，当即拜为结义大哥，并如实说了自己在江西那边读过红军夜校并为红军送过米粉的事情。爹问聋子爹回乡后怎么瞒过国民党保安队，聋子爹说："我就装哑巴，不说话！"爹沉思良久，说："你一家三口要过日子，你装哑巴怎么挣钱养家糊口呢？我有个法子保你平安，只是你要装死一回！"

在蕲州上岸后，爹将聋子爹一家三口带到纯阳阁。主事道长是爹的生死之交，值得托付。听爹如此这般一说，道长当即应承，煞有介事地为聋子爹"换魂"。聋子爹之所以能够装死七天，自然是道长暗中相助，每次"闭关沐浴"，道长会让聋子爹吃点东西喝点水。

功夫不负有心人。"换魂"之后，聋子爹不仅没有掩盖他难以更改的外乡口音，还尽展他在江西红军夜校学到的本领，过年时帮人写春联，卖门对，帮人写欠条借条收条和家谱，帮当地的漆匠在画过花鸟虫鱼。

在爹的暗中帮助下，聋子爹带着妻小在菜油铺落脚。与菜油铺一山之隔的村庄，正是爹的祖籍熊家垸。从此，菜油铺，这个偏远的村庄，成了高家的避难所。

在菜油铺，我们高家是独姓，又是外来户，加之当家主人多病，如果没有大户人家支撑，易受当地的地痞恶棍的压诈和欺负。因为有爹这样一位叱咤风云的"亲爷"，一家人倒也平平安安，从未受到外人的欺负，甚至就连保甲长也对我家以礼相待。

聋子爹自幼多病，在颠沛流离的生活中，又患上"冬瓜脚"（一种极难根治的毒疮）、"肺气肿"和"黑头晕"（低血糖的常见症状）等多种疾病。为给聋子爹治病，爹请出了当地多位名老中医，翻山越岭不辞劳苦。

让爹牵挂和关心的，还有我父亲。父亲是家中的独苗，承载着全家人的希望。

民国三十四年腊月，十一岁的父亲在大雪天里挑着一担干柴，在高新铺街上沿街叫卖，被一个在县保安队当差的地痞将柴禾强要了去。街上人见了，都敢怒不敢言。谁都知道那地痞凶狠，谁犯着就没个安宁日子。这件事，恰好被在街上做豆腐的爹撞见了。

"是什么人脸皮这厚，连小伢的东西也抢！"年轻气盛的爹将扎腰的围裙一抛，往街道一站，挡住了地痞的去路。

那地痞被爹雷一般的吼声和高大身躯镇住了。他知道我爹难斗。

爹一米八几的块头，身手不凡。三百斤的担子挑在肩上，行十几里山道也不歇肩。他好打抱不平，见不得恃强凌弱、期行霸市的恶行，路见不平，拔刀相助，救过许多弱者，年纪轻轻就留下了"扶危济困"的好名声，当地许多穷哥儿都尊他为"大哥"。只要爹出面，就能聚起一帮好汉与恶人作对。在蕲春伪县城蕲州就曾有一个势力很大的恶棍，尝过爹的拳头。

大凡恶人，总是欺软怕硬。那地痞见爹动了怒，早软了脊梁骨，陪着笑脸连说好话，还厚着脸皮要与爹"拜把子"。

爹身手好，也挺机智。他用"江湖"话教训了地痞几句，将地痞打发走了。但他并没有把父亲打发一走了之。他担心年幼的父亲还会受到伤害。从此以后，他常常抽空来帮助父亲打柴卖柴，料理家务。

次年，也就是1946年，百病缠身的聋子爹撇下孤儿寡母，溘然长逝。爹撇下铺里的生意，全力料理聋子爹的后事。安葬了聋子爹后不久，他就关了豆腐铺子，扛一卷行李住进四面透风的草棚，来支撑这个家。

我的祖母方娥尔原本富家千金，也因家道败落而沦入底层，以童养媳的身份进入高家，原以为能够时来运转重新过上好日子，未曾想到好日子没过多久，就跟随长辈踏上逃荒之路，生逢乱世，生之多难。听我姨祖母说，她在江西那边生过几个孩子都夭折了，直到民国二十三年才得一子，即我父亲。因此，在我祖母的世界里，我父亲就她的命根子。

爹来后，垒了两间土房子，种了两亩佃田，家中日子渐安。爹又教给父亲的健身之法和拳脚功夫，使父亲瘦弱的身子结实起来。父亲长到十五岁时，已是眉清目秀，身骄步健，使起拳脚来颇有一点爹的威风。

在我的家乡，爹是个公认的侠客，也是个难以理解的怪人。他为新四军送过信，救过共产党人，而且被救者中不少人解放后身居高位，爹却从来不去找他们，直到被人污为"特务"才说出真相。红色身份公开后，他依然过着俭朴的生活，从不向政府要任何待遇。他身怀绝技，体力过人，却不外露，仅仅只在年轻时遇到坏人横行霸道才出手，解放后从未出手伤人，以致很多人根本不知他有武功。入高家后，当年花车帮的兄弟前来送礼，他避而不见，还交待家人不准收礼。为养家糊口，他宁愿冒着被撑死的危险去挣"工钱米"，也不接受当年结义兄弟送上门来的大米。

岁月悠悠，思念无涯。弹指一挥间，爹故去已有三十五个春秋。有什么可以告慰故人在天之灵呢？我唯有像爹那样，朴实做人，辛勤劳动，才对得起爹的养育和教诲之恩。

最美的遇见

人生旅途，遇见本是寻常之事。呱呱坠地，遇见的是亲人；学步之后，遇见的是乡亲；上学之后，遇见的是老师和同学；工作之后，遇见的是上司和同事……

而在人世间，却有一种遇见极其难得和珍贵：那是在艰难跋涉之中，遇到施以援手的好心人；那是在世风日下的浊流中，遇到一诺千金的义士；那是在尔虞我诈的职场中，遇到肝胆相照的同志……

如今，这种遇见还有吗？读了张萍的散文集《遇见》，或是遇见张萍本人，你会确信，这种遇见就在眼前。第一次遇见张萍，是在2016年。这年6月中旬，长江流域暴发洪灾，蕲春遭遇百年未遇的特大山洪。一个洪水滔滔、雷雨交加的日子，张萍受市作协秘书长谭冰之托，从百多公里之外的武汉专程赶到蕲春对我进行采访。到县城时，夜幕已在风雨中降临。

我们电话约定的见面地点，是在一家名为"好又多"的超市门前。我和妻子打着雨伞赶过去迎接，只见超市门前熙熙攘攘，人来人往。其时华灯初上，密集的雨点从夜空中飘洒下来。因为此前从未谋面，我不知道人群中哪位女士就是张萍，正准备掏出手机打她电话，妻子却伸手一指："你看，在那！"我顺着妻子手指的方向看去，只见一位年轻的女士打着雨伞站在雨中。过去一问，果然就是张萍。我后来好奇地问妻子："你也没有见过张萍，怎么一眼就认出她了呢？"妻子回答说："她跟别人不太一样，有点超凡脱俗的感觉……"

这当然是直觉。如果说人生中最美的遇见，这就是经典。张萍其人，颇如其文。她是我的蕲春老乡，出生在江北，却有着江南女子的俊秀和灵气，笑如桃花绽放，立如牡丹盛开。她那一袭蓝底白花旗袍，端庄大气，沉稳练达，颇有苏杭女子的神韵，也像极了她的文风。

诗人高晓晖有句名言："一个作家拼到最后，拼的是人品、胸襟和境界，惟有人品高尚、胸怀天下、大爱忘我的写作者，才会写出不朽之作。"我深以为然。

张萍才华横溢，却又虚怀若谷；为人低调，却又爱憎分明；心怀敬畏，却不随波逐流。像我一样，她也是草根出身，也曾历尽坎坷，百战破局，突出重围，对底层百姓有着与生俱来的悲怜与同情。尤为难得的是，她虽为一介女流，却有仗剑天涯的侠客之风，性情豪爽，为人坦荡，不媚市俗，是难得一见的"文坛女汉子"。

正是有着如此种种的可贵品质，张萍的散文才如傲雪寒梅，有着非同一般的艺术魅力。《遇见》是张萍的第二本散文集子。在此之前，她已出版了散文集《与你同行》。这本集子，依然保持了她一以贯之的写作风格，字里行间，洋溢着炽热浓烈的感恩之情。她感恩父母，感恩故乡，感恩所有于她有恩的人们。古人言，滴水之恩，当涌泉相报。张萍的感恩情绪渗透纸背，入木三分。在第一辑《感恩遇见》的十八篇散文中，无不浸润着感恩之情。黄陂是她的第二故乡，尽管这个"第二故乡"一开始，给予她的是地痞流氓的敲诈勒索，但她却记住了左邻右舍的好，记住了那些善良的人们，认定"此心安处是吾乡"，感念亲密的"三家帮",其情浓烈,甘醇如酒。她通过质朴的文字,让我们看到了"爱情最好的模样",让我们走近了"李韧的文字"和"卓鹿阿姨",让我们看到了荆楚儿女的"婉如清扬"、"伊人梦想"和"人生传奇",也为我们呈现了菁菁校园里静静开放的"爱之花"和辛勤园丁的"文学范"。身为教育工作者,张萍的视角从未离开过师者之道,亦师亦友亦兄长,三尺讲坛一精灵,师者心中"110"。张萍用她浸染着感恩情结的文字呈现了"山乡红梅傲风雪"的感人一幕,抒写了不曾离开的"少年情怀",亮出了"蕲州古城的文化名片",呈现了荆楚人物最美的色彩,值得研读、推介和收藏。

张萍的文字是热的,更是真的。这种"真",是剥离表象的真相还原,是对人物之美的真诚掘进。从《与你同行》到《遇见》,张萍所遵循的一个写作原则,就是从真出发到返璞归真。选择散文体裁写人记事,既是她颇为擅长的书写方式,也是她的个性使然。从技术层面看,散文形散神聚,没有小说的情节虚构,无须诗歌的音韵格律,似乎容易把握,实则是一种颇具风险的写作。一篇散文,倘若不能切入生活真相,不能直达精神底层,是很难打动读者的。但是张萍,凭着她的真诚文字,感动了编辑和读者,赢得了广泛肯定和赞誉。她的作品,已被《莫愁·智慧女人》《厦门日报》等多家纸媒刊载。

在《记忆真情》中,张萍可谓字字吐真言,句句动心扉。她《一封寄往天国的家书》,写出了父亲对女儿的栽培爱护,也诉说了女儿对父亲的无尽哀思,读来分外感人。在《母亲的行善》一文中,她用真情文字刻画了母亲平凡而又伟大的形象,让我不仅想起了自己的祖母、生母和继母,想起了天下所有的慈母。从某种意义上说,张萍用她的真情文字,为我们塑造了一位集中华传统美德于一身的母亲化身。孟子说:"天下之本在国,国之本在家,家之本在身。"良好的家风给了张萍超凡脱俗的优秀品质,更给了她撼山决岸的写作力量。中华传统文化之精华,已在张萍的笔下凝聚,挥毫泼墨,落笔有神,呈现出了最为绚丽的色彩。也正是因为这样,她才有了能够"穿梭那美丽的岁月"的"小镇时光",于2017,遇见了"最好的自己";于2018,再与幸福相见,在黄州结下善缘,赢得了创作的丰收之年。

张萍的文字是美的,更是活的。既有着温润如玉的外表,又有着炽烈如火的内质。她的散文,像中国的古钱币,外圆内方,看似平常却内有乾坤,看似细微却内涵丰富,随处可见闪光灵感,妙语连珠,佳句天成。一篇读后,大有"踏破铁鞋无觅处、得来全不费功夫"的畅快之感。

张萍的文字是纯的,更是雅的。她写的是平常事,记录的是平常人,却在字里行间发出了引人向上的正能量,折射了社会主义价值观,寄托了人心向善的社会理想,透出了别样的生活情趣。

张萍的《闲情偶寄》,是她丰厚文化底蕴的破土发芽,是她人生阅历和职业生涯的厚积薄发。读着她的文字,我就想起二十年前的自己。张萍严谨认真的写作态度,与当年的我有过之而无不及。看似娇弱的她,却如驰骋疆场的战将,不向困难低头,敢与艰难险阻拼杀较量,有时甚至将个人安危置之脑后,翻高山,越峻岭,入险境,只为直达采访场面,只为探求生活真相,只为写出至真至美的文字。也正是因为这个缘故,她的散文才承载起了市俗浊流难以承受之重,成为荆楚文化大观园中一道引人注目的亮丽风景。

为了呈现生活的真,张萍选择了最具挑战性的创作之路,越过天山戈壁的滚滚狂砂,"走近乌鲁木齐","印迹吐鲁番";为了呈现生活的美,张萍瞄准时代潮头的创作方向,走进"不朽的库尔勒",唱响"一曲荡气回肠的灵魂赞歌";为了呈现生活的情,张萍保持着贴近底层的创作姿态,甘于淡泊,"感恩所有的遇见"。她的文字,时尚而儒雅,极具张力和质感,干净利落而又委婉神秘……

而今,张萍虽然摘取了冰心文学奖,但这只是文学长征的新起点,但愿她扬长避短,推出更多佳作,绽放更多精彩!